本能寺 上

池宮彰一郎

Ikemiya Shōichirō
Honnōji

毎日新聞社

本能寺　上巻

関係地図

加賀
手取川
越中
一乗谷
越前
飛騨
信濃
金ケ崎
諏訪
若狭
小谷
岐阜
大垣
美濃
福島
高遠
甲斐
亀山
比叡山
近江
長浜
姉川
坂本
安土
尾張
岩村
飯田
甲府
田野
清洲
桶狭間
長島
山城
伊賀
岡崎
三河
長篠
遠江
江尻
駿府
吉田
大和
伊勢
大河内
鳥羽
浜松
高天神
駿河
伊豆
志摩

『本能寺』

隠岐
丹後
出雲
伯耆
鹿野
鳥取
因幡
但馬
石見
宮津
田辺
美作
吉田郡山
備後
備中
八上
丹波
安芸
高松
岡山
備前
上月
播磨
姫路
三木
有岡
石山
山崎
沙美
鞆
摂津
河内
讃岐
淡路
和泉
堺
伊予
阿波
雑賀
土佐
紀伊

装幀・菊地信義
画・堂　昌一

本能寺

上巻

雲煙飛動

美濃《みの》の山野に、春が訪れかけていた。

西北の空に聳《そび》える伊吹《いぶき》の山系を越えた白雲が、青空にただよう。

紫にけむる田野の中に、散在する村落と林が見える。木立の中に白く光るのは、今を盛りの梅の花か。

畑地は淡黄の敷物を敷きつめたように、菜の花が咲き乱れていた。

畑中の道を、信長は単騎、馬を走らせていた。小袖の片肌ぬぎ、白く艶《つや》やかな筋肉質の体に汗が光る。信長は存分に遠乗りを堪能していた。

朝餉《あさげ》のあと、稲葉山《いなばやま》の山裾《やますそ》に新築の城館を見廻った信長は、小者が自分の乗馬を馬場に曳き出すのを見て、その一頭にとび乗り、駆け出した。乗馬は趣味の域を越えた物好みであった。

昨年夏、攻略した美濃の主城稲葉山城を岐阜城と呼ばせ、その城下町の井之口《いのくち》という町名も、岐阜と改称した。

――この山野は、今はおれのもの。

馬蹄が蹴る黒い土は、今はすべて彼のものであった。


かえりみれば、長い道のりであった。

天文二十年(一五五一)、十八歳で父信秀《のぶひで》の後を継いだ頃は、〝尾張のうつけもの〟と呼ばれた。以来、足掛け十年。永禄二年(一五五九)までは、織田家の相続を争って、肉親・一族との内訌《ないこう》が続いた。

永禄三年、上洛を目ざす今川義元を、桶狭間《おけはざま》合戦で討ちとった時、彼は二十七歳。前年尾張一国を制した信長は、勢いに乗じて三河の徳川家康と結び、甲斐の武田信玄の進出を阻んで、隣国美濃の攻略に専念した。

美濃との戦いは、七年を要した。幾たびか大敗を喫し、悪戦苦闘を繰り返した。

昨永禄十年八月、またも軍を起した信長は、打って変って易々《やすやす》と美濃を席巻し、稲葉山城を攻め落し、美濃一円を掌中におさめた。従来と異なる見違えるばかりの戦いぶりであった。

宿願を果した信長は、歓喜に酔う色を見せなかった。彼は尾張小牧山《こまきやま》にある本拠を岐阜に移すことに忙殺されていた。


――遠駆けがちと過ぎたようだ。いまごろおれを探して騒ぎたてていよう。

長良川《ながら》の堤に沿って、松林が続いている。木立に馬をとめた信長は、腰に手挟《たばさ》んだ布切れをとって、汗を拭《ぬぐ》った。

ふと気がつくと、川の方角で異様な物音がした。多勢の物具《もののぐ》の触れあう音と、号令らしい叫びがまじる。

——敵勢？

征服したばかりのこの土地は、四面皆敵とみていい。信長に緊張の色が走った。

常人なら、堤の上に顔だけ出して、様子をうかがうところである。

信長は、そうしなかった。軽々と馬にとび乗ると、いっきに堤へ駆け上がった。

濃尾三大河川の一つ、長良川はいまより水量ゆたかで、川幅も広い。このあたりは川原が続いていて、近くに〈馬場《ばんば》の渡し〉という渡渉点《としょうてん》がある。

対岸のひろい川原に三、四百の軍兵が隊伍を組んで、調練に励んでいた。

「鉄砲組ーッ、前へ！」

隊伍の前を、水煙を蹴上げて騎馬武者が一騎、号令を下す。

「遅いぞ！　そのあたり……狙えーッ、射て！」

指揮する騎馬武者は、川を無二無三に渡ってくる信長の姿に気付いた。

「あ、待て……お屋形様！」

信長は、顔に掛かった水飛沫をそのままに、笑顔で応じた。

「平左《へいざ》か。いずれの兵だ」

武者は、福富平左衛門《ふくずみへいざえもん》。尾張の出身で才有り、信長は侍大将の一員として旗本に加えている。

「新付《しんぷ》の美濃勢にござる。近日組内に加えると聞き、いささか軍《いくさ》作法を習わせようと……」

「殊勝。続けよ」

信長は、極端に言葉が短い。馬首を廻らすと、隊伍の外に出た。

福富は、調練を続けた。

——槍扱いが、いま一つだな。

信長は、早くから槍の長さを変えた。従来の槍は一間半(九尺、約二・七メートル)であったのを、三間半(二丈一尺、約六・四メートル)という思いきった長尺に改めた。

槍組が敵と接近戦となったとき、長い方が先に穂先が届く有利はいうまでもない。

だが、手許につけ入られると、長い槍は進退がままならない。扱い易い一間半は、戦国の常識であった。

信長は、いとも簡単にその常識を破った。〈槍は刺突《しとつ》するもの〉という固定観念を無視したのである。

——打ち叩いてもよいではないか。

槍先を上下左右に振って、相手を叩く。まるで子供の喧嘩《けんか》だ、と相手は思った。だが戦《いくさ》の要諦《ようたい》は勝つことに尽きる。信長の軍の槍組は無類の働きを示した。

新付の兵は、馴れぬ長槍を持て余し気味だった。

信長が、福富に声をかけようとしたとき、一散に駆けつけてくる平服の侍があった。

「お屋形様！　お探し申しましたぞ！」

これも侍大将の一員、猪子兵介高就《いのこひょうすけたかなり》である。

「参りましたぞ、公方様《くぼう》のお使い」

猪子兵介は、声をはずませてそういう。

兵介は美濃の出、旧国主斎藤道三《どうさん》の側近であった。

京都妙覚寺《みょうかくじ》の学僧が、還俗《げんぞく》して油商人となり、美濃へ行商に来て守護大名土岐《とき》氏の重臣に取り入り、絶家した名門の家を継いで、重臣に列し、土岐氏の相続争いに乗じて、争いに敗れた土岐頼芸《よりなり》を擁立、これを守護職につけ、自らは守護代斎藤氏の名跡を侵し、更には頼芸をも追放し、美濃の国主となる。

乱世の梟雄《きょうゆう》といわれた蝮《まむし》の道三こと斎藤道三の履歴である。だが、最近発見された史料によれば、いわゆる国盗りと称せられた道三の事績は、父子二代にわたるもので、前半は父新左衛門尉であり、その父が土岐家の重臣長井氏と並ぶ権勢を築いた後、その子道三が長井氏の名跡を奪い、遂には主《あるじ》の土岐頼芸を追放して、自ら国主の座に就くあたりが、道三の事績であったようだ。

ともあれ、道三が権謀術策を駆使した梟雄であることに間違いはない。その道三は頼芸から奪って自らのものとした側女《そばめ》が、頼芸の子を身籠《みご》っている事を知らず、生れたその子をおのれの後継者とした。

その義龍《よしたつ》は、後に自らが頼芸の子であることを知り、土岐家の仇敵である道三を討伐しようと軍を起こし、長良川畔の合戦で道三を討った。

猪子兵介は、最期まで道三に忠節を尽し、乱軍を脱すると、信長の許に奔《はし》って、その側近に登用された。

「どのような男だ」

使いのことであろう。相変らず信長は言葉がひどく短切である。

「は、それは……」

兵介は、言葉を詰らせた。人物評などそう簡単に言えるものではない。

「存じ寄りではないのか。同じ蝮の家来筋であろう」

確かに道三に臣礼をとった美濃の豪族に、明智《あけち》という者がいた。東美濃明智城の城主である。土岐家庶流明智頼重の後胤《こういん》で、兵庫助光安《みつやす》という。長良川の合戦の後、斎藤義龍に攻められ、光安はあえなく討死し、明智城は滅亡した。使者の明智光秀《みつひで》はその光安の甥であると自称し、伴《とも》の三宅弥平次秀満《みやけやへいじひでみつ》(後に光秀の娘婿となり明智姓を名乗る。俗称光春《みつはる》)を従え、越前朝倉義景《よしかげ》の許に身を寄せ、客分として捨扶持《すてぶち》を貰っていた。

その経歴は、前年の暮、密かに岐阜を訪れた足利将軍義昭《よしあき》の側近、細川兵部大輔藤孝《ひょうぶだゆうふじたか》が、信長に伝えていた。

「さあ、明智兵庫助殿とは、面識があるというだけで、その親族は一向に……」

豪族、というのは譬《たと》えの言葉で、猫額大の領地を持つ氏族に過ぎない。明智光安でも道三の部将というほどの者ではなかった。その一族のことなど知らぬのも当然である。

信長は、くだくだしい話し方をひどく嫌う。単刀直入に結論だけを述べよというのである。それを理解しない部下の者は、容赦なく退けた。

「素性などどうでもよい。どういう男だ」

「は……年ばえ四十前後、容姿は優れております」

兵介が懸命に答えるのに、信長は冷然と言った。

「見ればわかる。ほかに」

「もの言いゆるやかで、言葉を選びます」

「もういい」

信長は、手綱を引いて、馬首を廻らせた。

帰途についたと見て、猪子兵介は後に従った。

信長は、兵介の言葉で、明智光秀という男の性情を摑みかけていた。慎重な質で教養があるらしい。


昨年の暮、岐阜の城と城下町の修復に忙しい信長の許へ、小人数の一行が訪れた。

足利第十五代将軍義昭（前名義秋、越前で義昭と改名）の使者と称する貴種の武人である。

細川兵部大輔藤孝
と、名乗った。

足利義昭は、第十三代将軍義輝《よしてる》（初名義藤）の弟である。天文十一年、仏門に入り、覚慶《かくけい》と名乗って奈良興福寺一乗院《こうふくじいちじょういん》の門跡となった。

十三代義輝は、三好・松永勢に壟断《ろうだん》されている将軍権威を回復しようと志し、たびたび争い戦ったが味方する者少なく、都を蒙塵《もうじん》すること相次いだ。

細川藤孝は、将軍幕下の名門三淵《みつぶち》氏の子として育てられ、夙《つと》に十二代将軍義晴とその子十三代義輝に仕え、将軍の業《ぎょう》を扶《たす》けた。

永禄七年、三好家当主長慶《ながよし》が病没する。実はその重臣松永弾正《だんじょう》久秀《ひさひで》が、主家にとって代ろうと毒殺したとも伝えられる。松永久秀は次いで翌八年、三人衆（三好長逸《ながやす》・同政康《まさやす》・岩成主税《いわなりちからの》助《すけ》）と呼ばれる三好家重臣と図り、二条第《にじょうだい》の将軍義輝を襲って殺害した。

――意のままにならぬ公方なら、殺して代りの者を擁立すればよい。

三好・松永らは、義輝の末弟周暠《しゅうこう》（京・鹿苑寺《ろくおんじ》院主）を騙《だま》し討ち、残る奈良一乗院門跡覚慶を幽閉した。

二条第変事の際、近江にあった細川藤孝は、松永・三好の野望を挫《くじ》こうと覚慶を救出、甲賀の豪族和田惟政《これまさ》の支援をうけ、十五代将軍義秋（後に義昭と改名）を名乗らせた後、近江から越前守護職朝倉義景を頼ってその庇護の下に入った。

だが、義景は惰弱の上に酒色にふけり、新将軍義昭の擁立のため軍を出すことを肯《がえ》じない。

事ここに到って細川藤孝は、朝倉氏を見限って新興勢力の織田信長を頼もうと、昨年暮、ひそかに岐阜を訪れ、将軍動座をはかった。

その際、藤孝が話柄《わへい》にあげたのが、朝倉家で養われている明智光秀の名である。

この時点から六年前の永禄五年。加賀の本願寺勢が越前侵攻を策した。

加賀はもともと富樫《とがし》氏が守護大名で、五百余年続いたが、長享二年（一四八八）に一向一揆に攻められ当主の富樫政親《まさちか》が自刃して終った。以来七十余年加賀は地侍と本願寺僧侶、門徒の三者合議の国となった。一種の共和国家といっていい。

共和といっても、地侍の中に権力者があらわれると、その者の意思のままに動く。

坪坂伯耆《つぼさかほうき》という者があらわれ、勢威を振るった。その坪坂が越前に侵出を目ざした。

朝倉義景は、家老朝倉土佐守に四千の兵を与え、加越国境に近い加賀大聖寺《だいしょうじ》城に出陣させた。

朝倉土佐の陣は、敵の勢威に押されて士気があがらない。小競り合いの戦いで悉く《ことごと》敗れ、萎縮しきった。

一夜、その陣を訪れた浪人があった。美濃から流亡中という浪人は、明智十兵衛光秀、郎党は三宅弥平次秀満と名乗り、明朝払暁《ふつぎょう》、坪坂勢の朝駆けありという。

「なぜそれがわかる」

「物見櫓《ものみやぐら》にお登りあれ。敵陣に赤気《せっき》が立っております」

見たが、一面の闇《やみ》である。だが再三再四言われると、そんな気がしないでもない。

「急ぎ御用意あれ」

土佐が迎撃の用意をすると果して坪坂は奇襲をかけた。難なく撃退し、殲滅的な打撃を与えた。

義景は、土佐の進言で明智光秀を召し抱えた。禄二百石、門閥本位の朝倉家らしい薄禄《はくろく》だった。

足利義昭が朝倉家に身を寄せ、敦賀金ケ崎《かながさき》城に仮住居すると、義景は新規召し抱えの明智光秀に連絡役を申し付けた。諸国を遍歴して礼式を弁《わきま》え、話柄も豊富な光秀を適任とみた。

光秀は、禄を返上し、客分扱いを願い出た。自尊心の強い光秀は、薄禄を恥じたのである。義景は無頓着にそれを許し、捨扶持を与えることとした。

光秀の博学多識を、細川藤孝は高く評価し、親交を深めた。

藤孝は、進取の気性なく酒色に溺れる義景を見限り、美濃を攻略した織田信長に嘱望した。信長は降って湧いた新将軍擁立の委嘱に、充分な乗り気を示した。

だが、一旦身を托した朝倉家から信長への鞍替えは、慎重を要する難事だった。藤孝は朝倉家への工作を担当するが、織田家との連絡将校が必要だった。

藤孝は、足利義昭の名を借り、将軍家昵懇《じっこん》衆の名義で、光秀を信長が召し抱えるよう推挙した。

信長は熟慮の末、銓衡《せんこう》を義昭にあて申し送った。

そしてその日、明智光秀が足利将軍の使者という名義で、岐阜に出向いてきた。

信長と光秀、運命の出会いである。

稲葉山の山裾に、新築の城館がある。

斎藤氏は最後の城主龍興《たつおき》（義龍の子）まで稲葉山の山頂にある城を住居としたが、信長は出入りに不便な山頂に住居する気はなかった。それで山裾に華麗な城館を建てた。

城館は四層、信長好みの豪奢《ごうしゃ》な造りである。一階には二十の部屋があり、釘隠しはすべて黄金を用いた。

二階は、奥向の女性のために造られた。信長の嫡男信忠《のぶただ》、次男信雄《のぶかつ》を生んだ側室生駒《いこま》氏はすでに亡く、三男信孝《のぶたか》を生んだ側室坂《さか》氏などが、部屋を分けて住んだようである。斎藤道三の娘で正室濃姫《のうひめ》（帰蝶《きちょう》）はこの頃から消息が知れない。一説には美濃攻めの以前に仏門に入ったとか、あるいは堺に独り住居し終った、ともいう。

ともあれ、この時代の女性はひどく存在価値が稀薄で、史料に見るべきものがない。現在語り継がれるのは、後世の物語作者の想像によるものであり、時代はすべて男性が動かしていた。

三階は、当時流行し始めた茶事のためのもので、四階は軍事用の望楼を兼ねた会議場であった。

後に、岐阜を訪れた宣教師ルイス＝フロイスは、

「私自身、ポルトガルからインド、マカオを通って日本へ来たが、未だかつてこれほど精巧美麗な宮殿を見たことがない」

と、嘆賞したという。

光秀は、一階の広間で信長の謁見を待っていた。

――何という美意識の強さだ。

光秀は、〝尾張のうつけもの〟といわれた信長の、伝説めいた育ちようを聞き知っている。男根を染めぬいた浴衣《ゆかた》を着て縄の帯を締め、片肌ぬいで泥まみれとなって歩いたという……。

その泥まみれというのは、おそらく訛伝《かでん》に違いない。浴衣は仕立て下し、帯代りの縄一筋も選びぬいたものであろう。信長の傾《かぶ》いた美意識は、常識を度外視しながらそれなりに、完璧を期したものと思われる。黒檀《こくたん》を惜しげもなく用いた柱や欄間《らんま》に、燦然《さんぜん》と輝く黄金の釘隠しの調和は、

簡素の美を最高のものとする日本古来の観念をみごとに打ち破って、新たな美の完成を目指す信長の、創造力を示していた。

——この主《あるじ》に仕えるのは、容易ではない。

重く伸《の》しかかるその思いは、ふしぎと不快ではなかった。むしろ快感を呼び起こす。

——この主と一体となり、その業を扶けたら、どのような世界が現出するだろうか。

わかり易くいえば、そのような未知なるものへの期待と恐れ、あこがれをないまぜた魅力が、心躍らせる。

光秀は、いつしか少年のような心になっていることに気付き、われとわが心を戒めた。

襖《ふすま》が開く。信長がいとも無雑作に座に着いた。

扈従《こじゅう》しているのは、猪子兵介ただ一人だった。

開け放しの部屋に吹き渡る早春の風は、まだ肌に寒い。

その風に乗るように、信長はふわりと座に着いた。

下段に控えた猪子兵介が、軽く咳払いして光秀を促した。

「明智、十兵衛光秀にござりまする」

光秀は平伏したまま、名乗った。

「で、あるか」

やや音調が高い。簡にして要を得た信長の特徴ある言葉である。かつて岳父斎藤道三と尾張・美濃の国境に近い富田庄《とみだのしょう》聖徳寺《しょうとくじ》で初めて相見《あいまみ》えたとき、道三の重臣堀田道空が、

「あれにわたらせられるのは、山城入道にござりまする」

と、引き合わせたときも、信長の言葉は、

「で、あるか」

の、ひと言だけであった。

そのあと信長は、ゆっくりと立って、敷居を越え、対面の座につき、

「上総介《かずさのすけ》でござる」

と、名乗った。

一介の油商人の出で、美濃の守護大名土岐氏の重臣に伸し上がった父新左衛門尉の後を継ぎ、遂にはその土岐氏を追って美濃五十四万石を奪った一世の梟雄、斎藤山城入道道三と信長が、生涯に交した言葉は名乗りだけであったという。

その一言で信長は、〝美濃の蝮〟と呼ばれた道三への親愛を表し、一族討伐の戦の際、留守城の守りを委《ゆだ》ねるほどの信頼を示した。「で、あるか」の意味は重い。信長は、光秀の存在感を認めたことを意味する。

「よい名乗りだ」

「は……?」

光秀は顔をあげ、初めての信長の面貌を仰ぎ見た。

端麗な顔である。織田家は代々美男美女の血統である、といわれた。面長で色白く、切れ長の眸《め》が細く、一重瞼が決断力の鋭さを示す。

――だが、戦国大名の容貌ではないな。

光秀は即断が、後に誤りであると覚るようになる。

戦国大名は、容貌魁偉《かいい》、鬼面人を驚かす態のものをよしとした。信長はその若さを補うため鼻下に髭《ひげ》をおいたが、その細い八字髭は気品のたすけにこそなれ、武威を示すよすがにはなっていない。

「智、明らかにして、光り秀《ひい》でる……めいち、こうしゅうか。ようつけた」

信長は、髭先を震わせて、呵々《かか》と笑った。

「は……」

光秀は、われにも非《あら》ず内心狼狽《ろうばい》した。これは仕官のための面接である。一廉《ひとかど》の武士として係累の詮議は当然だが、姓名の文字の談議は予想外だった。

「恐れ入り奉る」

光秀は、急いで言葉を続けた。

「てまえの家は、美濃守護職土岐家の傍流にて、十代前の頼重が住居致しました明智郷《あけちごう》の名を姓とし……」

「もういい」

信長は真顔に戻ると、うるさそうに言った。

「いや、お聞き願いとうござる。光の一字は父光綱、叔父光安と、それぞれに付けたが習わしにて……」

「死に果てた先祖のことなど、どうでもよいのだ」

信長は、不機嫌に声を荒げた。

「うぬが名乗る以上、うぬが納得した名であろう。その名が気に入ったと申したのだ」

信長は、じろりと光秀を見た。

「それと、赤気とは何だ」

「はて、赤気と申しますと？」

信長の目配せで、猪子兵介が言葉をそえた。

「そこもと、加賀大聖寺の陣で、朝倉土佐どのに申された筈……朝駆けのしるしは空に赤気立つと……」

「そのようなものは見えぬ。この世にない」

信長がすかさずいう。

「恐れ入り奉る」

光秀は、あっさり認め、平伏した。

「だが、おもしろい。その小才、おれがために使え……兵介、どうであった」

「勘定方の申すところによれば、安八《あんぱち》郡に五百貫ほどの闕所《けっしょ》（知行地のあき）がございます」

「……よいか」

信長に無雑作に言われて、光秀は面くらった。石高に直すとほぼ五千石である。一手の侍大将格といっていい。

「ありがたき倖せに存じ奉ります」

「言うておくが、土地はやらぬ。禄を勘定方から貰うて士卒を養え」

「は……いかほど?」

「それがそちの才覚だ。励め」

何人の軍兵を持つかは、当人の才覚だというのである。

――なかなかに食えぬお方である。

「光秀、茶を喫《の》むか」

室町時代、村田珠光《しゅこう》を祖として始まった茶道は、武野紹鷗《じょうおう》を経てひろまり、各地の武将の間で盛んとなった。

信長も幼少の頃からたしなみ、異常なほど愛好し、趣味の域を脱して達人であったといえる。

光秀も、流浪の間に研鑽を怠らなかった。たびたび堺を訪れ、紹鷗の後を継ぐ茶人千宗易《せんのそうえき》や津田宗及《そうぎゅう》・今井宗久《そうきゅう》などに接して学んだ。茶道は当時、武道と並ぶ武人のたしなみであった。

「振舞うてやる。来い」

信長は座を立つと、三層目の茶室へ足を運んだ。従うのは光秀ただ一人であった。

光秀は、茶を一服喫するものと思った。

だが、いつの間に用意されたのか、供されたのは、茶懐石であった。簡素な食膳が出、酒も添えられていた。

――茶懐石を振舞われるようだと、面接は上乗の首尾とみてよい。

光秀は、安堵した。盃を重ねた。

ふと気付くと、信長は盃を伏せて、光秀の言動を興味深げに見守っている。信長は酒好きとみえて、今し方までは闊達《かったつ》に盃をあけていた。微醺《びくん》をただよわせながら盃をおき、話を聞く、自制の力強しとみえた。

光秀が酒を辞すると、信長は膳を下げさせ、茶事に入った。

作法が終ると、亭主の信長はおのれも一服を喫し、光秀に問いかけた。

「おれが軍勢、よそ者の眼にどう映った」

光秀は、形にあらわれた尾張兵の特異性を述べた。

尾張兵は戦に弱いという定評があった。尾張は商業の盛んな国である。保守的で鈍重だが頑健で持久力に富む農民兵と比べると、商人気質というのは先を見ることに敏であるため耐久力に乏しい。

それが、信長の代になると、他に比べて見劣りせぬほど強壮になった。

光秀は、その因を足軽槍組の三間半長柄槍と、足軽の簡易具足（胴丸《どうまる》）の採用によるものと推定した。

この時期、鉄砲という新兵器の出現は、戦闘の様相を一変させた。騎馬武者の一騎駆けから、足軽（軍兵）の鉄砲組・弓組・槍組による集団戦闘が主流を占めるようになった。

従来の防具、革で縅《おど》した腹巻では、鉄砲玉を防げない。前線の軍兵が大量に斃《たお》れれば、軍陣が崩壊する。

戦国大名の多くは、鉄の延板《のべいた》を鋲《びょう》でつなぎとめた桶側胴《おけがわどう》という防具を着用させた。だが重い上に屈伸の自由が利かない桶側胴は、著しく軍兵の運動を妨げた。

信長は、横に細長の鉄の延板を革紐《かわひも》でとめ、提灯のように伸縮し屈伸の自由な〝胴丸〟という簡易具足を採用した。

〝三間半長槍〟と〝胴丸〟は、尾張兵を一変させた。

光秀が、その二点を指摘すると、信長は事もなげに言った。

「長槍はおれの発想だが、胴丸は蝮の工夫だ」

信長は、軍事機密に類することを、軽々と言って憚《はばか》らない。

天文二十年、実父信秀の死で家督を嗣《つ》いだ信長は、二年後の春、岳父の斎藤道三と濃尾国境に近い富田庄の寺で初会見した。道三は、奇矯《ききょう》に振舞う信長の底意を見抜き、心惹かれたのであろう、自ら工夫した簡易具足〝胴丸〟を贈ってきた。

信長はその優秀性を認め採用したというのである。

後世、歴史を一変させる信長と光秀の、初の対話はまだ続いた。

信長は、みたび席を移した。今度は四層目の軍事用の階だった。信長は望楼に自ら案内し、肩を並べて美濃の山野を望見した。

——これは難攻不落、天然の要害だ。

山裾、といっても、平地より遥かに高い。四層の城館から見下ろせば、城下町の外れ長良川の悠揚たる流れの向うは平坦な美濃平野で、視野を遮《さえぎ》る何物もない。見返れば峨《が》々《が》たる稲葉山の峻嶮《しゅんけん》が聳《そび》えたつ。山頂の岐阜城から望見すれば、遠く尾張の平野までが一望の下に見はるかせるに違いない。

軍勢の隠密行動など、到底無理である。

——よくも陥《おと》したものだ。

永禄三年の桶狭間の合戦から数えて七年、信長は美濃攻めを飽かず繰り返した。岳父斎藤道三がその子義龍に討たれてから始まった戦は十年に及ぶ。

美濃から戦を仕掛けたことはない。いつも信長の侵攻であった。その戦は毎年のように行われ、その都度信長が敗けた。三千、五千の軍勢が徹底的にうちのめされ、命からがら逃げ帰ることの連続だった。

——美濃兵は強悍《きょうかん》、尾張兵は劣弱。

それが昨永禄十年の美濃攻めでは、彼我《ひが》の様相が一変した。信長の尾張勢は木ノ葉を散らすように美濃勢を席巻し、瞬《また》く間に旧稲葉山城に取り付き、これを攻略した。強悍の美濃勢は、為《な》すところなく敗退し、降伏して、国主斎藤龍興は国外に蒙塵《もうじん》、美濃は信長のものとなった。

——美濃勢と、尾張勢の強弱が逆転したのは何が原因か。

世人はいう。それは信長の多年にわたる謀略が功を奏したためである、と。

確かに、それはある。信長は倦《う》まず侵攻を繰り返しながら、その裏面で謀攻・調略に意をそそいだ。

小者あがりの木下藤吉郎の抜擢もその一つである。濃尾国境の要衝墨俣《すのまた》に一夜城を築かせ、敵前築城が成功すると、その守将に登用した。

――あれは、築城の功績だけの抜擢ではない。

当時、国外にあって、専心、戦の推移を見守っていた光秀は、そう見ていた。

墨俣築城の成功は、その殆《ほとん》どが〝川筋衆《かわすじしゅう》〟の戮《りく》力《りょく》協心によるものであった。

〝川筋衆〟というのは、濃尾平野を貫通する木曾《きそ》・長良《ながら》・揖斐《いび》の三大河川の舟運・荷役や警備請負を業とする野武士集団で、その一方の頭目である蜂須賀《はちすか》党の首領、蜂須賀小六正勝《ころくまさかつ》は、木下藤吉郎の流浪時代、相識の仲であった。

川筋衆は、権力におもねらず、自由奔放な暮しぶりを好み、主持《あるじも》ちをも凌《しの》ぐ剽悍《ひょうかん》さと、鉄の団結を誇る。

信長は、小者の藤吉郎が蜂須賀党とつながりを持つのを知って、その調略を命じた。

川筋衆の殆どは、斎藤道三の時代、美濃と協力関係にあった。その有能を見込んだ道三が、金を惜しまず散じたためである。

川筋衆が、道三の破天荒な生き方に共感を抱いた所為《せい》もある。

その道三は、子の義龍に弑《しい》せられ、美濃は彼の子のものとなった。信長はそれを好機とみた。

――道三の仇とは手を結び難いであろう。われに靡《なび》け。

調略の舞台となったのは、生駒屋敷という土豪の館である。川筋衆とは昵懇の仲で、なかでも蜂須賀党は、自党の本拠のように出入りしていた。

因《ちなみ》に、生駒氏には、吉乃《きつの》という女性があった。吉乃は望まれて信長と結ばれ、長子信忠、次子信雄を生む。

一説には、藤吉郎の登用は、生駒氏の仲介により、蜂須賀党とつながりのある小才の利いた小者を召し抱えた、とある。真偽のほどはさだかでない。

ともあれ、蜂須賀小六は、とび抜けた奇矯の信長に魅せられた。むしろ魅入られたというほうが当っているかも知れない。

藤吉郎の、濃尾国境の三大河川の合流点である墨俣での、敵前の築城という難事も、川筋を熟知している川筋衆の手をもってすれば、さしたる難工事ではなかった。

この頃から、木下藤吉郎の活躍が始まる。藤吉郎は、多年美濃衆と協力関係にあった川筋衆の縁故を辿《たど》り、斎藤氏麾下《きか》の重臣や名ある武将に食い入り、寝返り工作に努めた。

それには、義龍・龍興と二代にわたる凡庸・暗愚の失政が与《あずか》って力あった。墨俣築城後わずか一年足らずで、稀代の謀将竹中半兵衛重治《しげはる》をはじめ、美濃三人衆といわれた安藤伊賀守（守就《もりなり》）・稲葉一鉄《いってつ》・氏家卜全《うじいえぼくぜん》らが、残らず龍興を見限った。

永禄十年八月一日、突如行動を起した信長は、美濃に攻め入った。信長の令はただ一言、

「勝負は二度あらじ」

その言葉通り稲葉山城は落城し、美濃は信長の手に落ちた。美濃攻めは信長と木下藤吉郎の謀略工作の成果と言っていい。

だが光秀は、その謀略の裏に疑問を持った。

――剛強の将が、劣弱の軍勢に寝返ることはない。

木下藤吉郎は、調略の際、尾張の軍事機密をひそかに明かしたのであろう。その機密は信長の今後の躍進を約束するものであったに違いない。

光秀は、それを知りたかった。

信長は、光秀の心情など忖度《そんたく》する気はない。

「その方、蝮が滅んだあと国を離れ、十年諸国を遍歴したと聞いたが」

「いや、足掛け七年にござります」

光秀は、履歴の正確を期した。

「そのあと、越前朝倉家より扶持をいただきました」

「年月はよい。有りようを囀《さえず》れ」

囀る、とはひどい言い方である。信長は往々親しみを持つと言葉遣《づか》いが粗雑になる。それにひどく短い。

道三に味方した明智光秀は、敗死した叔父光安の子と称する弥平次秀満を伴って諸国を流浪した。その足跡は（彼の言によれば）京畿にはじまり、東は関東小田原、甲斐、越後から、西は中国、四国、筑紫《つくし》に及ぶという。

そのなかには、また聞きもあろう、浪人暮しが長くなるとおのれを大きく見せかけるため、多少の誇大がまじる。

それにしても光秀の遍歴談は才智が光っていた。軍状、治政、民情から武将の性癖に至るまで、観察は鋭く細をうがち、分析は耳を傾けるに足るものだった。

信長は、光秀の喋るに委せたが、熱心に聴き入る様子は見せなかった。懐紙を割いて紙縒《こより》を縒《よ》り、腰の巾着《きんちゃく》から煎《い》り豆を取り出して齧《かじ》り、小刀で木片を丹念に削ったりした。

それが信長の性癖だった。傍目《はため》にはばかにしているように見えるが、彼は集中力を一点に傾注するとき、手足を別の他愛もない事に使う。信長は全身を耳にし、脳裡ではそれに対する評価を考えていた。

――おもしろい。こやつなかなかのものだ。

それは、彼の家臣団には無い新たな人材だった。柴田権六勝家《ごんろくかついえ》や丹羽《にわ》五郎左衛門長秀《ながひで》をはじめとする家臣団は、戦闘力には優れているものの、教養の点では田舎者の域を出ない。観察力も分析力も無いに等しく、それはすべて信長ひとりの能力に委ねられていた。

「もういい。それより聞こう。わが敵はどれとどれだ」

信長は長々と続く光秀の話を事もなげに遮《さえぎ》った。遠国の武将の評価をいま聞いてもしようがない。相見えるまでには時がかかる。その間に変化が起る。

「……越後の上杉、甲斐の武田かと愚考 仕《つかまつ》ります」

案の定、である。上杉・武田の二雄は史上最強といっていい。軍兵の質でも動員兵力でも、信長の実力は著しく劣る。

信長は、ふんと鼻先で哄《わら》った。

「おれは負けぬぞ」

「は……」

光秀は、返事に困った。

「勝つ、とは言わぬ。だが負けぬ手だてはある。おれはこの七年、そのための手を打った」

信長は、傲然《ごうぜん》とうそぶいてみせた。

――上杉、武田おそるるに足らず、負けぬ手だてありという。その手だてとは何か。

この治乱興亡定かならざる世に、信長の下に加わり一生の運を賭ける、目算が外れればおのれ一人の命運にとどまらず、一家眷族《けんぞく》ことごとく滅亡する。

だが、それを信長に問いかけるほど、光秀は無知ではなかった。この対面は信長が光秀を選び見確かめるためのものである。光秀は恭謙であらねばならない。

光秀の諸国見聞譚《たん》は、そのあと暫《しばら》くして終止符が打たれた。信長は飽いたのであろう、一方的に打ち切ったのである。

「その方、どこに宿った」

信長は脈絡もなく突然問いかけた。

「御城下、常在寺《じょうざいじ》に宿を借りましてございます」

常在寺は、京の油屋山崎屋庄九郎といった道三の父斎藤新左衛門尉が、油行商の途次、宿とした寺である。元京都妙覚寺の学僧で法蓮坊《ほうれんぼう》と称した新左衛門尉は、同じく南陽坊と称した常在寺住職日護上人と学友の仲であったという。

日護上人は、当時美濃第一の出頭人長井豊後守利隆《ぶんごのかみとしたか》の実弟であったことから、新左衛門尉、ひいてはその子山城入道道三の出世の道が開けた。

信長にとっては、自分の真価をはじめて認めてくれた岳父、斎藤山城入道道三の所縁《ゆかり》の寺である。もちろん住職は数代代っているが、堂宇《どうう》は戦火を被《こうむ》ることなくそのまま残った。何か感慨なり懐旧の情があるかと思ったが、信長は微塵《みじん》もそれを示さなかった。

「公方殿への返書は、明朝までに届けよう。今宵《こよい》は館で美濃の酒を飲んでゆけ」

表向き、光秀は足利将軍の使者である。用件が済めば早々に帰参しなければならない。信長はきわめて冷静にそう伝えると、さっさと座を立って奥へ消えた。

光秀は、感情の動きを少しも見せない信長の挙措に驚嘆した。

——なるほど、信長は過去を見返ることがないというが、まことだな。

光秀は、信長の特性をまた一つ知った。

信長は、桶狭間の一戦で寡《か》をもって衆を討ち、東海の覇王今川義元を討滅して天下を驚かせた。だがその手柄話は光秀との会話で一度も話柄にとり上げなかった。

それればかりではない。光秀の知る限り以後七年に及ぶ美濃攻めで、寡をもって衆を討つ奇襲戦法をただの一度も用いることはなかった。常に新しい戦法を試み、悪戦苦闘を重ねた。

——この御人に仕えるからには、このことを肝に銘じておかねばならぬな。

怜悧《れいり》な光秀は、その優れた分析能力で信長を評価した。

春うらら。埃《ほこり》っぽい中山道美濃路を西へ向って歩む一隊の軍列がある。
七、八人の光秀の一行と、国境《くにざかい》までの警護と見送りを兼ねた信長配下の小部隊である。
昨夜の酒席に、信長は出席しなかった。相伴は猪子兵介ただ一人であった。兵介ははじめ、同じ美濃の出である光秀に昔噺《むかしばなし》をしかけたが、過去の思い出が辛かったのか、光秀は生返事に終始して乗ってこない。酒席はしめりがちに終った。

早朝、光秀が行列を整えて常在寺の山門を出ると、門前に三、四十人の軍兵の列が待ちうけていた。

隊列の長とみえる小柄の部将が、光秀の前に進み出ると、笑顔で挨拶した。

「木下藤吉郎と申します。主君信長の申し付けにより、国境までお見送り申し上げる。道中お望みのことあれば、何なりとご遠慮のうお申し付け下され」

愛想のいい男である。戦場焼けした顔は小皺《こじわ》が多く、気品も威厳も乏しく、むしろ醜貌《しゅうぼう》といっていい。だが人なつこく、妙に惹かれるものがある。

道が城下を外れると、木下藤吉郎は光秀の横に馬を並べた。

光秀は、初対面ながら、その名を知っていた。

「木下どのと言われる。お噂はかねがね聞き及んでおります。過ぐる美濃攻めには大層なお手柄でございましたな」

「いやいや、さようなことは」

藤吉郎は、快活に笑った。別に謙遜する風はない。気にとめないという態度だった。

「おおかた調略のことを仰しゃるのであろうが、もののふというのは刀槍の功名が第一でござる。謀事謀略というのは尊ばれませせぬ」

別段、うらみがましい言いようではない。それを当然のことと受け入れる態度に好感が持てた。

「ご案内とは思うが、てまえは浮浪の出でござってな」

藤吉郎は、衒《てら》う様子もなく、思いきったことをずばりと言った。

「口取りの小者から足軽とお見出《みいだ》しに与《あずか》って、ようやく士分に列し、一廉の者になり申した。しかが素性は争えず、戦場での働きは大の不得手で、刀槍の扱いもままならず、やむなく調略のことで茶を濁しております」

人には謙譲《けんじょう》の美徳というのがある。だが、それも過ぎれば厭みになりかねない。それにしても藤吉郎の言い条は度を越えていた。人間ここまで虚心坦懐《きょしんたんかい》に自己分析されると、何か親身にならざるを得ない。

光秀は、知らずその人柄に魅せられた。

それが、藤吉郎秀吉の処世術――有名な人たらしの術――と気付くのは、まだだいぶ先のことである。

「実は……」

藤吉郎は、顔をくしゃくしゃに笑ってみせた。

「てまえ、昨夜遅うにお城に戻りまして、図らずもお見送りの命を拝しました。そのためよろず手配が間に合わず、不行届きとなっております」

「お心遣いはご無用に願いたい。していずれの戦場よりお戻りか」

光秀は、藤吉郎の具足に残る硝煙の匂いに興味を持った。

「北伊勢でござる」

藤吉郎は、明《あ》けっ広《ぴろ》げだった。

「ほう、北伊勢……？」

昨年早春、信長は北伊勢に兵を出した。美濃攻めの前である。「勝負は二度あらじ」と宣言しての決戦の前に、兵を割いて北伊勢に侵攻する。誰もがその意図を疑った。

光秀は、光秀なりに推量した。

――戦法を再検討し、兵をそれに慣れさせるため。

当然、八月の美濃攻めの機に取止めたものと思いこんでいた。

それがまだ続いているという。

光秀の不審顔に、藤吉郎はいたずらっぽく顔をのぞきこんで言った。

「昨夜、お屋形様がてまえにこう申されました。こたび明智光秀なる者を召し抱える。この方は問いたきことを存分に確かめたが、かの者は尋ねたきことを数多《あまた》残しておろう。包み隠さず話してやれ……と」

「……」

光秀は、呑まれた。

昨日、初めて対面した信長は、我儘《わがまま》で勝手仕放題だった。やんちゃ坊主そのままの振舞いだったが、光秀はその振舞いの中に、天才の片鱗《へんりん》を見た。

だが信長には、更にもう一段の底の深さがあった。光秀の心理を読みとって、藤吉郎に軍事機密の開示を許していた。

それだけ信長の光秀に対する信頼と期待が大きかったともいえよう。

「そこもとは……」

藤吉郎は、光秀の沈黙に、先に言葉を放った。

「尾張勢の強さのもとを、槍と具足の新工夫と申されたそうだが、まだ足りませんぞ」

「それは……」

「鉄砲でござるよ。お屋形様は鉄砲数を揃えるのと、鉄砲足軽の調練に七年の歳月をかけられた。ようやく物の用に立つとみて、美濃攻めにおかかり遊ばすと……何と、ごらんの通りの始末でござった」

美濃攻め七年の歳月は、戦の調練のためと聞いて、光秀は唖然となった。

光秀は、信長が最重要課題である美濃攻略の前に、貴重な兵力を割《さ》いて北伊勢侵攻を実施した因を知った。

当時、鉄砲の生産を独占していたのは、畿内の南辺、和泉《いずみ》の堺であった。堺は守護不入、いまでいう自由都市で、傭兵を擁し、何人の掣肘《せいちゅう》も受けず、南蛮貿易を独占するかたわら、海外渡来の技術を入れて鉄砲を大量に製造し、戦国諸大名の需《もと》めに応じていた。

諸大名は、鉄砲の採用にあまり熱意を持たなかった。有用ではあるが高価に過ぎる。将士には

「飛道具は卑怯」という妙な固定観念があり、足軽相当のものとされた。さらに習熟させるためには手間暇がかかり、銃弾と火薬の補給も面倒である。

ひとり信長は、鉄砲に魅入られた。

——使用法によっては、戦の様相が変る。

寡をもって衆を討つことも可能である。また鉄砲の効用は、兵の強弱とあまり関係がない。脆《ぜい》弱《じゃく》と定評の尾張兵を率いる信長は唯一の活路を鉄砲に求めた。

それにしても、泉州堺は遠い。堺の商人は沿道の大名や豪族、はては野武士の集団に関銭を払い、野盗に備えて傭兵を雇って鉄砲その他を搬送した。

信長と直接かかわりのない大和の筒《つつ》井順慶《いじゅんけい》や、伊賀の土豪は堺商人の顔と金銀で済んだが、尾張と境を接する北伊勢は、信長の相次ぐ鉄砲購入に神経を尖《とが》らせた。通関に難を唱え、必然北伊勢の国境附近に滞貨が激増した。

信長は、打開のため北伊勢回廊の侵攻を断行した。信長は近江浪人の出という部将滝川一益《かずます》に軍勢を預け、伊勢の国司北畠具教《きたばたけとものり》と戦端を開き、北伊勢を制圧して具教を大河内《おかわち》城に逼塞《ひっそく》させた。

「目下、和睦を交渉しておりますが、何せ北畠家は南北朝以来の名家、気位ばかり高く、なかなか捗々《はかばか》しく進みませぬ」

藤吉郎は、あけすけに戦況をいう。その明け広げの態度に、光秀は異人種を見るような感銘をうけた。

――よもや信長は、ここまで機密を打ち明けよとは言うまい。この大腹、噂には聞いたがこの男、さりとはの者である。

「甚だ卒爾《そつじ》だが……木下殿はいかほどの処遇を得ておられる」

相手が相手だけに、思いきって訊ねてみた。

「御扶持、四百貫を頂戴致しております。ただしお屋形様のご所存にて、家来に土地は与えぬとのことで……いや、それにしても出自《しゅつじ》卑しき身にとっては、身に余る大禄でござる……」

またしても、知行地の話が出た。それとは別に光秀は、知らず怯《おび》えの感覚を持った。

――この男を朋輩として扱うのは、容易ではない。

藤吉郎は、信長から明智光秀の新規取り立てを聞いた。

――かの者、識見・才智、得難い人材とみたが、いらざる教養が妨《さまた》げとなっていま一つ人物の摑めぬうらみがある。その方、帰りの道中をともにして、人柄を試して参れ。

生れてこの方、およそ物怖《ものお》じということを知らぬ藤吉郎には、うってつけの役目であったといえよう。

一行は、大垣牛屋《うしや》城で休息をとった。当時の大垣城は粗笨《そほん》な田舎城で、もちろん天守閣などまだない。

大垣は、往古《おうこ》不破関《ふわのせき》の置かれた関ヶ原に隣接し、畿内と東国・北陸を結ぶ要衝で、これより西の方、関ヶ原は、不破関を控えた平地、という意味である。

大垣城を預る将、氏家卜全は、もと斎藤氏に仕えた美濃三人衆の一人であったが、藤吉郎の招降で信長の許へ裏返《うらがえ》った。その恩縁もあって卜全は一行を手厚くもてなし、早目の昼餉《ひるげ》を供したため、休息は思いの外長引いた。

「明智殿には諸国見聞のご意見が秀逸であったそうで、お屋形様はいたく感銘なされたとうかがいました」

藤吉郎は、食後の茶を喫しながら話を誘った。

「ご過褒《かほう》、痛み入る。わけても越後の上杉、甲斐の武田の動静に興味を抱かれたようです」

上杉景虎（謙信）・武田晴信（信玄）は、群を抜いた存在である。遠国の諸大名でも興味を持たぬ者はない。まして濃尾二カ国を占有した織田家にとっては、不断の脅威である。

「それで、お屋形様はどのように……？」

光秀は、苦笑してみせた。

「それが……戦うて、勝つとは言わぬが、負けぬ。そのための手を七年かけて打った、と……何のことかおわかりか」

一瞬、とまどいを見せた藤吉郎は、撥《はじ》けるように笑いだした。

「なるほど……明智殿はご存知であろうが、上杉・武田はこれまで信州川中島で五度《たび》戦い、五回とも雌雄《しゆう》を決せず終っております」

「それが何か……」

「川中島合戦は八月が三回、七月と九月が一回ずつ、つまり両者ともに田植えが済んで後、刈入れまでの間の戦であった。農繁期は戦を休む。さもないとその年の物成りが無うなります。それが諸大名の泣きどころでござる」

諸大名の兵力動員は、配下の将領が知行地の地頭に軍兵の供出を割当てる。軍兵の過半は徴発された農民であった。ために戦は農閑期に限られ、訓練もままならない。殊《こと》に新兵器鉄砲の調練に事欠いた。

信長は、兵農分離という新機軸を現出した。当時とすれば、まさに天才的発想であった。戦乱の続く当時、敗残の浪人と流民は物資流通の要地尾張に多く流れこんだ。信長は農民を農事に専念させ、年貢や課税で浪人・流民を傭兵に雇った。

ゆとりある税収で傭兵を雇う。専門化した兵は訓練が行き届き、精兵となる。だが欠点があった。忠誠心の欠如である。

農兵は、おのれの土地に異常な執着心を持つ。農業国三河の兵が堅剛強悍の名を恣《ほしいまま》にしたのは、その所為《せい》であった。

商業の盛んな尾張には、その特性がない。まして流竄《りゅうざん》の浪人・流民の傭兵には、望むべくもなかった。

信長の天才的発想は続く。彼は傭兵を美濃攻めの戦場に投入することで鍛練した。道三以来訓練精到の美濃兵は強く、信長は攻めるたびに惨敗を喫し、たびたび死地に陥った。

信長はそのたびに常に陣頭に馬を進め、大音声《だいおんじょう》で叱咤《しった》し、敵の隙《すき》を衝《つ》いて脱出した。「信長の大音声」は後の語り草になるほどであった。

信長の死をも恐れぬ勇猛と、乱戦のさなか敵の寸隙《すんげき》を衝く沈着冷静な指揮は、兵に一つの信仰を生んだ。

――この将の下におれば、戦で敗死することはない。

その絶対的な信頼に、鉄砲の利が着々と加わった。尾張勢は大敗を喫するごとに強健さを増した。

――敗戦でしか兵を鍛える機会はない。

信長の天才としか言えぬ発想は、この点にもあった。


浅春の空の下、光秀は黙々と馬を進めた。

馬首を並べた藤吉郎は、もう話し掛けようとはしなかった。ただ時折、光秀の沈黙の顔をぬすみ見るだけであった。

――教養人というのは、時に不自由なものだ。

単純明快な藤吉郎には、明日を思い煩《わずら》うことがない。いま目前にあることのみに集中して即断する。信長に帰服すると決めれば、あるじの意を迎えることだけを考えればよい。それが藤吉郎の処世術であった。だから常に明るかった。

だが、光秀の暗さはどうであろう。光秀はしきりと思い悩んでいる、と藤吉郎は推測した。光秀の有り余る教養は、先へ先へと思い煩う。このあるじに終生つき従ってゆけるだろうか、と。

――ま、それは無理からぬことだ。

藤吉郎は、幼少の頃から筆舌に尽し難い貧苦の中で、世と人の裏表を知り尽した。その藤吉郎からみて、信長は全くの異常人である。発想に常識というものが無い。

それをおもしろいとみるのが藤吉郎であり、怖いと思うのが光秀である。どちらにも自分の人生が懸っている。

関ヶ原宿が目前に近付いてきた。宿の外れに五、六人の供を従えた侍が待ちうけていた。敦賀金ケ崎に仮寓《かぐう》する足利将軍義昭の侍臣、細川兵部大輔藤孝である。公方の使者明智光秀を出迎えに来たものとみえた。

細川与一郎藤孝、官位は兵部大輔、この年三十五歳。信長と同年である。明智光秀より六歳若い。眉目《びもく》秀麗だが、出自に分明ならざる点があった。かなり高貴の落《おと》し胤《だね》らしいが、生母の出自が卑賤であったため、重臣三淵氏の子として育てられ、管領細川氏の後嗣となったという。

そうした噂の根は、十二代将軍義晴の嫡男で十三代将軍を嗣いだ義輝と、容貌がやや相似していたことである。但《ただ》し性格は対照的であった。義輝が直情径行、空洞化した将軍の権威を回復し、幕府の威令をもって天下の権を掌握しようと一途に志したのと異なり、藤孝は義輝の補佐役に徹し、常に蔭にあって、義輝とわが身の保全に努めた。

永禄八年、京畿一円に勢力を展張して我欲を恣《ほしいまま》にする三好義継・松永久秀らは、将軍義輝を二条第の館に襲って弑《しい》した。

藤孝は屈せず、僧籍にあった義輝の弟覚慶（後の義秋・義昭）を擁し、足利幕府の再興を悲願として、越前朝倉氏の庇護の下にある。

藤吉郎と藤孝は、旧知の間柄らしい。両人は互いに久闊《きゅうかつ》を叙《じょ》し、親しげに談笑した。

他人の会話に耳をそばだてるのは非礼である。光秀は道の脇に寄って、供の者の列を整え、携行の荷を点検していた。

「明智どの」

一しきり話の終った藤吉郎は、笑顔で声をかけた。

「お名残り惜しうはござるが、ここでお別れ致します」

「ご挨拶、痛み入る」

光秀は、丁重に礼を述べた。

藤吉郎は、光秀・藤孝に会釈を残し、元来た中山道を引っ返して行った。

「いつに変らぬ如才《じょさい》ない男だ」

佇《たたず》んで見送った藤孝は、さりげなくそう評した。

「人なつこいと申しますか、話好きな質《たち》のようで……藤孝どのとは昨年以来のおつきあいですか」

昨秋、藤孝はあるじ足利義昭と図って、ひそかに岐阜へ使いし、美濃への動座を申し入れた。その時に知り合ったのであろうと推測した。

「いや、もっと古い。七、八年も前になる……思えばあやつも偉く出世したものだ」

年齢からみれば、光秀は藤孝より六歳も年上だが、官位の差で藤孝が上位の言いようになる。

「七、八年といえば、かの者が織田家に仕えたばかりの頃で……」

光秀は、事の意外に怪訝《けげん》な顔になった。当時小者の身であった若者の藤吉郎と、十三代将軍義輝の侍臣であった藤孝が、どこでどう結びついたのであろうか。

藤孝と光秀の一行は、関ヶ原宿を通り過ぎ宿外れの不定形な十字路にさしかかった。右に曲れば北国街道、浅井領の小谷《おだに》城下を経て江北を辿《たど》り、朝倉領敦賀に至る。左に折れれば伊勢街道、養老山系の山裾を廻って桑名に通ずる。

一行は、北国街道を北上した。

藤孝と藤吉郎の初見《しょけん》は九年前、永禄二年二月であった。当時信長は尾張統一の戦に専念し、岩倉城に一族の長老織田信賢《のぶかた》を攻めてその目的を達成しようとしていた。

その信長が、突如、戦闘指揮を宿老柴田権六勝家に委《ゆだ》ねて、騎馬士卒八十人を率いて上洛した。異常の人、信長の上洛の目的は奈辺《なへん》にあったか不明である。だが、単なる思いつきでなかった事は、永禄十年に海内《かいだい》一の美女といわれた妹お市を、江北の領主浅井長政《ながまさ》に嫁がせた事でも分明である。江北の浅井家は、長政の父久政《ひさまさ》の代に南近江一円を領する六角《ろっかく》（佐々木）承禎《じょうてい》（義賢《よしかた》）と結び、その後六角氏の内紛に乗じて版図を愛智郡《えちごおり》まで広げるほどの威勢にあった。信長が浅井氏と姻戚を結んだことは、濃尾北辺の防衛に備えてのことであったと想像される。

信長は、前年召し抱えたばかりの小者木下藤吉郎を供に加えていた。これも川筋衆の藤吉郎が足利将軍義輝の知己縁辺に、何か手蔓《てづる》を持っていたからであろう。

将軍義輝は、長らく私権の拡張を図る三好一族の長、長慶と争い、たびたび干戈《かんか》を交えていたりであった。

が前年晩秋、六角承禎の仲介で和睦が成立し、蒙塵《もうじん》していた湖西の朽木谷《くつきだに》から京に帰還したばか

義輝の無二の支えといっていい侍臣細川藤孝は、仲立ちする者あって信長の使者木下藤吉郎と会った。藤吉郎は将軍義輝の苦境を事細かに知っていて、取りあえず永楽銭六百貫を提供し、信長が将軍義輝に謁見を許されれば、更に四百貫を献上する旨を申し出た。

孤立無援の将軍義輝にとって、永楽銭一千貫の軍用金は、旱天《かんてん》の慈雨に等しい。それと、窮状を熟知しながらそれにつけ入ることなく、ひたすら辞を低く謁見を懇願する藤吉郎の弁口に、藤孝は魅せられた。

信長が私称する上総介は、正式の官名ではない。当り前なら庭先にひれ伏して瞥見《べっけん》されるにとどまるのを、藤孝は格別の計らいで対面を許した。

信長が義輝に何を奏上したか、記録にはない。恐らく尾張統一後、軍勢を上洛させ、三好・松永輩《はい》を駆逐して幕府再興に力を貸そうというのではあるまいか。

直情径行の義輝は、幕府再興をおのれの手で実現したかった。助力を申し出た信長の当時の所領は尾張半国二十万石に過ぎない。義輝は信長の進言を容《い》れなかった。

信長は空しく京を去った。松永久秀の義輝弑虐《しぎゃく》は六年後の事である。

尾張一国統一を前に、当時の信長が時の将軍義輝に軍勢上洛を進言したのは突飛に過ぎるかも知れない。

だが信長はわずか一カ月後の尾張岩倉城攻略で統一を果し、彼は尾張五十四万石を掌中におさ

める。

その頃、越後の長尾景虎（上杉謙信）が士卒五千余を率いて上洛し、将軍義輝に謁した。景虎は足利将軍の窮状を聞くと、帰国を前に三好・松永輩《はい》の討伐を申し出た。だが義輝は、謝意を表したがその一挙も辞退した。景虎が京に拠点を構えるならばいざ知らず、討伐後に引揚げられてはかえって三好・松永輩の残党が増長するからである。

信長は、京より帰国すると、未練なく京都進出を断念した。

——おれに百万石の大領があれば、足利将軍も無下に進言を拒まなかったに違いない。

信長の百万石という数値は、並の戦国大名のそれとは違う。並の大名の百万石は所領の農民兵の徴募数だが、信長はすでに兵農分離の着想を抱いていた。農民の専業化と物資の集散による商業活性化で、傭兵をどれ程集め得るか、信長は軍の傭兵化と美濃攻めの二大目標に転換する。それには七、八年の歳月が必要だった。

その夜、藤孝と光秀の一行は、姉川に近い竜ケ鼻《たつがはな》にある成玄寺《せいげんじ》という寺に宿った。江北の領主浅井氏は静謐《せいひつ》を保っているが、宿を求めるのは憚《はばか》られた。

「わざわざのお出迎え、ありがたきことでござった」

光秀は丁重に礼を述べた。

「いや、実は一乗谷《いちじょうだに》に出向いての帰り途《みち》、公方に復命する前にそこもとと談合したいと思ったのだ」

奈良を脱出した足利義昭（義秋）が、越前朝倉家に寄食して一年半になる。朝倉家は金ケ崎に仮館を建て歓待はしてくれるが、積極的に動こうとしない。

藤孝は、義昭の意を体し、京都還御のため軍勢を出してくれるようたびたび懇請していた。だが、越前一国に安住して退嬰《たいえい》に陥っている怠惰の朝倉義景は、一向に動かなかった。

足利将軍義輝弑虐後、三好・松永は急速に勢力を伸長し、余勢を駆って義輝の従弟義栄《よしひで》を担ぎ出し、十四代将軍を自称させ傀儡《かいらい》化している。一方、南近江の六角氏、大和の筒井順慶らと相互援助を協定した。

これらを制圧するのは容易ではない。入洛を果しても大軍を常駐させなければならない。

——火中の栗を拾うようなものだ。

そう考える朝倉家を、義昭・藤孝は遂に見限った。次の寄り処は、最近美濃を制し、一躍百十万石の大領となった織田信長である。

だが、朝倉家がむざと義昭の動座を許すだろうか、それが重大問題だった。

「いかがでござりました。朝倉家の意向は」

光秀の問いかけに、藤孝は自嘲に似た笑みを浮べた。

「公方様のご意向なれば、われらが異を唱えるいわれなし。お気ままになされよ、とな。素直な応答であったよ」

「………」

光秀は絶句した。妨げなく動座できることは朗報に違いない。だが征夷大将軍という武人の最高権威者を近隣の大名に奪われるというに、厄介者が始末できると言わんばかりの扱いは、心が冷えたというほかはなかった。

「そこもとの身柄を申し受けたいとの願いも異論はなかった」

わずかでも戦功あった者を、よそ者という差別感で捨て去る。その朝倉と比べて、光秀は今更ながらに信長の異能を思わずにはいられない。

「さすがに義景公は寂寥《せきりょう》の感を禁じ得ない面持ちであったが……何せ門閥の重臣どもが頑迷でな」

慣例慣習を重んずる官僚主義、門閥血統を尊しとする差別、仲間同士で傷をなめ合いかばう排他、それらは新しい血の流入を妨げ、家を国を腐らせる。朝倉家はその典型といえた。

藤孝はそれなり押し黙り、暫《しばら》く沈黙が続いた。二人は寺の僧から購《あがな》った濁り酒を啜《すす》った。

「のう十兵衛どの、朝倉家は救い難い退嬰の家柄とは思うが、さて、われらにしてもそう大言壮語できる身であろうか」

藤孝は、思いもかけぬことを口にした。

「と、申されますと……?」

「公方がことよ」

藤孝は、蔭の会話では将軍家に敬称をつけない。鬱屈した思いが敬称を省かせるのであろう。

「義輝公は、あまりにも直情潔癖、清濁併せ呑む度量なく、ために志半ばで兇刃《きょうじん》に斃《たお》れた。そう申すと憚りあるが、この躬《み》は出自が曖昧のため、幼時より浮世の荒波に揉まれ過ぎ、権謀術数を事とし、公方に仕える身分にふさわしからざる性分となった……」

「いやいや藤孝どの、それは謙譲が過ぎましょう。今の世は経世の智なくして世は渡れませぬ」

藤孝は、首を横に振った。

「わしが言いたいのは、その事ではない。いまわれらが担ぐ公方が、真に公方にふさわしいお人柄であろうか、ということだ」

光秀は、愕然となった。今が今まで足利家直流に最も近い血筋ゆえ、公方と奉った。だが足利義昭という人物は、乱世をおさめるにふさわしい人物であろうか。

足利義昭、この年（永禄十一年）三十二歳。信長・藤孝より三歳年下、光秀より九歳下で藤吉郎と同年である。

血のつながる義輝や、あるいは腹心の藤孝と比べると、著しく軽く、それに焦躁の気味が著しい。

思考が直線的で即断癖は、義輝ゆずりとみえる。だが義輝には一念を貫く強い意志があった。義昭にはそれがない。利不利に迷い易いのは俗人と変らない。

謀事謀略好みは、藤孝より格段に激しい。ただし藤孝は、生死の危機を察知して万已むを得ざるものであり、その切所にあっての謀事謀略は重く厚く、常人のそれをはるかに超える深さがあった。だが義昭のそれは、おのれの智を誇示する癖があり、淫《いん》して耽溺《たんでき》する類《たぐい》のものだった。

——血筋は尊貴でも、人はこうも卑しい事を企むものか。

光秀は、義昭の昵懇衆という処遇を得て、身近に接するようになると、それを実感した。

だが、人にはおのれの将来を期待する心があり、その心が眼を曇らせる。

義昭は、さすがに足利将軍の血を引くだけあって、眼鼻だちだけは頼もしげである。

――御年は、まだ三十歳そこそこである。この先、どのように変貌し器量をあげられるかわからない。

光秀は思った。人物がどうであろうと、次の足利将軍となる人は、義昭をおいてない。

――おれの運命を託《たく》するに足る。

足利将軍は、天下の諸大名や豪族、富豪を、天皇に奏請して、官位栄勲を授与させる権威を持っている筈である。光秀は将軍を動かすことによって、信長を凌《しの》ぐことができるであろう。

その夢を、藤孝はあっさり打ち砕くように言った。足利義昭は将軍に担ぎ上げるにふさわしくないのではないか。

「では、どうなさる」

藤孝は、光秀の問いに答えず、信長が光秀に托した義昭への返書を取り上げ、無雑作に封を切った。

「あ、それは」

「大事ない。あとで言いくるめるまでの事」

藤孝は、一読した。

「信長は、そこもとを大層気に入られたようだ。早速に召し抱えたいとある」

「恐れ入る」

と、光秀は安堵した。

「公方の動座は夏、それまでに支度を調えおくとのこと、まずは上首尾であったな」

藤孝は、書状を巻きおさめると、光秀に向った。

「さて、そこもとの信長観を伺いたいな。人柄、性癖をどう見られたか。それに美濃をわが手におさめて、次にどのような方策を持っておるか」

光秀は、事細かに話した。城館のこと、要害のことに始まり、謁見の一部始終。転じて織田軍勢の改変から、美濃攻め七年間の経緯に至るまで、おのれの見聞のほか、信長と藤吉郎から洩れ聞いた種々《くさぐさ》を、包まず話し続けた。

——この男の分析能力は凄い。

藤孝は、信長と同じ感想を持った。それと同時に、知り得た機密をあけすけに話してしまう光秀の率直さに、ある種の危うさを感じた。

——おれなら、どれ程信頼する相手でも、ここまでは打ち明けぬ。七、八分《ぶ》は話しても二、三分は内に秘めておくところに、人間の深みがあるのではないか。

光秀は、将軍義輝と同様の、直情径行の危険性がある、とみた。義輝はその直情径行ゆえに弑虐の悲運を招いた。光秀はこの乱世にどのような末路を辿るのであろうか。

「いや、人の世の常識では到底推し量れぬ異常人だな、信長という男……」

「確かに……人を超えた人、と申せましょう。それが悉く《ことごと》図に当って今日《こんにち》を得た、というのは、よほどの強運の為せるわざと考えられます。ただし……」

光秀は、ちょっと言いよどんだ。

「その運、どこまで続きますか。その辺がいささか案じられます」

「そうかな。わしは運ではなく才だと思うのだが……」

藤孝は、心楽しげに眼を細めた。

「その常識破りの異才が続く限り、信長はまだまだ伸びよう。唯一恐いのは、一時の成功に満足して、常識に戻ることだ。常人に立ち返った時、信長の飛躍は一挙に崩れる……」

藤孝は、光秀を諭すように言った。

「わしはそこもとを、埋《うも》れた異能の士とみて信長に推挙した。その甲斐があったように思う。旧家朝倉家に一生仕えても、門閥に押しひしがれて一手の侍大将一千石の身分は難しかろう。信長の下でその異能がどれ程に伸ばせるか、それを試してみるのもおもしろかろうと存ずるが……」

光秀は、苦笑した。

「木下藤吉郎と申す者も、そう申しております。人の一生はどう転んでも一生。信長殿という異常人を傍《そば》近くで見て終るのもおもしろいではないか、と……」

「そうか、藤吉郎めもうがった事をいうようになったな、なかなかのものだ」

藤孝は、笑った。

臥所《ふしど》で光秀は、この両三日に知った信長と藤吉郎、それに本心を打ち明けた藤孝のことを思い続けた。

――世の中には、種々の人材がいる。
光秀は闘志をかきたてた。負けてはいられない。

白刃可蹈也《はくじんふむべきなり》

永禄十一年（一五六八）、七月十三日。

越前敦賀、金ケ崎《かながさき》城の仮御所に滞留中の足利義昭は、朝倉家に別れを告げ、十余名の幕臣を従えて一路美濃に向い出立した。

一カ年半、彼を接遇した朝倉義景《よしかげ》は、見送りに家老の朝倉土佐を派したのみであった。

義昭とその一行は、北国街道を南下し、近江小谷《おだに》城に足をとどめた。北近江一円を領する小谷城主浅井久政《ひさまさ》・長政《ながまさ》父子は、かねてから朝倉家と親交を結び、また織田信長の妹で三国一の美女といわれたお市ノ方は先年長政に嫁いでいる。浅井家の扱いは丁重を極めた。

信長は宿老柴田権六勝家《ごんろくかついえ》に兵三千を附して小谷城に派遣し、義昭一行の供奉《ぐぶ》に当てた。

義昭一行の岐阜到着は、七月二十五日と定められた。

――本日は、公方《くぼう》様のお成りの日である。

二十五日を迎えた岐阜城の内外は、暁闇《ぎょうあん》から異常な昂奮《こうふん》に包まれていた。

公方、武家の棟梁という貴人を迎えることは、都を離れた美濃という片田舎にとっては殆《ほとん》ど奇跡といえるほどの出来ごとで、人は常軌《じょうき》を失い、狂躁にかられた。

そのなかで、唯一醒めた男がいた。信長である。

信長は、いつものように浴衣《ゆかた》がけで、ほの暗い夜明け前の馬場で、馬を責めていた。

「殿……こちらにおわしましたか」

きらびやかな甲冑《かっちゅう》を着用した部将姿の明智光秀が、馬上の信長の許に駆け寄り、声をかけた。

「なんだ！」

うるさそうに信長が見返った。

「公方様お出迎えの軍勢が揃っております る」

「ならば行け」

「では、殿は……？」

「おれが何で食い詰め者の居候を出迎えなければならん。着いてから会いに行くと言うておけ。今は忙しい」

光秀は、唖然となった。昨日今日、以前に倍する所領を得たばかりの出来星《できぼし》大名が、箔《はく》をつける絶好の機会である。いちばん喜んでいると思っていた。

――何が忙しいというのだ。

忙しいのは、信長の頭の中であった。

足利十三代義輝《よしてる》に軽んじられたのは、所領の小禄である。戦国大名が真に独立独歩するには、百万石が目安であると思った。

それを得た。と同時に異常人の信長は目標を失った。今後何を為《な》すべきか、信長は美濃攻略後一カ年、それを考え続けてきた。

——これが、転機か。

信長は足利将軍の到来を、そう感じていた。

光秀の率いる八百の軍勢は、岐阜城の西、三里（約十二キロ）ほどの地点で、義昭の一行を出迎えた。

供奉する柴田勝家の三千と、光秀の八百は、美意識の強烈な信長の軍勢とあって、その装いは絢爛《けんらん》たる華やかさであった。

——これは贅《ぜい》ではない。軍装華やかならば敵を圧倒し、味方の士気を鼓舞する。軍兵の装備は庶民の憧れの的でなければならぬ。

時代の常識を打破して、傭兵を常備軍とした信長らしい発想である。

後世〝公方晴れ〟と呼ばれた陽光の下、細川藤孝《ふじたか》は光秀の許に馬を寄せた。

「お出迎え、過分に存ずる」

以前の光秀は、朝倉家客分とは言い条、捨扶持《すてぶち》を貰う一介の素浪人であった。それが今は小勢ではあるが八百の軍勢を率いる部将である。自然藤孝の言葉遣いは改まらざるを得ない。

「藤孝どのにはお変りもなく、祝着に存ずる」

「して、上総介《かずさのすけ》どのは？」

藤孝は、信長の姿のないことに、不審を抱いた。

「それが、図《はか》らずも所用重なり、ご無礼仕《つかまつ》る。後刻、謁《えつ》を賜わりたいとのことでござる」

「では、新造のお城館で……？」

「いや、公方様仮御所は、城外西庄《にしのしょう》、立政寺《りっしょうじ》と申す古刹《こさつ》にござる」

——寺を仮御所に……？

さすがに藤孝は顔色を変えた。

公方動座の交渉をはじめてすでに十カ月ほど経つ。厚遇とはいえぬ朝倉家でも館は建造した。それが濃尾二カ国領有の身、殿舎建造の費《つい》えを惜しむとは、尊崇の念が薄すぎよう。

——これは、あとで揉《も》めごととなろう……。

そうは思ったが、道中での揉めごとは外聞にかかわる。藤孝はおのれの胸三寸におさめて、光秀の先導に従った。

一行が立政寺に到着すると間もなく、信長が極めて少数の扈従《こじゅう》を伴って、寺に入った。

信長は以前微行して京の十三代将軍義輝に謁している。礼式は心得ている。

拝謁の礼式が終ると、信長は細川藤孝を通じて、献上品の目録を披露した。
一、太刀一腰（国綱銘）
一、馬一匹（葦毛《あしげ》）

一、鎧《よろい》二領
一、沈香一器
一、縮緬《ちりめん》百反
一、鳥目《ちょうもく》一千貫
品は通例の物で、大したことはない。だが人々を驚かせたのは、鳥目（銭）の質だった。

永楽銭と呼ぶ硬貨がある。

〈明〉は、蒙古王朝〈元〉を追った漢民族国家で、第三代成祖（永楽帝）の頃に最盛期を迎え、南海諸国を経略、その勢威はアフリカ東岸にまで及んだ。

その成祖が永楽六年（一四〇八）から鋳造した青銅銭を、永楽銭と呼ぶ。表面に永楽通宝の文字がある。きわめて良質で各国で通用し、値も高価であった。日本では足利四代将軍義持《よしもち》が国内通用の永楽銭（地銭）を鋳造したが、技術が落ちるため、渡来銭に比べると値が低かった。

信長が足利義昭に献上した鳥目は、最も高価な唐渡りの永楽銭であった。永楽銭一枚は、並の銭貨の十数倍の値であったという。銭一貫は鳥目一千枚である。それを一千貫、百万枚、立政寺の庭前に積み上げた。

——さすがに尾張は商業国、富裕。

人々は、底知れぬその財力に驚嘆した。

だが、義昭の侍臣にはその感覚がない。金銭は貰って費《つか》うもの、とだけ思っている。彼らは殿舎を設けなかった信長を、礼を知らぬ野人と軽蔑したようである。

義昭の寵臣《ちょうしん》、上野中務少輔清信《うえのなかつかさしょうゆうきよのぶ》という執事が信長の拝謁が済むと、早速にしゃしゃり出た。

「上総介殿に申し入れたい。この立政寺は結構すぐれた建物とは存ずるが、公方様御座所としてはいささか手狭に過ぎますようで」

それに、古びて陰気であるという。あたりまえで、寺に陽気なものはない。

「どうせよ、と仰せられる」

信長は、鋭い眼でじろりと見た。

「前例がござる」

上野清信は、冷たく撥《は》ね返した。この男は義昭に寵童《ちょうどう》を斡旋するだけが能で、義昭が男色に飽《あ》くと、側女《そばめ》を次々と貢ぎ、寵臣の筆頭であり続けた。

清信は、御所を建造すべきであると主張した。

信長は、言下に退けた。

「無駄である」

「無駄とは何ごと」

並居る者は、掌に汗を握った。仮にも天下の将軍を継ぐと目された貴人である。殿舎の建造が無駄というのは礼を失する。

「公方様御所は、京に建てるが本来であろう。この草深い美濃に建てても、早晩建ちぐされとなる。無駄とはそのことでござる」

「京、とな」

聞いていた義昭は、甲高《かんだか》い声で叫んだ。

「京へ帰れる、というのか」

それが、義昭の悲願である。

「いつ頃、帰れる。二年か、三年か」

「さような悠長なことを……おそらく来月か、再来月には、と存ずる」

一同は、仰天した。

足利義昭には、灼《や》けるような思いがある。

三年前（永禄八年）、義昭の兄である十三代義輝は、三好・松永輩《はい》に弑虐《しぎゃく》された。三好三人衆は阿波にいた義輝の従弟義栄《よしひで》を擁立し、阿波から摂津に移し、昨永禄十年十四代将軍の宣下《せんげ》を朝廷に奏請した。これには朝廷内にも異論が噴出し、この年二月、ようやく許されて十四代将軍に叙任された。

足利義栄が京に入り、幕府を再興すると、義昭の将軍職継承はまったく目が無くなる。次の将軍は義栄の子に移るであろう。

――義栄が、京で地盤を固めぬうちに。

その期限は、おそらく二、三年のうちであろうと思われた。

その焦慮が、退嬰《たいえい》一途の朝倉家を見限らせたのである。

――信長は、頼みになるだろうか。

半信半疑であったに違いない。

ところが信長は、到着したその日、事もなげに明言した。

「来月か、遅くも再来月には京に入る」

義昭は、軽躁の質《たち》がある。

「ま、まことか。それは――」

信長は、冷然と言い放った。

「身どもは、作り飾った言葉が大嫌いでござる」


信長のその一言は、その日の暁闇の馬場で、馬を責めるうちに閃《ひらめ》いた一瞬の発想であった。世に、〈深思〉とか〈熟慮〉という言葉がある。だが〈発想〉とはまったく別のものである。発想は、深思・熟慮から生れない。その者の学業・思想・環境・人生経験・哲学が凝縮されて、発想の基盤を作る。それに天分が加わって、一瞬の閃きを生む。何よりも大事な要素は天分であろう。天才が天才たる所以《ゆえん》である。

その頃の戦国大名には、上洛して天皇なり将軍を奉戴して、天下を統一し、号令するという考えは無かった、といっていい。

まず第一に、天下に号令して自己なり自己の家に何の利を生むか、という考え方がある。天下に号令すれば、従わぬ者が続出するだろう。その者たちを一々討伐していれば、短い一生を戦《いくさ》のための戦に費やすだけで、所領の物成りを蕩尽《とうじん》するだけである。

それと、もう一つの観念は、天下が広すぎ、それに割拠する大名・豪族が数限りないことである。六十余州を一手に掌握するには、人の一生ではとても足りない。何代か継承しても凡庸の子孫が出れば挫折する。

戦国時代、百年にわたって日本国中、戦が絶え間なく繰り返されたが、その殆どは領土の拡張戦争であった。

当時、日本最強を誇った上杉謙信・武田信玄も例外ではなかった。謙信は気候温暖の関東平野への侵出に執着し、信玄は信州への領土拡大に血道をあげた。

両雄が上洛を志すようになったのは、人生の盛りを過ぎてからの事である。それも信長が上洛を果し、その勢威が伸長して、天下統一が夢ではないことを見てからであった。中国の毛利、小田原（関東）の北条などは大領を保全するに汲々《きゅうきゅう》として、夢を抱かぬことを家訓としたほどであった。

唯一の例外は、今川義元の上洛戦であった。義元の上洛意図が奈辺《なへん》にあったか、一切不明である。尾張に侵攻した今川勢は、桶狭間《おけはざま》合戦の挫折がなければ、尾張の攻略は成功したであろう。だがその後、美濃へ向ったか、伊勢へ進んだか、それすらも明らかでない。

おそらく、足利将軍に最も近い血縁である今川氏は、将軍を擁護し、幕府再興に力を貸したであろう。だが、駿・遠・三の三カ国の農民兵は、長く京都に駐留することは不可能である。農繁期には国許へ帰さないと、その年の収穫は望めまい。また国許から京都へ、いかに補給路を確保するか、その方略も一切伝わっていないのである。

それにひきかえ、桶狭間の奇襲を敢行した信長の意図は、想像に難くない。信長は玉砕を覚悟で、乾坤一擲《けんこんいってき》の決戦を挑んだ（結果においては、そうなったが……）とは思えない。彼は家臣に決死の覚悟を示して士気を鼓舞したが、実は奇襲の遊撃戦を試み、軽く一勝を挙げることが目的で、あとは山峡に兵をひそませ、補給路を断つ遊撃戦で今川勢の衰弱を待つつもりであっただろうと想像できるのである。

信長には、百難屈せざるしぶとさがあった。

だが、凡庸の義元にはそれがない。上洛戦の緒戦であえなく討死した義元は、戦の意義すらも世に残さなかった。

義昭動座のその朝、暁闇の中で一瞬の閃きを感じとった信長は、残る時間をその裏付けと、慎重な計画に費やした。

一見、不可能にみえる上洛計画も、視点を変えて仔細に検討すれば、打開の途《みち》は次々と脳裏に浮んだ。着想の妙は困難を償《つぐな》って余りあった。

――これは、転機だ。

信長は、そう感じとったに違いない。七年、兵を鍛えるために美濃を攻めた。美濃を掌中におさめると、思いもかけぬ公方という貴人が飛びこんできた。その公方を引っ抱えて京に攻めのぼる。その方策も立った。

そのあと、どうすると尋ねたら、信長は当惑したに違いない。信長は先の先まで見通して行動したとは思えない。ただ彼は片々たる領土欲で戦をしなかった。彼の戦はその点で型破りだった。

旧暦八月は、すでに秋の気配が濃厚である。

中旬の一日、光秀は立政寺に細川藤孝をたずねた。

藤孝は、義昭のもとに伺候中とのことで、暫《しばら》く待たされた。待つ間光秀は、庭先の桔梗《ききょう》の花を眺めていた。桔梗は土岐源氏の家紋で、光秀も用いている。

——家紋だけが、血統の証拠か。

ほかに証明となる何物もない。信長は素直に受け入れたが、血統の詮議のうるさい越前朝倉家では、遂に最後まで疑いの眼で見られたものである。

「お待たせ致した」

藤孝が、大紋の礼装のまま部屋に入ってきた。残暑厳しい今日この頃、内輪の伺候なら礼装にこだわることもないと思うが、義昭は慣例にひどくこだわる。これも光秀の家紋と同様、将軍の権威を示すのに努めている所為《せい》かも知れない。

「どうかな、信長どのの様子は」

座に着くと、藤孝は訊ねた。

「戦支度に明け暮れております」

「すると、上洛は本音かな」

「本気でござる。織田家に仕えてまず気付いたことは、あの御人はどうも常人ではない」

「どうも、そのようだな」

藤孝もすでに気付いている。細川藤孝という人物は、殊《こと》に人を見る眼に優れている。十三代義輝に臣下として仕え、衰微の極にあった足利将軍の勢威を支えようと、京畿・近江の豪族の間を絶えずめぐり歩き、助力・助勢を頼んだ。

——頼み難きは人ごころ。

彼ほど人心の裏表を見、離反と裏切りを身をもって経験した人間は少ないだろう。

「物事、すべてに本気でござる。ああいう御人は他に例を見ない」

光秀がいう本気とは、目的に向って無我夢中、という意味である。目的の定まらぬうちは兵の鍛錬に夢中となり、上洛と定めると、その準備に無我となる。兵の鍛錬など農民兵ならとうに逃げだすほどで、すべて実戦に即し、弾丸と火薬の費《つい》えは並大抵ではなかった。

「実は二、三日前、使いを公方の許に寄越してな。上洛の戦にわしと和田伊賀を配下の部将として扱いたいと申すのだ」

和田伊賀守惟政《これまさ》は、甲賀の豪族だから頷《うなず》けるが、由緒ある侍臣の藤孝までかり出そうというのである。

「わしの官職は兵部大輔《ひょうぶだゆう》というので思いついたらしい」

藤孝は、懐から書状を取り出し、見せた。

「そこで尋ねたいが、この信長どのの印章をどう見る」

信長の署名の下に捺印があった。

「天下布武《ふぶ》」とある。

この頃、諸国の戦国大名のあいだで、おのれの理想や信念を印に彫って、書状や蔵書に捺印することが流行《はや》った。

有名なものは、関東に覇をとなえる北条氏綱《うじつな》から四代にわたって使われた印の〈禄寿応穏《ろくじゅおうおん》〉である。禄は天から与えられた幸い。寿は年、齢《よわい》。長命の意である。天与の恵と、長寿のことほぎ、応《まさ》におだやかであれという。

氏綱は、北条家の運を開いた早雲《そううん》の二代目。その家運を保ち、おだやかに長く齢を全うする。めでたき言葉ながら、進取の気概に乏しい。北陸の雄、上杉景虎（謙信）は、〈地帝妙〉とある。宗教心があつく、自らを軍神毘沙門天《びしゃもんてん》の申し子なりと信ずるしるしに、地蔵・帝釈《たいしゃく》・妙見《みょうけん》という印度の三神の加護を心願としている。

さて、〈天下布武〉である。

天下に武を布《し》く。武をもって天下を制する。雄志宏大ではあるが、当り障りのある言葉である。いま、この代に、足利将軍というものが存在する。いやしたというべきか、その末裔義昭は、十五代を継承しようと画策し、信長を頼みにしようとしている。

「天下に武を布くのは、征夷大将軍の使命ではないか。将軍は武をもって天下を制し、幕府を開いて天下の政《まつりごと》を執行する。この印面によると、信長は足利将軍に代って、自らが天下を制するという意味にとれる」

藤孝は、多少気色《けしき》ばみ、渋面でそういった。

「さあ……」

光秀は、当惑顔で応えた。

「これは、気概と申すものかと心得ますが」

「気概？」

「お屋形は未だ三十代半ばにござる。小田原の北条、越前朝倉の退嬰にならわぬ気宇壮大あってこそ、公方様をお迎え申した。男子の気概はかくあるべしと心得ますが」

「わかった。現実に足利の天下を奪おうとするのではない、と言われる」

「いかにも……日頃の細川どのに似気《にげ》ない猜疑でござる。それより天下に武を布くではなく、天下の武を布くと読まれてはいかが……方今天下は麻の如く乱れ、武士は豺狼《さいろう》と化しておる。その武士に真骨頂を広めるとの印文と思うのだが……」

この問答は、後に信長の知るところとなった。信長の反応は、どうであっただろうか。


「まずは、ざっと済んだようだな」

信長は、尾張小牧山《こまきやま》の城址《しろあと》に立って、付き随う林佐渡以下の家臣を見返った。

小牧山城は、美濃攻略のさなかに移転した本城で、今はもう不用となった。

「三日前、お指図の材木屋根瓦、建具の類《たぐい》、残らず藤吉が稲葉山へ運んでおります。あとは侍屋敷、お長屋の分で……」

八月、残暑の日ざしの照りつける広場に、取り毀《こわ》した建物の部材が整然と仕分けされ、積み重ねられて、陽炎の中にゆらいで見える。

手付かずで残された兵舎と侍屋敷が整然と日に映えていた。

信長は、小牧山の城地を傭兵軍団の駐屯地に変えていた。

「岐阜では建物の用はない。在郷の農民を集めて大垣へ運んでおけ。百姓一人当りの日当は米六合宛、木口《きぐち》に記した符号を乱さぬよう、くれぐれも申し付けろ」

信長は、宿老の林佐渡に噛《か》んで含めるように命じた。

林通勝《みちかつ》。佐渡守は私称で正式の官位ではない。信長の亡父信秀《のぶひで》の代からの家老職で、尾張一円の内政を司《つかさど》り、収税、軍糧の調達、資材の運搬など、後方兵站《へいたん》の事に当っている。

林佐渡は、先代信秀の歿後の頃は気迷い多く、うつけものと呼ばれた信長を見限り、柴田勝家らと信長の弟信行《のぶゆき》をかつぎ、家督の簒奪《さんだつ》に与《くみ》したことがある。

信長の疾風迅雷《しっぷうじんらい》の討伐に畏怖して降伏し、贖罪の沙汰を待ったが、信長は猛勇の勝家と、家政に練達の佐渡を捨てるに惜しく、あえて罪を問わなかった。

——おれが家には、礼式や算勘（計算）の才のある者が無いに等しい。それが弱点だ。

信長は、そう自認している。多少でも教養があるほうの林佐渡だが、岐阜の改名にまだ慣れず、旧名稲葉山の名をそのまま用い、一廉《ひとかど》の部将に昇進した木下藤吉郎を、小者の頃と同じように、トウキチと呼ぶ。役目を申し付けるにも、一々念押しをせぬと安心して任せられない。

——話相手になるほどの奴は、ひとりもおらん。

それが、信長にとって最大の不満であった。

——その点……こたびのめいいち、こうしゅうという男は、多少物の用に立ちそうだが……。

先日、岐阜で面会を許した木下藤吉郎は、明智光秀と細川藤孝の問答を、世間話のなかで事細かに喋《しゃべ》舌った。藤吉郎はどこでどうして聞き知るのか、そうした家臣の間の密談？に、実によく通暁《つうぎょう》している。

——天下布武は、天下に武を布くに非《あら》ず、天下の武士にその本分を知ろしめす意か……よう言うわ。

信長は、ひとり苦笑を洩らした。

旧稲葉山城と、城下町井之口《いのくち》は、田舎じみた名で信長の好みに合わなかった。禅僧沢彦《たくげん》に名を選ばせたところ、周の文王が基《もとい》を開いた岐山の故事にならい、岐阜の名を得た。

天下布武も、その沢彦の進言による。別段織田王朝を志した訳ではない。字面《じづら》が雄壮で気に入った。ただそれだけのことだった。

信長の強烈な美意識というのは、語句の意にこだわらない。字面の語感が意に適《かな》えば、躊躇なく使う。

明智光秀の語句解釈の当否にも、問題意識はない。

——そういう解釈の仕方もあるのか。

と、思っただけである。ただ、おもしろいとは思った。懸命に語句解釈に汗を流したであろう明智光秀なる男が、である。

——使いようでは、役立つかも知れぬ。

公方足利義昭への馳走のつもりで登用したのだが、興味が湧いた。

どうも信長の考え方は変っていて、並の常識ではわからぬことが多い。

八年前、永禄三年の桶狭間合戦の大捷《たいしょう》でもそうだった。勝算のまったく無い戦に勝っても、驕《おご》る気色《けしき》はおろか、喜色すらみせなかった。その証拠に三月《みつき》と経たぬ間に、念願の美濃攻めを始めている。三年の間に二度仕掛けて二度とも大敗を喫した。それでいて一向に懲《こ》りる色がなかった。

三年目の永禄六年、突然本城の清洲《きよす》から小牧山への移転を令し、築城を始めた。後に造る墨俣《すのまた》の一夜城のような仮城ではない。本格的な築城だった。

——美濃攻めのさなか、何のための本城移転か。

信長の考えを聞いて、家臣一同仰天した。美濃攻めのための築城ではない。爾今《じこん》小牧山を本城にするというのである。

小牧山は、清洲の北東四里（約十六キロ）、戦相手の稲葉山城のほうが近い。平坦な濃尾平野のなかに突出した丘陵である。標高は三百尺（九十メートル）に満たぬ小山だが、鬱蒼《うっそう》たる森林に包まれ、各所に懸崖《けんがい》があって、杣人《そまびと》が薪《まき》を採るしか役立たぬところだった。〝信長公記《しんちょうこうき》〟には、こうある。

「清洲という所は国中、真中にて、富貴の地なり」と。

その繁栄の本城を、小牧山というまったく新しい地に移そうというその意図は何であったか。

上杉景虎（謙信）の本城は越後春日山《かすがやま》城であり、武田晴信（信玄）は古府中（甲府）、北条氏康は相州小田原、今川義元は駿府城であった。

彼らは、領土を拡張するため戦をし、勝敗にかかわらず、必ず本城に戻った。戦国期の大名は、例外なくそうであった。

だが、信長は一途に飛躍を目ざした。天下布武、その意味がどうであれ、自身が濃尾平野で安穏に暮すことを考えたことはない。

――大本営は、可能な限り前線近くに移動する。

交通と通信に多大な時間を要する当時にあっては、これほど合理的な事は他にない。

それを家臣団に徹底しようとした。彼は負け戦のさなか、実践したのである。

昨永禄十年、信長は美濃を併呑《へいどん》し、宿願を果した。

そして年を越すと小牧山城の取り毀しにかかった。信長は本城を岐阜に移したのである。

小牧山城の結構は、仮のものではなかった。石塁、土塀、城館から侍屋敷、徒士《かち》・足軽長屋、調練場、以前の清洲に倍するほどの規模で、家臣団を満足させた。

清洲から移り住む商人にも土地を与え、楽市《らくいち》・楽座《らくざ》（商人の資格、既得権の制限令等を一切撤廃して、自由に――楽に市を開き、商いの自由を認めた制度）を設けて、物の売買を奨励した。

果然、小牧山城の城下には、尾張のみならず、諸国の商人が雲集して、活況を極めた。

だが、それすらも、信長を逡巡させる種とはならなかった。稲葉山城を攻略し、岐阜と改称して間もなく、信長はまたまた家臣団を驚かす命令を発した。

「小牧山城は廃城とする。次なる本城は岐阜。楽市・楽座は美濃加納《かのう》に移す」

築後わずか五年である。木の香《か》もまだ残る新造の城郭・城館を未練なく解体し、元の丘陵に戻してしまった。城址は（これは軍機に属するが）傭兵軍団の駐屯地とした。

――よく体験しておけ。織田信長に定まる本拠・本城はない。常に移動を繰り返しつつ発展し続けるのだ。

信長は、そう家臣団に説き聞かせたかったに違いない。

だが、信長自身にもハキとわからぬその未来像と、発展への方策を、凡愚といっていい織田家臣団の誰が理解し、献身を申し出るであろうか。皆無であろう。

言語というのは、時によって不便極まりない。

――説いてもわからぬものには、言わざるにしかず。謎に包んでおいたほうが、かえって服従させ易い。

幼少の頃より、うつけものとしか見られなかった信長は、そうした処世術を身につけていた。

「残りの部材を大垣へと仰せられますと、次なる相手は越前朝倉あたりで……？」

林佐渡が、鈍く尋ねる。

「まだわかるか。いらざることを聞くより、汝《うぬ》の役目に精出して働け」

信長は冷たくそう言い捨てると、供廻りの騎馬を従え、一鞭《ひとむち》、岐阜へ馬を返した。

九月に入ると間もない五日、信長は突然行動を発起した。

傍目《はため》には、突然、と映った。実は信長にとっては突然でも何でもない。慎重に手を打った末の行動であった。

まず、東方の同盟者である三河の徳川家康に、二十日ほど前に通告した。

「足利公方を奉じて、上洛を決行する。貴下は兵四千を供出し、奉公に励まれよ」

信長が、当時松平元康と名乗っていた家康と和を結び、同盟を約したのは、永禄四年から五年にかけてである。以来六年あまり、織徳同盟は緊密の度を増していったが、まだ発動したことはなかった。

家康は、親族の雄である藤井松平家の当主松平信一に兵四千を預け、信長の麾下《きか》に参加させた。

また、過ぐる永禄十年、信長は美濃攻めで手塞《てふさ》がりのさなか、美貌の聞え高い妹（お市ノ方）を北近江の領主浅井長政に嫁がせ、婚姻同盟を結んでいた。

美濃領有を見越してのその同盟は、意外な効果を齎《もたら》す。信長はひそかに若干の親衛隊を率い、浅井長政の居城小谷城を訪れ、足利義昭の帰洛に力を貸すよう要請した。

実は浅井氏は、南近江を領する佐々木氏（六角《ろっかく》氏）と領地を争う間柄である。佐々木義賢《よしかた》（別称・六角抜閑斎承禎《ばっかんさいじょうてい》）は、京を制する三好・松永と同盟し、十四代将軍義栄《よしひで》の擁護派となっている。

長政は、謀略に長《た》けた父久政と謀って、兵八千を率い、義昭に供奉することを約した。

問題の南近江は、山岳地域を義昭に随身した和田伊賀守惟政が抑えている。湖南平野は鎌倉期から室町期に至る頃の守護大名、佐々木氏（京の六角東洞院に屋敷のあったことから、六角氏を名乗る）の所領である。

近江源氏の直流である佐々木氏は名門を誇る。近隣の朝倉氏は越前守護斯波《しば》氏を追って成り上がったもので、頼朝以来の佐々木源氏とは比較にならない。

同じく尾張守護職斯波氏の被官であった織田氏も、主家を追い払って領主と成り上がった。また佐々木氏の同流京極氏を籠絡《ろうらく》して北近江を領するようになった浅井氏などとも、家柄が天と地ほども違う。

六角承禎（佐々木義賢）は、信長の申し入れを一蹴した。

「われらは早くより三好義継・松永久秀と結び、十四代将軍義栄様を推戴申しておる。坊主上がりの義昭など胡乱《うろん》な者は領内を通すこと、罷《まか》りならん」

かねて予期した通りの回答である。信長は直ちに出陣を下令した。

信長が、動員した兵力は、尾張徴募の一万五千を中核に、新付の美濃・北伊勢勢一万六千、それに三河勢四千、北近江勢八千、総勢四万三千という大軍であった。

信長には、独特の美学がある。美意識が昂じて、実用に及んだといっていい。

信長は、自軍の軍装についても、特有の考え方を示した。

「いくさびとは、外観は勇壮美あふれ、内に敵の攻撃を防ぐため、万全を期さなければならぬ。凛々《りり》しき美しさと、機能的で働き易い軍装をまとえば、将士は敵に優る動きにより勇気湧き上がり、美々しき装いに恥じざることを心掛けるようになる。またその美と勇の姿形は万人憧憬の的となり、尊敬の念が燃えるばかりか、有能の者、勇気ある者は、挙《こぞ》って志願、登用されん事を冀《き》望《ぼう》するに至る。かくてその軍勢は天下第一の精強を誇る。これひとえに軍装の美か否かにかかる」

大意は、右の通りである。

数百年を経て、世界の軍はその効果に着目し、挙って軍装を改良し、その勇壮美を競った。最初に着想したのはプロイセンであるといわれている。

信長は、戦国末期に思い立った。天才というしかない。

信長の着想のもう一つはその機動力である。

主城南近江観音寺城《かんのんじ》で、信長の申し入れを一蹴した六角承禎とその手勢は、夜明けと共に来襲した目にも彩《あや》な信長勢に肝を潰《つぶ》した。その軍勢は、湖南平野を埋め尽すほどの大軍であった。

援軍を呼ぼうにも、支城箕作《みつくり》城以下、六角家の十八城は、それぞれに信長勢の大挙来襲を受け、必死の防戦に奔命していた。

信長は、かつて奇功を奏した桶狭間合戦の、少数奇襲の戦法を二度と使おうとしなかった。

——戦の勝敗は、兵力の多寡《たか》によって決定する。

数は絶対である、と信長は肝に銘じていた。

その観念は、古来しろうと考えであるとされていた。戦略家は寡をもって衆を撃破することに執着し、それをおのれの才腕と誇る。

信長は、しろうとである。だが戦略・戦術に執着せず、確かな勝利に単純につき進む偉大なしろうとであった。

その点、百戦練磨の六角承禎はくろうとであり、名人を自任していた。

だが、そのくろうとは、圧倒的なしろうと軍団に、為す術《すべ》を失った。観音寺城をはじめ十八支城に分散していた六角勢は、片端から潰滅していった。

「戦が、かほどおもしろいものとは知らなんだ」

二、三千の寄騎を預けられた細川藤孝の率直な感想である。

「お屋形の戦は、いつもこうでござる」

と、藤吉郎は得意顔で言う。

――これが戦か。これでよいのか。

戦略・戦術を学ぶため、諸国を巡歴した明智光秀は憂鬱だった。何のための兵法・兵学であろうか。

中国の古書「四書」（〝礼記〟の中の〈大学〉〈中庸〉と、〝論語〟〝孟子〟の総称）のなかの〈中庸〉に、

「天下国家は均《ひと》しくすべきなり。爵禄《しゃくろく》は辞すべきなり。白刃は蹈《ふ》むべきなり。中庸は能《よ》くすべからざるなり」

という一節がある。

白刃は蹈むべきなり、とは、勇気をもってすれば、いかなる困難な事も打開できる、という意である。抜き身の刃を蹈む勇気、その無謀ともいえる勇気で事に当れという。

信長は、まさに白刃を蹈んだ。なにびとも能《よ》くなし得なかった上洛戦を、易々《やすやす》と決行した。

他人が達成し得た事は、いかにも容易《たやす》くみえる。信長が三河の家康、北近江の浅井と結び、四万の大軍を催して、六角承禎の観音寺城ほか十八城をいとも易々と踏み潰したことに世人は、

――あれほどの大軍をもってすれば……。

と、評したという。

四万の兵力を動員するには、桶狭間合戦より八年余、尾張統一戦より九年余の美濃攻めが必要だった。百十万石の所領と、その威を示しての四万である。

その四万を、未知の結果を賫す上洛戦に投入する。信長は白刃を蹈む思いだったに違いない。武田晴信も、上杉景虎も、毛利元就も、北条氏康も為《な》し得なかったその勇気は称《たた》えられるべきである。

――戦は、敵より倍以上の兵力を集中した方が、必ず勝つ。

至極当然なしろうと戦法に、練りに練り鍛えた戦名人の六角承禎は、手もなく潰《つい》えて伊賀の山中に逃竄《とうざん》した。その後も三好・浅井氏らと結んで信長に対抗したが、翌々年の元亀元年（一五七〇）、力尽きて降伏し、六角氏の名は史上から消滅する。名門の通用する時代は、信長によって去りつつあった。

信長は、岐阜出戦後、二十一日目に京に入った。九月二十六日である。

「おそらく来月か、再来月には京に入ります」

と、信長は義昭に約した。約はみごとに果された。

「その方、先鋒となり、市中を掃除せよ」

信長は、逢坂山《おうさかやま》の北半里、小関越《こぜきごえ》の古道で軍を停止し、光秀にそう命じて大休止をとった。

すでに京に先遣した斥候《せっこう》は、報告を送ってきている。京に盤踞《ばんきょ》していた三好・松永勢は、六角勢の敗退に驚いて退去している。市中に敵影のない以上、光秀の役目は治安維持の司令であろう。が、先鋒という任務は栄誉に輝いている。

――わが戦功を認められた。

光秀は感動に身を震わせた。

明智光秀と木下藤吉郎の戦功は、際立っていた。

氏素性、学問教養、風流の素養が天と地ほど隔たっている両名が、信長という異常人に見出《みいだ》されて、一躍一廉の部将に取り立てられた。

両名は、はじめて正規の部隊を指揮し、戦陣に臨んだ。

――あの者たちに、将才はあるか。さもなければ武者働きでもできるであろうか。

信長は、直感で、あると信じた。だがこれだけは実戦で使ってみなければわからない。

光秀は、六角氏の支城箕作城の攻略を命じられた。藤吉郎はもっと凄い。六角承禎の主城観音寺城である。

観音寺城を包囲した藤吉郎は、六角承禎に面会を求め、降伏を勧告した。

六角承禎は、風采のあがらぬ藤吉郎と、随従する蜂須賀党の面々を見て、いっぺんに軽蔑し、憫笑《びんしょう》した。

――出来星大名の家来の下品さよ。いくさびとの数にも入らぬ。

承禎は、けんもほろろに答えた。

「わが領内を通りたければ、弓矢で挨拶せよ」

承禎も六角勢も、藤吉郎の詐術にかかったことに気付かなかった。藤吉郎に供して城に入った蜂須賀党は、敵の油断に乗じて城内に潜伏し、暁闇を利して放火して廻った。

消火に懸命の六角勢は、払暁、攻めかかった藤吉郎勢の整然たる美々しい将士に度肝を抜かれ、戦意を失って遁竄《とんざん》した。

光秀の箕作城攻めは巧妙だった。城の正面から小当《あて》りに当て、頃合をみて退却する。城兵は門を開いて突出し、殲滅《せんめつ》にかかった。

それが策だった。巧みに姿を隠した伏勢が両側から銃火を浴びせた。光秀は自らも鉄砲を射って敵を攪乱した。たまらず城に逃げ帰る六角勢につけ入って、城内になだれこんだ。みごとな芸である。

信長は、洛中を掃除せよという。

掃除という戦言葉には、戦場の後片付けから、市中安堵、軍勢の宿泊準備等々、何もかも含まれているといっていい。

光秀は、まず御所に、信長・義昭の入洛を報告した。百官の公家に洛外山科《やましな》まで出迎えよ、という意である。

信長の軍勢が山科日ノ岡《ひのおか》に差しかかると、衣冠束帯に威儀を正した公家たちが出迎えた。三条蹴上《けあげ》には、早くも高札が立ち、市中警固の軍兵が巡邏《じゅんら》していた。高札には〝濫妨停止《らんぼうちょうじ》〟の条々が、市民の目を集めていた。

――あやつ、なかなかやりおる。

信長は、会心の笑みを浮べた。

信長の宿舎は京の東郊、東福寺。義昭の宿所は清水寺と定められていた。

信長は、自軍の士卒が乱暴を働き、民衆に嫌悪されることをひどく嫌った。

――美しからざる行為は、厳罰に処す。

病的なほどの美意識である。

信長には、自負がある。徴募であれ雇傭であれ、士卒には充分な報酬を払っている。分を越えた働きには、登用・昇進の途も開いてある。木下藤吉郎がそのよい例である。

傭兵が主力であるだけに軍律は峻烈《しゅんれつ》であった。

信長軍の小者が、市中で物売りに強奪同様の乱暴を働いた。その横柄な態度に、通りかかった家士の者が、

「おのれ、お屋形様のお達しを無視するか」

と、引っ捕え、信長の宿所に連行した。

信長の処置は、当意即妙であった。

「そやつ、門前の木に吊《つる》しおけ」

小者は木に吊され、生き曝《ざら》しとなり、宿舎を訪れる貴顕や町の豪商の注目を浴びた。

――織田殿は、峻厳《しゅんげん》。

京の市中に噂がひろまった。

「驚くべき男だな」

細川藤孝は、御所を退出する途次、連れだった光秀に、信長をそう評した。

義昭の十五代将軍宣下には、様々の手数がかかる。その宮中工作は、精通している細川藤孝が当り、光秀と和田惟政が補助を務めた。越前朝倉家に寄留していた頃から三人は、同志的な結びつきを持っている。

「お屋形さまがですか」

光秀は、顔をほころばせた。

「そうだ、あの男、ひどく手前勝手に振舞っているが、結構計算高い。人心掌握の術にも抜かりないようだ」

「それにしても、異常でございますな」

同行の和田惟政が、感に堪えたように言う。

「公方様のご帰洛は難中の難事とこの数年、肝胆を砕いて参りましたが、あの殿の手にかかると、右手の品を左手に移すような手軽さで、易々とやってのける。まるで手妻《てづま》(手品)を見るような心地がします」

藤孝は、頷いてみせて、軽く吐息を洩らした。

「さてこのあと、あの男は自らをどうするつもりであろう。官位官職が望みか、それとも義昭様の補佐として幕政をあやつりたいのか……いや、肝心の、京に根城を構えるつもりかどうかも、さっぱりわからぬ」

細川藤孝は、根っからの幕府要人である。夢のように思っていた京都回復が果されてみると、これからの信長の動向が最大の関心事であった。

「それもこれも、将軍宣下の後のことでしょうな。まずは晴れて大将軍叙任の宣下をいただくことが肝要……」

三人は、公家屋敷の歴訪の歩を進めた。

信長は、ひどく忙しい。

頼みになる部将も少ない。伊勢方面で続いている紛争には浪人上がりの滝川一益《かずます》をあて、尾張には宿老丹羽長秀、美濃には同じく柴田勝家をおいた。林佐渡は後方補給のため、大垣に駐留させている。

松永久秀が降伏を申し出てきた。私欲のため将軍義輝を弑《しい》し、東大寺の大仏殿を焼き、あるじ三好義興《よしおき》を殺害した久秀は、時流に敏で三好党を裏切った。

信長はこれを許し、一方山城・摂津の三好党を掃討した。三好党に擁立されていた十四代将軍義栄は阿波に逃れ、程なく病死する。

松永久秀の降伏に、義昭は猛反対した。兄義輝の仇であるという。だが信長には順逆をいう余裕はない。浅井長政の八千、徳川家康の四千が帰国の途についている。松永久秀の軍事力が是非にも必要だった。

「毒には毒の使い方がある」

信長は久秀に一万の兵を貸し与え、

「大和《やまと》一国を与える。切り取り次第にせよ」

と、京から遠ざけ、畿内の南方の鎮定に用いた。

久秀の毒で、三好党の毒を制する。それにしても、信長軍の人材不足は深刻だった。

摂津の敵対勢力は次々と片付いた。芥川《あくたがわ》城は義昭の側近和田惟政に与え、伊丹城主伊丹親興《ちかおき》は幕府再興の志を賞して味方に組み入れ、摂津池田城の池田勝正《かつまさ》の降伏を容認した。

山城勝龍寺《しょうりゅうじ》城は、細川藤孝の旧城である。信長は三好党の岩成主税助《いわなりちからのすけ》から奪取し、藤孝に返してやった。勝龍寺城は現在の京都西郊長岡京市にあり、城下を長岡と呼ぶ。細川氏の別姓長岡は、それに由来する。

信長が上洛を果して一カ月も経ぬ十月十八日に足利義昭は、正親町《おおぎまち》天皇から征夷大将軍に任ずる旨の宣下をうけた。

感泣は義昭だけではない。細川藤孝、上野清信ら幕臣や、昵懇《じっこん》衆と呼ばれる和田惟政、明智光秀らは、流浪の義昭に随従した苦労を偲び、感動に涙した。

ひとり醒めていたのは信長である。

——まずは、これもざっと済んだ。

越前朝倉家に居候していた流浪人の義昭が、信長の許に動座したいと申し入れてきたとき、信長は、

——これぞ、運命の転機。

と、とらえ、二カ月と日を限って帰洛の途を切り開いてやった。

義昭は悲願の将軍職を手に入れた。信長には、京都占有という果実が手のうちにある。

確かに、運命の転機であったといえよう。昨日までの田舎大名が、天子・将軍の住む王城の地を占有しているという事実は、天下に衝撃を与える。

——どう反応するかだ。

信長は、おのれの運の転回を楽しんでいるかのようだった。

稀少な支持者である細川藤孝と明智光秀が、理解に苦心している信長の異常な人間性に、当の足利義昭はまったく無神経だった。

自儘《じまま》な義昭は、清水寺の仮御所が気に入らず、五条堀川の日蓮宗本山本圀寺《ほんこくじ》に移っている。

将軍宣下の翌日、義昭は信長をよび寄せ、

「流浪漂泊のわが身を征夷大将軍に致しくれたのは、すべてその方のおかげである。爾今《じこん》、その方を父と呼ぶぞ」

信長は義昭よりわずか三歳年上である。父と呼ばれても嬉しいという感覚はない。

「恐れ入り奉る」

迷惑げに答えるしかない。

接《つ》ぎ穂を失った義昭は、懸命に感謝の表現を考えた。

「どうであろう。副将軍になってたもらぬか」

父と呼んでおいて、次は副将軍という。そんな軽忽《けいこつ》な男の家来になるための上洛戦ではない。「天運」と思ったから踏み切ったのである。戦の結着として、将軍職につけた。だが幕府を開くとなれば、話は別である。このような軽佻浮薄《けいちょうふはく》な小才子に、天下を委ねるなど真っ平である。

今の世であれば、信長は、

――おれは、革命家だ。

と、昂然と言ったであろう。信長が上洛を果し、義昭を将軍職に就けたとき、ようやく見えてきた未来像は、過去の因習を悉く《ことごと》ぶち破った新しい世の中を創ることであった。

それが、どのような形の世の中で、自分がどう機能するかは、まだわからない。漠然と、今までと全く違う世の中に魅力を感じたにとどまっている。

「その儀は平《ひら》に」

辞退されて、義昭はますます戸惑った。

「では、管領はどうか」

管領は、幕府の最高職位で、実質上いまの内閣総理と似ている。政治の実権者といっていい。

「平に辞退つかまつる」

「では、領地を与えよう。望みの国を言え」

今は昔、将軍は天下の主で、大名の免黜《めんちゅつ》、領地の配分は意の儘《まま》であった。だが、今の義昭には、与える領地など寸土もない。

それが義昭にはさっぱりわかっていない。

——将軍になれば、そういう身分になる。

一途にそう思いこんで、奈良一乗院《いちじょういん》を抜け出て、近江から越前、美濃と流れ歩いた。義昭はその程度の頓狂《とんきょう》な頭脳の持ち主だった。

「折角の思し召しゆえ、御無心申し上げる。堺、大津、草津に代官を置くことをお許し願いたい」

——何と欲の少ない男だ。

義昭は驚嘆した。

本圀寺の仮御所に伺候してその話を聞いた藤孝は、京の北郊の寺に光秀を訪ねた。

光秀は、将軍宣下の宮中工作に、信長の名代として働いていたが、今は弥平次秀満《やへいじひでみつ》に委ねていた市中警固の長に復帰している。

北方警護の隊は、宿舎に適当な寺がなく、三つの小寺に分宿している。光秀の宿所も雅致《がち》はゆたかだが、手狭であることは否めない。

京の旧暦十月下旬は、すでに晩秋の色濃く、北山は紅葉の真っ盛りであった。

「それで……?」

藤孝から委細を聞いた光秀は、思わず浮びかけた苦笑を嚙み殺して、先を促した。

「公方様は、畿内畿外三カ所の代官設置はご承認なされたが、余りといえば望みが小さきに過ぎる。近江、山城、摂津、和泉、河内、いずれでも望みの国を与えるゆえ、いま一度所存を聞いて参れとの仰せなのだ」

藤孝も、苦笑するしかない。

——時代相がまるでわかっておらぬ。

並の人間なら今の将軍職というのがどれほどのものか、わからぬ筈がない。

「異常人ですからな、公方様も」

光秀は、ずばりと言った。

「さよう。織田殿とは違った形だが、異常人には違いない」

藤孝は、真顔になって応じた。

「ま、それはわしが後でなんとかとりつくろっておこう……それより織田殿の望みだが」

「代官設置ですな」

「堺、草津はわかる。大津の狙いは何であろうか」

堺は室町時代、わが国の代表貿易港として認められ、商人の自治による環濠都市として発展した。今日でいう自由貿易港で、守護不入の特権を持っている。当時貴重だった外国渡来品の利益は莫大で、貿易を独占する堺商人は巨利を貪《むさぼ》って、大いに栄えた。

信長は、永禄二年ひそかに領国を離れ、わずかな親衛隊を伴って上洛し、時の将軍義輝に謁している。その途次、堺を訪れ、悉《つぶさ》にその繁栄を実見し、重立った堺商人と懇親を結ぶとともに、その自由特権の是非に感ずるところがあった。

堺に代官を置くことは、信長の勢力圏に入ることを意味する。堺の自由裁量権をある程度制限することも可能となる。港市保護のための徴税を施行できることと、海外産物の優先買入と、武器の購入、就中《なかんずく》、堺とその周辺で製造が盛んとなった鉄砲・火薬の入手に至便など、その利益は計り知れない。

——さすが信長、すばらしいところに目をつけた。

更に、草津・大津を望んだ。この二カ所にも深い思惑がある。

草津は、東山道（中山道）と東海道の分岐点である。両街道を扼《やく》する点で、軍事的意義は大きく、また近畿と東国との物資の陸送に制限を加えたり、通行・通過税を課す利点がある。

問題は、大津である。草津に近いその地に関を設け、二重に代官を置く必要があるのか。

藤孝は、光秀の解明を待った。

「それは、船の関所でござる」

光秀は、即座に謎を解いた。

陸上輸送に比べて、船舶による水上輸送は利点が多い。大量の貨物と人を、一挙に運べる。それも少人数の水夫《かこ》・船頭の働きで、昼夜兼行の輸送が可能である。

これまで、琵琶湖の利用は漁業が主であり、輸送は小舟による細々なものだった。それはうち続く戦乱で、国々が鎖国に近い状態に陥ったことと、落武者や流民・浮浪の増加で湖賊が跳梁《ちょうりょう》するようになったためである。

信長は、美濃と京を結ぶ近江回廊の陸路確保と併行して、江北今浜（長浜）と大津を結ぶ湖南航路に着目していた。

大型・中型船舶による航路を開発すれば、京への兵員移動に至便であるばかりか、将来航路を湖北に伸長し、北国と京畿の間に商い船が物資を動かす。

平時は関銭の収入がばかにならない。非常の時には、軍の機動力が飛躍的に増す。

信長の天才的な頭脳の閃きは、軍略にとどまらず、経済政略に及んでいた。

「それは、信長殿の考えか、それともおぬしの考えか」

光秀は、苦笑して首を横に振った。

「上洛戦のさなかに洩らされた片言隻句《へんげんせっく》を集めての当て推量にござる」

「それで、どう思う……信長殿の本心よ。こたびの上洛戦の狙いは奈辺にある。なにが望みの上洛であるか」

藤孝の問いかけは、図らずも核心を衝いた。

「さあ、それは……」

光秀には無理な問いであった。所詮光秀も藤孝も常識人である。異常人の心底を量ることは無理、というしかない。

「ただの杞憂《きゆう》かも知れませぬが……」

光秀は、脳漿《のうしょう》を絞る思いで口にした。

「世の中が、引っ繰りかえるようなことにならねばよいが……と、思うております」

「……」

藤孝は、沈黙した。急速に心の冷えるのを感じた。

——公方様が、世に罷《まか》り通る目がないのではないか。

その冷えた心の奥底で、藤孝は目まぐるしく思案をめぐらせていた。

――その時、おれはどうする。どう振舞えばいい。

光秀には打ち明けられぬ心の動きである。

信長の身辺には、吉事と煩縟《はんじょく》の事が相次いだ。

義昭の将軍宣下から四日後、信長は参内《さんだい》を許され、弾正忠《だんじょうのちゅう》の官職に補任された。むろん官位が低いため、昇殿は許されなかったが、御簾《みす》越しに拝顔できるほどの場所で、御声まで洩れ承った、という。

弾正忠というのは、律令制の官職で、今でいう警察庁の長官であろうか、もちろん形式上のものである。だが従来信長が称した上総介《かずさのすけ》は私称だから、これより先の織田弾正忠信長が、正式の名乗りとなる。

参内を終った信長は、義昭の仮御所本圀寺に招かれた。任官の祝賀の宴を催した義昭は、将軍宣下の慣例として、十三番の能興行を挙行するという。

信長は、断乎反対した。

「未だ天下の争乱がおさまらざるとき、十三番の能興行は華美に過ぎましょう。五番で充分にござる」

強硬な信長の態度に、義昭は服した。だがうわついた気持は抑えられない。

興行中、義昭は、信長の気持を逆撫《さかな》でするようなことを言い出した。

「弾正忠は、鼓《つづみ》をよくすると聞いた。一曲所望したい」

信長が好んだ幸若舞《こうわかまい》は有名である。「敦盛《あつもり》」の一節、

「人間五十年、下天のうちを比ぶれば、夢まぼろしの如くなり。ひとたび生を稟《う》け、滅《めっ》せぬもののあるべきか」云々。

は、単なる愛唱歌ではない。信長の心に秘めた人生観であった。

軽忽な男の酒宴の座興に供すべきものではない。

「できませぬ」

と、強く断った。だが義昭の上調子《うわちょうし》はとまらず、尚もしつこくせがんでやまない。信長は到頭腹を立てた。

「できぬものはできぬ。そう伝えよ」

と、席を立ってしまった。

その三日後、信長は突然軍をまとめて、岐阜への帰路についた。上洛後わずか一ヵ月余である。

仰天した義昭は、悲鳴をあげた。

「弾正忠は、躬《み》を捨て殺しにするのか」

義昭はともあれ、信長は掌中にした京を捨てる気はない。多少の留守部隊を残した。尾張から呼び寄せた丹羽長秀を長に、佐久間信盛《のぶもり》、村井貞勝《さだかつ》と木下藤吉郎を加えた総勢五千である。

それらの軍勢は、京の南から東西にかけての要衝に陣を布き、敵の来襲に備えた。京にあるのは市中警固の明智勢だけである。

「あの小才子をあやしておけ」

義昭の意である。信長は、さすがに阿呆とは呼ばない。

――そのあたりに、まだ救いがある。

光秀は、内心そう評していた。

年明けて永禄十二年正月四日。

満を持していた三好勢が京に来襲した。総勢一万余。総指揮は戦の名人といわれた三好長閑《ちょうかん》。その麾下《きか》に勇将と名高い三好日向守《ひゅうがのかみ》、三好下野守《しもつけのかみ》、篠原玄蕃《げんば》、奈良左近等々、選《よ》りすぐった精強である。

三好長閑は、目的を一つに絞った。義昭の抹殺である。そのために凝りに凝った戦法を展開した。

残留部隊は、信長が岐阜に帰城したあと、漸次《ぜんじ》占領地を拡大した。その頃の信長の家臣は、まだ功名手柄に奔《はし》る旧来の慣習を抜けきっていない。山城一円、摂津芥川、摂津池田から、遠く堺にまで進出した。また東方の湖南回廊の確保に、大津に兵を出していた。

各地に散ったそれらの部隊に、三好長閑は五千の兵を割き、盛んに蠢動《しゅんどう》させて牽制する一方、残りの兵を率いて京の町へ突入した。

三好勢は、京の地理を熟知している。さしたる妨害も受けず、夜陰に乗じ義昭の仮御所本圀寺に到達した。あざやかなくろうと芸である。

急を知った光秀は、二百の手勢を率いて本圀寺へ急行した。残りの三百は市中警固に散っている。その取り纏《まと》めを弥平次秀満に命じ、策を施した。

「ど、どうなる。どうする。光秀」

義昭は、うろたえまくっていた。

「ご安堵めされよ。いっとき支えれば近くの織田勢が駆けつけます。四、五日のうちには岐阜より援軍が到着しましょう」

「そ、それまで支えきれるか」

「この十兵衛光秀がお側にあれば」

光秀は門扉を閉ざし、寺を囲む濠の橋を悉《ことごと》く落し防戦の準備をととのえた。

「大梯子《はしご》を掛けよ」

光秀は、手だれの銃士二十名と共に、大屋根に登った。

――いる、いる。三好勢もばかにはならん。

本圀寺の東の寺域はさして広くない。真下に見える濠外の道に、みるみる三好勢がひしめきあった。

「まだ射つなよ。雑兵には目を掛けるな。狙うは騎馬武者ぞ、狙って合図を待て」

三好勢は、篝火《かがりび》や松明《たいまつ》を焚《た》き、近くの荒屋《あばらや》を打ち壊しにかかった。その残骸をどんどん濠に投げこむ。徒渉《としょう》する目算と見えた。

と、近くの暗い路地裏に、点々と火縄の灯影が動き始め、数を増した。その一つが弧を描いた。

――弥平次め、漸《よう》く間に合ったわ。

光秀は、連射を命じた。

拳上《こぶしあ》がりの狙撃に、指揮する騎馬の将は次々と落馬する。たじろいだ歩卒が後退すると、路地にひそんだ弥平次秀満の士卒が、斉射とともに突入し、荒れ狂った。こうなると数の問題ではなかった。

三好勢は、部将の多くを討たれ、ひとまず退いた。

「ようやった。さすがに光秀、あっぱれである」

義昭は狂喜したが、光秀は素直に喜べない。

――再度数を恃みに来襲したら、次は防ぎきれまい。

信長がいう通り、戦に数は絶対的である。

暁闇の頃、本圀寺に駆けつけた軍勢がある。

敵か？　と見たら味方であった。勝龍寺城から急行してきた細川藤孝とその兵千五百である。

――助かった。

見ると藤孝勢の背後に、濛々《もうもう》たる砂塵《さじん》があがった。三好勢の再攻撃であった。

「攻めよ」

光秀勢五百が唐門の門扉を開いて突出した。

藤孝勢は、背後に迫った三好勢に、とって返して攻撃に移った。光秀勢は二手に分れ、左右の側面から三好勢に斬り込んだ。

たまらず三好勢は潰走《かいそう》した。

「やあ、光秀どの」

藤孝は、兜をぬいで笑顔を向けた。

「痛み入る」

光秀は、馬を寄せ、下りて一礼した。

「礼をいうのはこなたの方だ。公方様を助けて貰うた」

藤孝は、寄って掌を握った。

本圀寺に戻ると、山科から村井貞勝が兵五百を率いて駆けつけてきていた。更に摂津芥川城から和田惟政が兵一千を帯同して、本圀寺に入った。

諸将が揃うと、会議の前に義昭が出座し、意外なことを発言した。

「信長が来着するまで、仮に明智光秀をこの手の大将と仰ぐよう」

一同は動転した。みなの者以上に当の光秀が唖然となった。

ひとり、義昭の側近くにいる藤孝だけが、無表情に軍扇《ぐんせん》を開閉し鳴らしている。

――藤孝どのの計らいか。

新将軍直々の言葉である。一同に否やは無かった。

光秀は直ちに作戦をたて、諸将を配置して三好長閑の軍勢に攻勢をかけ、日没までに桂川に押し詰め、大津から来援した丹羽長秀の軍勢の協力を得て潰滅させた。

六日、急変を岐阜で聴取した信長が、軍勢の整うのを待たず、一騎駆けに京へ急行し、後を追った軍勢と共に到着したのは正月八日の未明である。

残敵を掃討した信長は、軍功第一の光秀を、兵団の長に昇格させた。破格の登用である。

信長が岐阜を発する時、前夜来の吹雪であった。悪天候の中、実質二日間での上洛は記録的である。それにはかねて佐和山《さわやま》の湖岸に用意した数百艘の軽舟が役立った。

信長の天才的頭脳に、機動軍団の構想が湧いた。


京都制圧後の信長には、難問が山積した。

その一つは、領土問題である。

当時の戦国大名の願望は、唯一領土の拡張であった。武田晴信（信玄）然《しか》り、上杉景虎（謙信）然り、奥州の雄という伊達輝宗《だててるむね》、筑紫《つくし》の大友宗麟《そうりん》も同様である。戦国時代百年の戦乱はすべて領土拡張戦争であったといっていい。

信長は、一族の覇権争いのなかに育ち、おのれの自立のため、尾張統一戦を戦った。次いで織田家の存在確立のため、美濃の併呑《へいどん》を念願し、それを果し得た。

以後の信長は、領土の拡張に、さしてこだわりを持たなくなった。天下布武を国内に宣明したが、それは領土欲であったとは断じ難い。

その証拠に、同盟を固く守り、相手方にもそれを強《し》いたが、併呑を考えたことはない。三河の徳川家康にも、北近江の浅井長政にも、それは変らない。後に浅井家を潰すが、それは相手が背叛したからである。稀代の悪と認めていながら、松永弾正久秀に対しても、領地を奪おうとはしなかった。

上洛戦のときから、信長の戦争目的は一貫している。

――おれにまつろわぬ者を討つ。

それが、信長のいう天下布武である。

何に、まつろえというのか。それは信長が終生求め続けた〈新しい世の中〉である。旧来の陋《ろう》習《しゅう》を悉《ことごと》く打破・消滅した新しい世、新しい秩序、その具体的な姿は、信長の胸中に秘められたまま消え、今に残っていない。もちろん、信長が上洛戦以後、数々の困難に遭遇するたび、その構想は発展し、変化し、熟成していったであろう。それが後世に伝わらなかったのは、返す返すも惜しい事であった。


ともあれ、まつろわぬ者と戦い、勝てば必然的に領地、いや勢力圏は増えた。拡張欲がないからといって放棄すればまた叛く。賽《さい》の河原の石積みになる。勢力圏は確保しなければならない。そこで次の難問に逢着する。新付《しんぷ》の領地を守るため、兵を募《つの》らなければならない。その兵の忠誠心はあてにならない。本国から将兵を派遣しなければならない。必然的に兵力は不足する。

炯眼《けいがん》の信長は、傭兵による常備兵力を持った。部将も氏素性を問わず、実力本意で抜擢登用した。それでも新付の地を守るため常駐させると、本国が空になる。

そこで機動軍団を発想した。部将級で五百から一千、兵団長級で二、三千の手持ちの兵を占領地におく。急変が起れば信長が数万の機動兵力を率い、疾風迅雷駆け付けて敵を叩く。戦終れば機動軍団は、次の地に移動・転進する。

信長の機動軍団は、東奔西走、常に敵に倍する兵力で戦に勝利した。

永禄十二年初頭の三好勢の反攻は潰《つい》え、以後の京都奪回は不可能視されるに至った。

光秀は、実質上、京都駐留軍の司令官格に昇進した。光秀にそれを告げるとき、当の光秀以上に喜んでいたのは、信長自身であった。

——よき人材を掘りあてた。

信長には譜代《ふだい》・新規の家臣が山ほどもいる。柴田勝家・丹羽長秀ら重臣は別としても、武者働き抜群とみて母衣《ほろ》衆に抜擢した佐々成政《さっさなりまさ》・前田利家・生駒勝介《いこましょうすけ》・蜂屋頼隆《はちやよりたか》。馬廻りの池田恒興《つねおき》・伊藤彦兵衛・湯浅甚助・道家《どうけ》清十郎。美濃衆には竹中重治《しげはる》・金森長近《かなもりながちか》・不破光治《ふわみつはる》等々が功を競っている。

その中にあって、明智光秀は確かに異能の人物であった。

——権六（柴田）、五郎左（丹羽）には無い才能だ。

そう思うと、信長は嬉しくて仕方がない。

その光秀が、昇進お礼の言上を済ませたあと、思いも寄らぬ事を提案した。

「恐れながら、京にあって殿の御威光を輝かすためには、皇居の大修復を施行なさることと、新将軍家のお館を造営なさることが大事かと心得まする」

「うむ、それは気付かなんだ。いや気付いてはいたのだが、なかなかに暇が無《の》うて、のびのびとなっていた」

「これは急務にござります。この二つを急ぎお仕上げなされば、天下の英傑より一歩先んずる事となりましょう」

信長は、二つの大工事の労工より、日本における二大権威を回復するということによって、「革命」に対する天下の信を確保することの大事に心惹かれた。

――こういう教養と感覚は、わが家中の者にない。

信長は、その満足感を、飛躍した言葉に替えていった。

「公方の屋敷を、どこに造る」

光秀は、その返事を用意していた。用意した絵図を開いて、その場所を示した。

十三代義輝は、「二条ノ御所」で三好・松永輩《はい》に攻め殺された。その建物は焼亡し、空地のままに放置されている。

「そこだ」

信長のひと言で、将軍館の造営は決定した。

秩序の回復を天下に示すには最適の事業といっていい。

「おれが総奉行になる。大早稲《おおわせ》（大至急）でやれ」

人夫は尾張・美濃・伊勢・近江・伊賀・若狭《わかさ》・山城・丹波・摂津・河内《かわち》・和泉《いずみ》・播磨《はりま》の十二カ国から二万五千人を徴募し、当てた。

工事用の建物は、小牧山城の古材を使った。新館の建造物は、洛内の寺院の玄関や書院を引っ剝《ぱが》して用いた。石材が足らぬ分は、石仏を割って石垣を積み上げた。無茶苦茶な急ぎようだった。

蜀犬《しょくけん》日に吠《ほ》ゆ

京都、という都市には、王城の地という実質の条件によって、天下を統《す》べる地、という概念が存在する。

各地に割拠する大名や豪族は、絶え間なく領地拡張のための戦《いくさ》を起す。その戦は相手方の支配者を倒せば事足りる。領民は支配者が交替しても何ら変ることはない。ただ黙って服するだけである。

だが、王城の民は容易に靡《なび》かない。覇者の交替を冷やかに見て、力量をはかり、辛辣《しんらつ》に評する。その評言は近隣から遠国に伝わり、将来の予言となってゆく。

むかし、信州の山奥から出て京を制した木曾義仲《よしなか》は、兵の統制を放置して民衆の支持を失った。流布される評言・予言は怖い。未見の大名・豪族の服従・背叛はそれによって起る。人気というのはそういう力がある。

幼時、〝うつけもの〟という蔑視《べっし》をうけながら、父の領内を彷徨《ほうこう》し奇行に奔《はし》った信長は、人気の潜在力を肌身で感得していた。

――兵は、厳たるべし。

略取・暴行を厳正に取り締った。兵が市民から鐚銭《びたせん》一枚を掠《かす》めても、厳罰に処したため、「一《いっ》銭切《せんぎり》」という言葉が流行った。

信長が公方《くぼう》館の作事を見廻っていると、戯《ざ》れた小者が通りがかりの女性にまとわりつき、被衣《かつぎ》をあげて顔を見ようとするのに出会った。

「うぬは、あるじに恥掻《か》かすか」

大喝、一閃《いっせん》、その小者の首を刎《は》ねた。

それで信長の人気が騰《あが》ったかというと、そうではない。暫《しば》くして落首があった。

(長らえば、またこの頃や偲ばれん、憂《う》しと見し世ぞ、今は恋しき)

という古歌をもじった狂歌である。

(長らえば、またこの頃や偲ばれん、憂しとみよしぞ、今は恋しき)

見し世を三好にかけている。

以前、京に勢威を保った三好党は、人の口の端《は》を恐れて、市政に干渉しなかった。そのため強盗・押し借り・物乞いが横行したが、市民は法制に縛られず暮せた。信長が上洛すると治安はよくなったが、窮屈でやりきれない、というのである。

そうと悟ったのは、信長だけである。木強漢《ぼっきょうかん》の部将や、世間知らずの義昭には、その呼吸がわからない。

――難しいところだ。

初めて、天下というものを実感した信長は、案外素直だった。弛《ゆる》めれば、野放図に奔る。締《し》めれば反感をつのらせる。町民は、将士・軍兵以上に厄介だった。そう考えるあたりが、信長の天才たる所以《ゆえん》であろう。侍は武を以て制することができるが、世の中は侍以外の民衆で構成されている。

信長に欠けているのは、人気であった。

人気、というものに、まったく関心のない人間がいる。足利十五代将軍義昭《よしあき》である。

――こんどの将軍は、ひとの力で将軍になり、そのひとに住居まで建てて貰っている。

世人は、単身三好・松永輩《はい》の軍勢と戦い、壮烈な斬り死にを遂げた十三代将軍義輝《よしてる》の悲劇を忘れていない。義昭はその義輝の実弟である。「甲斐性なし」であると軽侮した。

義昭もその側近も、そうした流言に無関心だった。信長の公方館の建築を当然と考え、感謝の念もなかった。

――あれも武家の端くれ、将軍家に尽すは当然の義務である。

そんな論理は百年も前に滅び去っている。応仁の乱以来、世は下剋上《げこくじょう》が当り前となり、将軍に尽す義務など通用しなくなった。

その時流を認めまいと、義昭とその側近は固執した。認めたら負けである。おのれらの存在価値が消滅する。無意識に自己保存の本能が働いていた。

義昭は、退屈した。信長が勝手に指図して造っている館など見ても始まらない。出来《しゅったい》したら受け取るだけである。

「お暇なら、鷹狩でもなされましてはいかが」

連絡に毎日伺候する光秀がそう勧めたが、幼少の頃に出家した義昭には、武張った趣味はない。それより禁欲を強いられた反動で、無性に女が欲しかった。

——朝倉義景《よしかげ》は、仕合せな男であったな。

人前も構わず、大酔して多数の側女《そばめ》に戯《たわむ》れる義景を、その頃は軽蔑したものだが、今となると羨《うらや》ましい。

義昭は、光秀に側女の取持ちを命じた。

——おれを、どれほどの者と思っておるのだ。

光秀は、面喰い、向っ腹を立てた。

なるほど、以前は流浪の素浪人で、朝倉家に拾われ捨扶持《すてぶち》で養われる身であった。それが足利義昭の名を借り、昵懇《じっこん》衆というので信長への仕官が叶《かな》った。

だが、今は信長麾下《きか》の一廉《ひとかど》の将である。

「遊び女《め》がご所望ならば、お側衆にお申し付けなされませ」

義昭の身近には、十数人の幕臣（側衆）が付いている。いずれも足利家累代の家臣の子弟で、十三代義輝が横死した際、逸早《いちはや》く逃亡して身をひそめていた。

それが、義昭が細川藤孝《ふじたか》を頼みに威権を回復しようとしているのを知ると、蟻《あり》の如く集まって徒食している、無能の徒輩《やから》である。

「遊び女ではない」

義昭は、薄笑いを浮べて言った。

「歴とした側室を持ちたい。その方の口から弾正忠《だんじょうのちゅう》（信長）に伝えてほしい」

信長が聞いたら何というだろう。

——女の世話まで頼めた義理か。

人の運というのは、一種類ではない。出世運、名誉・名声運、財物・金運、肉親運、知己・友人運、仕事運、家庭・夫婦運等々、分類の仕方で数限りない。

その運を一つも持たないという人間はいない。浮浪者となっても僥倖《ぎょうこう》があるから食物にありつける。すべての運に見放されたら死ぬしかない。

逆に、すべての運を併《あわ》せ持つ者もいない。運は往々にして相剋《そうこく》する。仕事運に恵まれれば家庭運を損なう。金運と名声運は両立が難しい。

足利義昭は、僥倖に恵まれていたというべきだろう。兄義輝が足利家正統を継いだため、名家の常として相続争いの根を断つため、義昭（当時・覚慶《かくけい》）は奈良一乗院《いちじょういん》の門跡に、その弟周《しゅう》暠《こう》は京都鹿苑寺《ろくおんじ》（通称・金閣寺）の院主として、ともに出家させられた。義昭は弟の周暠を羨んだものである。京の金閣寺ならまだしも、奈良は遠い。それが僥倖を齎《もたら》した。逆臣三好・松永らの手勢が間に合わず、単身駆け付けた細川藤孝に救い出され、近江・若狭《わかさ》・越前を流竄《るざん》した末、織田信長の庇護を得て上洛を果し、晴れて将軍位に就いた。

義昭は、頭がそう悪くない。だがいかにも小才であり、軽躁である。武家の棟梁として神の如く仰がれる将軍には、これほど不適格者はいない。

僥倖に恵まれた義昭にはまったく女運が無かった。そのくせ情欲が人一倍強い。流亡中匿《かくま》ってくれた土豪の妻女に懸想《けそう》して言い寄り、忘恩の徒と罵《ののし》られ、殺すと追い廻されたことがあった。

男の魅力は、容貌や風采とは別物である。優雅で繊細であるか、精気や野性に溢れているか、機知や軽妙さがあるか、そのどれかが女性を惹《ひ》きつける。義昭にはそのどれもが欠けていた。

彼は無性に女を求めた。だが得られたのは卑賤の婢《はしため》か、閨淋《ねやさみ》しい年増の後家などで、容貌も教養もまるで見劣りしたため、すぐに飽《あ》いた。それで〝荒淫〟と評判された。

——人前に出して、誇れる女が欲しい。

義昭は一途に渇望した。そのくせ正室に迎えるつもりはない。正室は然《しか》るべき筋からの斡旋で、天下の将軍にふさわしい血筋と美貌を兼ね備えた姫君を迎えなければならない。

求めているのは恣《ほしいまま》に玩《もてあそ》ぶ側女だった。

一日、光秀は京の西郊山崎にほど近い勝龍寺城に細川藤孝を訪れ、近況を話し合った。

話柄《わへい》は自然、義昭に対する愚痴となった。

「困ったお人だ」

藤孝には出生の秘密がある。

その秘密を固く洩らさぬ藤孝としては、〝困ったお人〟としか言いようがなかった。

藤孝は、光秀の訴えをよそに話柄を転じた。

「ときに、公方館の作事はどうかな」

藤孝は、小城ながら以前の居城を与えられ、信長の外様《とざま》大名格になっている。公方館の造営は信長の手一つで施行されているため、人手も費用も出していない。

「それがもう、ふた月六十日で仕上げよとのきびしいお申し付けで、何もかも大あわての有様で……」

とはいうものの、光秀の顔が輝いている。信長の人使いの妙がうかがえる。

「ほう、それは凄まじい急ぎようだな」

「なにせ、石垣の足らざるに、寺々の石仏や道神を壊して当てる始末で……慈照寺《じしょうじ》（銀閣寺）の庭がみごとと聞いて、引っ剝《ぱが》して来よと仰せ出されましてな……」

聞くうち、藤孝の胸中に不安が兆した。

——何か、わしも馳走《ちそう》せぬと機嫌を損ずるおそれがある。かの御人の気に入る物はないか。

藤孝は、その翌日、東福寺に本営を構える信長の許へ伺候した。

時刻を計っていた。信長が昼餉《ひるげ》を済ませ、公方館の作事場へ出向く直前である。

「忙しい。用向きがあるなら言え」

信長は、例によって短兵急である。

「銀閣の庭は結構にござるが、豪壮の趣《おもむき》に欠けまする」

「ふむ」

信長は、出端《ではな》を挫《くじ》かれたように押し黙った。

「で、なんだ」

「てまえの勘解由小路《かげゆこうじ》の旧邸に、格好の大石がござります。献上仕《つかまつ》りたい」

「よし、見よう」

信長は藤孝と馬を連ねて、藤孝の旧邸へ出向いた。

細川藤孝の旧邸というのは、昔から京の代表的な武家屋敷として知らぬ者はない。その庭に、青々と苔《こけ》むした小山のような庭石がある。名付けて〈藤戸石《ふじといし》〉という。

信長は、巍々《ぎぎ》堂々の石を、ぐるぐると廻って見た。

「よし、貰うてやる」

常人なら、どうやって運ぶか頭を悩ますところである。だが、信長の思考は違っていた。どれ程の大石でも、それに見合う人手を集めれば事足りる。それより世にも稀な大石を運ぶことで、京の町を沸きたたせようと考えた。

——祭だ。絶えて久しい祭を催してやる。

信長は、紅白の布で飾った大石に太綱を巻きつかせ、転棒《ころぼう》を噛《か》ませて、厚板を敷いた道路に曳《ひ》き出した。

曳き手は美々しい甲冑《かっちゅう》姿の将士である。

大石の上で扇を振りかざした信長は、集った町民に大音声《だいおんじょう》で呼びかけた。

「新しい公方殿への進物じゃ。手を貸せ。祝儀をとらすぞ、曳けや、曳け」

更に景気づけに、笛や太鼓の芸人を集めて囃《はや》させた。

この前代未聞の石運びは、爆発的な人気を博した。洛中洛外から集った見物衆は人死が出るほどの混雑を呈した。

――ばかなことを。

そう思ったのは柴田・丹羽の譜代《ふだい》の部将たちである。光秀もそう思った。

驚嘆したのは、この一挙を言い出した藤孝である。京で生れ育った藤孝は、排他的で支配者に冷淡な京都の人間が、いかに扱いにくいかを熟知している。

その京都人が浮かれ囃している。

――さすがは織田様じゃ、このお方の力で天下が治まるかも知れぬ。

信長の人気は、俄然沸騰した。

(では、新公方はどうなる)

藤孝は、肌に粟の生ずるのを感じた。

信長は、無類の忙しさであった。

摂津《せっつ》・河内《かわち》に蠢動《しゅんどう》する三好勢力の一掃に、信長の軍は東奔西走した。応仁の乱以来、京畿の地に盤踞《ばんきょ》した旧足利の家臣団の勢力は根強く、草の根を一本一本引き抜くような掃討戦を、根気強く実施しなければならなかった。

一方、北伊勢から中伊勢にかけての北畠《きたばたけ》勢力も、ばかにはならない。この方は三好勢よりもっと古い、南北朝以来の勢力である。

——こうした旧勢力を根絶やしにしなければ、新しい秩序は生れない。

おそろしく気短かな信長は、一面稀にみる根気と辛抱強さを持っている。

伊勢方面軍の司令官を命ぜられた滝川一益《かずます》は、元近江浪人という素性に似ず、懸命に働いたが、それにも限度はある。連戦連勝という訳にはゆかない。殊に大河内《おかわち》城に籠《こも》った国主北畠具教《とものり》は、剣技を剣聖塚原卜伝《ぼくでん》に学び奥義《おうぎ》を極めたほどの武人で、頑強そのものだった。

信長は大早稲《おおわせ》（大至急）で御所の修復工事と、公方館の建造を進める傍《かたわ》ら、その繁忙のなかで、何度となく北伊勢に急行し、策を練り時には陣頭指揮した。

信長は、超人的な働きを示した。公方館の建造が半ばに達した三月一日、撰銭令を発した。

物々交換から貨幣経済に移行して久しい。だが肝心の通貨が雑多で統一性が無かった。唐・宋・元から渡来した古銭。わが国で鋳造した皇朝十二銭、近年渡来の明の洪武銭《こうぶせん》・永楽銭・宣徳銭。それらに模造の古銭・新銭がまじる。なかには摩耗していずれともわからぬ鐚銭《びたせん》も、いまだに用いられている。

信長は、英断をもって良貨と悪貨の交換比率を定め、流通の法則を規定し、金銀貨は高額商品の売買に、銭貨は価格の廉価な日用必需品に用いるよう定めた。

注目すべきことは、信長が京を制圧し、確保したこの時期に到っても、自己による天下統一政権の樹立という大看板を掲げてはいない。撰銭令というのは、あくまで自己の考え——統制なき貨幣経済の不便と不合理の是正——を制定しようという。それは法制度の施行というより、普遍性を目的としたものだった。

そのあらわれは、二カ条の附帯条項である。

「ことを精銭によせ、諸物価を高直《こうじき》になすべからざること」

精銭でないからといって、諸物価を高値にするな、というのである。

「陳列棚の商品を、撰銭令以降多少でも撤去（売り惜しみ）した者は、信長の分国中の商業を永久に禁止する」

きびしさも一入《ひとしお》だが、信長の領国内と限っているところがおもしろい。あくまでも現実主義であり、誇大な未来展望を掲げていない。

その信長を、多くのものが見誤った。

信長を見誤らなかったのは、極く少数の者だけであった。細川藤孝・明智光秀・木下藤吉郎ぐらいか、その者ですら信長の思考と、その真価をすべて把握したとはいえない。ただ常人とは卓絶した一面を垣間見《かいまみ》た程度であった。

直《じか》に戦った六角承禎《ろっかくじょうてい》・三好義継《よしつぐ》・松永久秀らも、信長が時代を引っ繰り返すほどの人物とは見なかった。せいぜい備前《びぜん》の宇喜多直家《うきたなおいえ》か土佐の長宗我部元親《ちょうそかべもとちか》、今は亡き美濃の斎藤道三《どうさん》ほどの梟雄《きょうゆう》で、越後の上杉謙信、甲斐の武田信玄、中国の毛利元就《もとなり》には遠く及ばず、やがては高転《たかころ》びに仰向《あおむ》けに倒れると思っていた。四年後の天正元年（一五七三）、京にいて信長を傍観していた安国寺恵瓊《あんこくじえけい》が、四、五年のうちに信長が倒れることを予言し、藤吉郎秀吉を「さりとはの者」と評したことで、予言者の名を高めたが、信長を知らざること甚だしい。時代の転回をまったく見抜けぬ凡僧に過ぎない。

安国寺恵瓊ほどの客観性も持たない朝倉義景や、同盟者である浅井久政《ひさまさ》・長政《ながまさ》父子も同様であり、最たる愚見の持ち主は足利義昭である。彼は信長を三好・松永・六角程度の者としか見なかった。

その義昭は、念願の側室を得た。名は慶《けい》という。出自は播磨から備前にかけて版図を持つ浦上氏の被官で、名門といわれた宇野氏の息女である。家柄にふさわしく﨟《ろう》たけた美貌と、詩歌・管弦・文章・書道に長《た》け、気品溢れる乙女であった。

幼少の頃に寺入りし、読経のほかに素養の乏しい義昭は、冒し難い清純の美に気圧《けお》され畏怖の念すら抱いた。

それが、夜には一変した。淫事をまったく知らぬ佳人を意のままに弄《もてあそ》ぶ。それが側室というものであった。憧憬の美女が羞恥《しゅうち》にもだえ、醜悪な媾合《こうごう》で思うさま穢《けが》される。その絶え入らんばかりの被虐《ひぎゃく》の容姿に、義昭は酔い痴《し》れた。

その結果は、義昭の自己誇示の性癖を生んだ。

「信長めは、おれの権威を利用するだけの魂胆の男だ」

義昭は、幕府を開き、その権力を側室の慶に見せつけたかった。いまの義昭は将軍という空名の飾り物に過ぎない。義昭の厄介な点は幕府という権力機関を渇望した事である。

「なにをたわけたことをいう」

信長は、一笑に付したであろう。権力にはそれに見合う武力が要る。それだけの武力を所有するには、どれほどの努力と犠牲を数多《あまた》の戦場で費やすか。天才児信長にしても計り知れない難事である。

義昭は、貴人特有の、夢と現実の区別がつかぬ頭の持ち主だった。

義昭は、お慶に対しおのれの嗜虐《しぎゃく》性を正当化した。

「いずれ、信長めを見返してやる」

義昭が、側室お慶を手に入れたのは、おのれの才覚ではない。

堺の会合《えごうしゅう》衆からの献上であった。

室町期、納屋《なや》、すなわち海岸に倉庫を有する豪商を、納屋衆と呼んだ。日本の海外貿易の大半を独占する堺では、時の朝廷や幕府に莫大な金品を献上して、「守護不入」の自治権を獲得すると、百数十人の納屋衆の中から豪商三十六名の会合衆と称する合議政体を作って、商権の独立拡大と、傭兵による警護組織、局外中立の隊商派遣など、独自の政治力を発揮した。

昨今、不祥事の際、商人道を称呼《しょうこ》して商業道徳を誇示する者があった。わが国には何かというと「道」を称える者が多いが、その粗製乱造は無学の証明でしかない。商人道などというものはない。商人は社会性の埒外《らちがい》に身をおき、機に乗じて変化に応じ、利益の追求に専念するのが本来の生き方である。堺に特権を与えた室町幕府の威権がおとろえると、すかさず威権を簒奪《さんだつ》した三好・松永輩《はい》に取り入り、軍資金を貢いで商権の確保に努めた。

その三好・松永輩は、突如あらわれた織田信長という新興勢力により、都を追われ、僧侶出の足利義昭が十五代将軍の宣下を受けて京に居座った。

堺は、阿波の本国に後退した三好勢の回復に期待し、ひそかに援助した。

——出来星《できぼし》大名の信長に、何ほどの経綸《けいりん》やある。

堺は、信長を見誤った。越前朝倉より遥かに下位であり、近江六角・大和筒井程度の勢力とみた。

三好勢一万が京都奪回に失敗すると、堺会合衆は新将軍足利義昭に祝賀の使者を送った。会合衆を代表する今井宗久《そうきゅう》・津田宗及《そうぎゅう》・千宗易《せんのそうえき》の三名である。三名ともわび茶の道をおしすすめ、茶の湯の道を開いた武野紹鷗《たけのじょうおう》の高弟であり、京都朝廷正親町《おおぎまち》天皇の愛顧を受けていたためである。

三名は、まず義昭に進物を贈った。

——新たな支配者には、まずその欲する餌をくらわせて、人間の出来不出来と、欲の程度を測ってみる。

堺の処世術は、狡猾《こうかつ》の一語に尽きる。新将軍義昭は切願の側室を贈られて、手もなく籠絡《ろうらく》された。

次いで信長に謁した今井宗久らは、名物松島の壺、紹鷗茄子《なす》を献上して機嫌を伺った。

松島の壺は、大小の突起が無数にある葉茶壺で松島の景観に准《なぞら》え銘された。紹鷗茄子は宗易らの師紹鷗愛蔵の茶入。共に天下無二の大名物である。

前《さき》に上洛を果した信長は、唐物の名物を大量に買上げた。信長は茶の湯に耽溺《たんでき》していると見た。

それは、足利将軍にとって仇敵の松永久秀が銘器つくもがみを献上した事で降伏を許し、軍勢を貸して大和平定を命じたことであきらかである。

信長は、茶道にそれ程執着したであろうか。

信長は、贈られた銘器を無雑作におさめたあと、今井宗久ら三名に問いかけた。

「昨年、公方殿上洛を果したあと、上方に三カ所、関を設ける許しを得た。大津・草津・堺である。堺には村井貞勝《さだかつ》を差し向けた。会うたか」

村井民部丞《みんぶのじょう》貞勝、信長譜代の将で、能吏として名高い。今は皇居修復の奉行をつとめ京都所司代を兼ねている。脛《すね》に傷持つ三名は顔色を変えた。返事は千宗易が代って答えた。

「その節、矢銭《やせん》（軍用金）一万貫と鉄砲五百挺の献上方を承りました。秋口から年末にかけて物入り多く、取りあえず矢銭三千貫、鉄砲二百挺を調達仕りました。残りは遠からずお納め願えるかと存じます」

「物入りとは、正月の三好勢京攻めのための援助であろう。長年の恩顧に報ゆるその心掛け、殊勝である。われらは堺に格別の恩を施すつもりはないが、われらにもそうあって欲しいものだ」

信長は、おだやかな笑顔である。こういう時は怒ってくれる方がいい。三名はあぶら汗を流した。

「そこで、矢銭を今一度一万貫申し付ける。鉄砲は千五百挺。昨年未納の分と合せて、早急に差し出《いだ》せ」

三名は色を失った。信長は辞色《じしょく》を改めて言った。

「もしも再び背くときは、数万の軍勢を繰り出し、堺の町を跡形なく焼き払い、老若男女の差なく一人残らず斬り捨てる。堺は大事な港町と思うな。代りはいくらも造ってみせる。さよう心得よ」

堺の代表三名は、一議なく屈伏した。信長の言葉に掛け値のないことを覚ったのである。

信長は、堺を消滅させた後、自領の尾張か、もしくは目下攻撃中の伊勢四日市・桑名に貿易港を造ったであろう。新兵器鉄砲の生産地を他に移すことは易々たるものであったに違いない。

——これは成吉思汗《ジンギスカン》の再来だ、新将軍義昭などとは桁《けた》が違う。

海外事情に通暁している今井宗久らは、そう感じ取ったに違いない。

堺の代表に厳命を下した信長は、間髪を入れず、京都朝廷と新将軍義昭に通告した。

「岐阜に戻る所存にござる」

公方館が完成して、まだ旬日を経ない。永禄十二年四月二十一日のことである。

「都の桜は済んだが、藤の花が盛りである。見ずに京を離れるとは、無粋よのう」

閨房《ねやぼ》惚けの義昭は、脳天気なことをいう。

「伊勢征伐が忙しゅうござる」

北伊勢の神戸《かんべ》氏には、三男三七信孝《のぶたか》を養子に入れて懐柔したが、伊勢国司北畠具教は頑強に抵抗を続けている。信長は七万の大軍を動員した。

義昭は、粟田口《あわたぐち》を去る信長を涙で見送った。

義昭が涙して信長を見送ったのは、哀惜の情ではない。信長が機動軍団を率いて去ったあと、京畿の地が空白となるのを怖れたためである。

京都朝廷も、その危惧を持った。

――信長不在の間、誰が京畿一円を守るのか。

近い例がこの年正月にあった。三好勢の京都回復戦である。明智光秀の勇戦と、信長の疾風の上洛で事なきを得たが、総司令官の不在は危機感が大きい。

当り前なら義昭直臣の細川藤孝か、和田惟政《これまさ》であろう。だが信長は藤孝に勝龍寺《しょうりゅうじ》城と旧領を、和田伊賀守惟政には、摂津高槻《たかつき》城と所領を授け、織田家の外様大名とした。新将軍義昭に直轄兵力を持たせぬ巧妙な策略であったが、外様に直領の京都を委《ゆだ》ねるのは筋道に外れる。京畿に散在する信長家臣団が反発するだろう。指揮系統の乱れは戦略の忌《い》むところである。

朝廷も、義昭も、明智光秀を期待した。光秀は京都警固の限られた部隊長だが、正月の三好勢の来襲の際は、臨時に方面軍の指揮をとって誤りなかった。義昭と信長を繋《つな》ぐに格好な人材である。

だが、信長は肯《がえん》じなかった。人事権への容喙《ようかい》は重大な侵害行為である。

信長の人事は意表を衝《つ》いた。木下藤吉郎秀吉を、代理司令官に任命した。

「藤吉郎京都に在るは、なおこの信長の京都に在るが如し」

自分と同様に扱えと、朝廷や義昭に通告した。驚いたのは朝廷と義昭である。

――木下藤吉郎は氏素性もなく、卒伍のなかより成り上がった無学の者と聞く。さような者に格式・慣例きびしい京の代官が務まるか。

信長が、藤吉郎に申し付けたのは、ただの一カ条であった。

(事の円滑を心掛けよ。ただよく威権を維持すべし)

藤吉郎は、信長が去ると直ちに公方館に出向き、義昭に拝謁を求めた。

「ならぬ」

義昭は、勝手知った光秀を選ばなかったこの人事に不満だった。将軍の拝謁には先例格式があり、無位無官の突然の拝謁などもっての外であった。

「追って沙汰を待て」

執り次いだ執事の上野中務少輔《うえのなかつかさしょうゆう》を、藤吉郎は烈火の如く怒鳴りつけた。

「それがしは信長の代官である。将軍家は御父と呼ばれる信長に格式を言われるか。その分には捨てておきませぬぞ」

義昭は、その剣幕に震えあがって、拝謁を許した。別段の用向きはない。談笑で終った。

——信長は、容易ならぬ家来を持っている。

洩れ聞いた光秀は、おもしろくなかった。


信長にとって初期の戦歴に属する伊勢征伐は、華やかなものではない。むしろくすんだ色合いさえ感じられる。

それだけ苦戦であった。

伊勢は鎌倉時代、執権北条氏の直轄領であった。建武の中興ののち後醍醐天皇は足利尊氏に敗れて吉野に蒙塵《もうじん》、南朝(吉野朝)を樹《た》て尊氏は光明天皇を擁立して南北朝時代となる。

頽勢《たいせい》の南朝を支えた北畠親房《ちかふさ》は南伊勢を制して南朝の拠点を確保した。親房と長男顕家《あきいえ》は奥州に渡り、伊達・結城氏らを味方にして南朝の勢力伸長に努めた。

後醍醐天皇はその功績を嘉《よみ》し、三男顕能《あきよし》を伊勢国司に任命、以後北畠氏は代々国司を継ぎ、南北朝統一後も変らなかった。

伊勢は、北畠氏累代の麾下《きか》の家々が領した。その結束は戦国の世を経ても変らず、上方への交通・輸送路の打開を目指す信長に、果敢に抵抗した。信長は武略抜群の滝川一益を使って蚕食《さんしょく》に努める一方、三男信孝をはじめ親族の有能の若者を家々の養子として送りこみ、北伊勢の制圧を達成しつつあった。

だが、国司北畠家は、新興勢力の織田氏に激しく反発し、中伊勢大河内方面に防備を固め、七万の総兵力を呼号する信長に対し、一歩も退かぬ気勢を示した。

この時代にあって奇妙なことだが、信長に領地拡張の野心があったとは考えられない。信長は、交通路の障害となる者を征伐したかったに違いない。

滝川一益には、高等政略は無理だった。あまりに手間どるので信長が繁忙の中を割《さ》いて出向いたが、さて手足となって使う配下の将がいない。

——やはり、藤吉郎がおらぬと策が不便だ。

信長の優れた点は、方針変更に何のこだわりも持たぬことだった。

「京は、明智光秀に任す」

むろん、単独ではない。村井貞勝や上洛後登用した僧侶出身の朝山日乗《にちじょう》を補佐に付けた。

藤吉郎は、伊勢に急行し、信長の先駆けを務め、阿坂《あさか》城を陥《おと》し、諸軍と共に、北畠具教・具房《ともふさ》父子が立《た》て籠《こも》る大河内城包囲戦に加わり、兵糧攻めで餓死者の出るのをきっかけに、得意の調略で北畠氏を説き、信長の次男信雄《のぶかつ》を具房の養子とすることで降伏させた。

京の光秀は、自意識過剰に悩んでいた。

前《さき》に、京都朝廷や将軍義昭は、信長の代官に光秀を期待した。それが木下藤吉郎であった事で、光秀は面目を失った。少なくとも光秀自身はそう思った。仮に柴田・丹羽のような譜代の者であったら、門閥重視として通ったであろう。

もしも、藤吉郎が光秀の立場だったら、藤吉郎は気にもとめなかっただろう。藤吉郎にその種の悩みはない。

無教養の強みである。

藤吉郎から引き継ぎをうけると、光秀は何より先に勘解由小路《かげゆこうじ》の細川藤孝邸を訪れた。京都朝廷や将軍家の扱いには、多くの有職故実《ゆうそくこじつ》・先例・慣習がある。光秀はかなり通暁《つうぎょう》しているつもりだが、常識の域を出ない。それには藤孝が頼みの綱だった。

それと、光秀自身の悩みも聞いて貰いたかった。光秀には信長の思考経路がまるで理解できない。まして信長が何を目指して目まぐるしく走り廻っているのかわからない。

加えて、光秀自身の評価がどれほどのものかも知りたかった。正月の三好攻勢における光秀の働きは抜群であったと、信長は戦功第一に挙げた。それが半年と経ぬ間に藤吉郎に見変えられたと感じた。

いつか光秀は、藤吉郎と競り合うことに取り憑《つ》かれていた。

細川邸には、先客があった。

「お手前方、顔見知りの間柄であろう。差し支えなければ相席で話し合おうではないか」

気さくな態度で部屋に入ってきた藤孝は、ふたりに声をかけた。

先客は、堺の千宗易であった。

「私めは一向に差し支えございませぬ。明智殿はいかが」

光秀は、無言で頷《うなず》いた。

光秀の流浪の七年は、近畿の地が主であった。流浪の始め堺を訪れた光秀は、自治都市の堺に心惹《ひ》かれたのであろう。その地に足をとどめること多く、そこを足場に大和、摂津、河内、山城、近江、遠くは播磨、備前と足を伸ばし、地勢や民情、土地の豪族、大名の勢力の伸長などを見聞して歩いた。

堺は、流浪の資金を得るのに至便な地であった。海外物産や鉄砲の類《たぐい》、南蛮鉄などの原材料を輸入した堺の豪商は、注文に応じ各地の豪族・大名にそれらを売り渡すため、隊商を組んで輸送した。堺は「守護不入」の特権を延長して、輸送隊の不可侵を各地の支配者から取りつけていたが、土匪《どひ》・野盗の類には及ばない。そのため、隊商警護の傭兵をその都度雇った。

主従の約を結ばない不定期の傭兵という職は、見聞の旅を続ける光秀にとっては好都合であったに違いない。その間、光秀は暇を得て、当時流行の茶の湯を学んだ。いずれ定まる主を持ったときの武士のたしなみとして、茶の湯は欠かせぬ教養であった。

明智光秀は隊商の雇われ警護の頃、千宗易と知り合った。

宗易は堺の商人で、後に正親町天皇から利休居士《こじ》の号を授けられ、茶聖といわれた。

商人と茶の湯の関連を、簡略に述べたい。

鎌倉前期、禅僧栄西《ようさい》が宋から持ち帰った抹茶《まっちゃ》は、当初、養生《ようじょう》の仙薬として珍重されたが、茶の湯に用いる唐物具足《からものぐそく》（茶道具）が鎌倉武士にもて囃《はや》され、唐物数奇《からものすき》と異名をとるほど流行した。

南北朝から室町初期にかけて、闘茶《とうちゃ》と呼ばれる賭博《とばく》が流行した。本《ほん》（栂尾《とがのお》産の茶）非《ひ》（他の産の茶）十種、四種十服などを飲みくらべて、賭けを争った。

足利三代義満《よしみつ》の北山文化の頃、将軍室町邸の会所で和歌・連歌の会で茶を喫するのが習わしとなった。やがて会所は独立して建造され、書院造りに茶道具を飾るようになり、殿中の茶の湯が盛んに催された。八代義政《よしまさ》の頃、足利家代々の蒐集《しゅうしゅう》名宝が東山御物《ぎょぶつ》と呼ばれ、東山文化の一端を担った。

その名物（名宝）を扱うのが、将軍に近侍する同朋衆《どうぼうしゅう》の役目である。同朋衆は法体《ほったい》で阿弥《あみ》の名を称した。当時の三代三阿弥（能阿弥・芸阿弥・相阿弥）の名が、今も伝わる。

その能阿弥に師事して、目利《めき》き稽古の道を究《きわ》め、また一休和尚に参禅して、草庵小座敷の侘《わ》び茶の開祖となったのが村田珠光《しゅこう》である。亭主と客の交流、道具立てなどに深い精神性を追求する侘び茶は、乱世の武士から公家、庶民にまで普及し、京の町では座売り茶屋や担《にな》い売りの茶が、一服一銭で楽しまれた。

侘び茶の道を大成したのが、珠光の門人に茶を学んだ堺の豪商武野紹鷗である。和歌・連歌・古典を学び、参禅して茶禅一味を開拓し、古今の名人といわれた。今井宗久・津田宗及・千宗易は、いずれも紹鷗門下の逸材である。

堺で茶の湯が盛んとなり、商人から多くの茶人を輩出したのは茶の湯が利を生むためだった。茶の湯で珍重された唐物は、堺の商人の買付品である。その価格は彼らがつけた。もちろん美術品の値打はその品の芸術性にある。芸術性の有無・優劣は目利きの判断で左右される。それは唐物であれ和物であれ変らない。

堺の商人は目利きの権威であらねばならない。名品を入手すれば値は付け放題なのだ。そのため彼らは心血を注いで茶の湯の真髄を究め、目利き稽古に励んだ。

千宗易の幼名は与四郎。父与兵衛の史料は全くない。宗易が死の直前に残した財産処分状によれば、父から相続したのは物資の保管（倉庫）と輸送（隊商）の権利、塩魚を扱う座（組合権）、ほかに田地家屋敷、貸地などである。彼の自筆の偈文《げぶん》によれば、祖父七回忌法要も満足に営めぬ程の貧であった。彼は家運を挽回するため魚の座を他人に貸し、専ら武器輸送と、先々での茶道指導、名物の売買で暮したらしい。

光秀との出会いは、そうしたさなかだった。

「あの夜は、ひどうござりましたな」

千宗易は、なつかしむ風情で言った。

京、勘解由小路室町の細川藤孝邸では、藤孝と宗易、光秀が、酒を酌《く》み交《かわ》しながら談笑している。

宗易は微笑《ほほえ》んでいる。四十八歳、当時としてはそろそろ高齢である。若年の頃から家運を挽回するため重ねた苦労が実って、面貌に年輪を加え、おだやかな気品となっている。

「覚えておる。伊賀道、柘植《つげ》の在でしたな。頼む宿は焼け失《う》せていて、それに篠つく雨。ほとほと難渋致した」

六年前、永禄六年（一五六三）の秋の暮であった。光秀は産褥《さんじょく》の妻の看《み》とりに郎等《ろうどう》の弥平次《やへいじ》秀満《ひでみつ》を残し、宗易の求めに応じて尾張へ運ぶ荷駄の列の護衛に加わった。

柘植の山道で、伊賀の野伏《のぶ》せりの集団に襲われた。警護の雇われ浪人の大半が逃げ散る中で、光秀は奮戦し、残る警護を叱咤指揮し、ようやく事なきを得た。

「奇《く》しき因縁でございますな。そのあなた様は、今は弾正忠（信長）様の、京の警固役を務められる。男子と桜は三日見ぬ間に見違えるほど変られます」

「それはみな……藤孝殿のお計らいの所為《せい》だ」

「そのような事はない」

藤孝は苦笑して口をはさんだ。光秀とは六歳年下、宗易とは十歳以上の違いだが、対等以上の気位がある。

「初め公方殿の名を借りて推挙したのはいかにもわしだが、あとは光秀殿の働きだ」

藤孝は、話頭を転じて続けた。

「奇しき因縁といえば、その頃、わしの妻も産褥にあって、初めての子を産んだ。与一郎《よいちろう》(忠《ただ》興《おき》)だ。光秀殿のお娘御玉子《たまこ》殿と同年になる」

「まだ、ござりまするよ」

宗易が言葉をつなぐ。

「尾張行きの荷は、弾正忠様のご注文の鉄砲で、それが役立ってあのお方様の今日《こんにち》がございます。世の中は広いようで狭うござりますな」

「その弾正忠様だが……そこもと何と見る。新公方様とうまく折り合いがつくであろうか」

藤孝は、さりげなく問題の核心に触れた。

彼は、堺の会合衆が信長に服するか、反信長に結集するか、それが知りたかった。

「さて、お武家方のお心うちはとんとわかりかねますが……」

宗易は、話柄をそらせた。

「あのお方は目利きにかけては異様な眼力をお持ちで、真贋《しんがん》はいうに及ばず、天下の名品と折紙付きの物でも、出来不出来を鋭くご指摘になられます。物を見る眼の鋭さは人を見る眼と通じましょう」

宗易は、新将軍義昭の人柄次第だと言う。さすが一流の人物らしい評言だった。

新将軍義昭は、贋物《がんぶつ》ではない。たしかに足利の正統の血をひく本物であった。だがひどく不出来な粗悪品だった。

「わしは幕府を開くぞ」

伺候した光秀に、義昭は甲高《かんだか》い声で言った。

——またか。

光秀はうんざりした。信長にはその気がない。義昭が幕府を開き、百僚百官が天下の統治を始めれば、信長は一介の田舎大名になるしかない。何のために汗を掻《か》いたか、意味がない。

信長が、人心収攬《しゅうらん》の手だてとして、義昭を将軍に立てたことは、誰でも想像がつく。義昭は住む館まで造営して貰い、若い側室と日夜房事にふけっているだけである。

それで満足すべきだ、と光秀は思う。この上、政権までよこせというのは虫がよすぎる。

「暫《しばら》く、時期をお待ち下さるよう」

光秀の解決策はそれしかない。時代は激動している。明日・来月・来年、情勢はどう変るか、誰にも予想がつかない。義昭に信長を凌《しの》ぐほどの強運があれば、望みが叶えられるかも知れない。それ程の運がなければ飾りもので辛抱すべきである。

「その方は、誰の味方だ。わしはその方を昵懇衆として今も召し抱えておる。わしはあるじであるぞ」

たしかに光秀は、将軍家直臣という官職は解任されていない。だが昵懇衆という名目で給される手当は、当時の下女にも及ばない薄禄であった。それに引替え信長は高禄と部将という地位を与えている。

尋常な武士ならとうに義昭を見限っている。なまじ教養があるだけに恩義に縛られて、不出来の旧主に礼を尽す。よくいえば律義であるが、乱世にあってはその優柔不断は身を滅ぼしかねない。光秀は苦悩していた。

「ものには時の運、天運というものがござりまする。気長にお待ち遊ばされて、ご無理をなさらぬように」

光秀は、そういうしかなかった。

義昭は、活発に行動し始めた。しきりと諸国の武家大名に〈将軍御教書《みぎょうしょ》〉（公式文書）を乱発した。

「乱をやめよ」

というのである。争いがあるなら将軍が調停するとあるが、実効のないことは義昭自身が百も承知である。要は将軍家の存在を世に誇示したいのである。

義昭は、比較的好意を示す越後の上杉、越前朝倉、安芸毛利から摂津の三好の残党、一向宗の本山石山本願寺にまで渡りをつけた。権威を誇示する叡山とも結んだ。これらはみな、「信長は胡散臭《うさんくさ》い」と見ているし、危険視もしている。将軍を擁して上洛するという効果に、ようやく気付き始めていた。義昭の「陰謀」は、予想外の進展をみせはじめた。

義昭の企む〈陰謀〉は、約《つづ》めていえば信長に対する〈反乱〉である。乱を起すに先立つものは〈軍資金〉であった。

義昭は、図に乗って諸国の強豪に上納金を課した。〈御所造営の費用〉を納めよという。

常識的には、身勝手な言い分とみるべきだろう。だが諸大名、殊《こと》に京周辺の者は、義昭に対する好意以上に、信長に対する警戒心をつのらせていた。

——信長は将軍を操って、天下を壟断《ろうだん》するつもりらしい。

嫉妬と恐怖と不安が、義昭を援《たす》けた。越前朝倉家は真っ先にその費用を送ってきた。信長に知られぬわけがない。京で政務をとっているのは光秀だけではない。村井貞勝や朝山日乗のような内治練達の者もいるのだ。

思い余って光秀は、細川藤孝を訪ねた。

「このままでは、大変な事態となります」

訴える光秀に、藤孝は顔色ひとつ変えない。

「わしも困っておるのだ」

と、冷やかな薄笑いを浮べて言う。

「あれは御性格なのだな。隴《ろう》を得て蜀《しょく》を望むというが、満足ということをお知りにならぬ。その上、いつも何か策を弄《ろう》しておらぬとお気が済まぬようだ」

藤孝の薄笑いは、冷笑ではない。自嘲の笑みだった。

——人の値打は血筋だけのものではない。

おのれの秘めた血筋に思いを馳せながら、藤孝は痛切にそれを思う。

直情径行の義輝は、傲岸不遜《ごうがんふそん》な三好・松永輩《はい》に抗争を挑み、命を失った。

その生一本さは、弟の義昭にはまるでない。

十三代義輝に仕えていた頃の藤孝は、武道だけが不得手であった。捨て身になれない。機を見るに敏な彼は常に難を避けた。永禄八年、当時の二条第で義輝が弑虐《しぎゃく》された際、藤孝は近江で兵を募ると称し、居城山城勝龍寺城に潜んでいた。

——十三代も十五代も、韜晦《とうかい》という世渡りの術《すべ》を全く御存知ない。

藤孝は、そう言いたげであった。

「近ごろは拝謁を願ってもお断りになられる事が多い。煙たがられておるようだ」

そう嘯《うそぶ》く藤孝に、光秀は返す言葉を失った。

十月、伊勢国司北畠具教は降伏し、伊勢平定は終った。一旦岐阜に戻って四囲の情勢を思惟《しい》した信長は、十二月上洛して朝廷に参内《さんだい》したあと、年明け早々義昭に対し、大鉄槌《てっつい》を下した。

——人の心は、信じ難い。

幼少の頃から〝うつけもの〟と人にうとんじられた信長には、根底にその概念が灼《や》きついている。

人には五欲がある。五官（眼・耳・鼻・舌・身）の五境（色・声・香・味・触）に対する感覚的欲望と、それに伴う財・色・飲食・名（名誉）・睡眠を求める欲望である。それは本能に根付く欲望である。本能は善悪を超えている。本能があるから人間なのである。

信長は、上洛して天子に接した。

天子は、神の子孫と言われ、そう信じられている。神に五欲はない。その正統は五欲を持たざることを本旨としている。建武の中興から南北朝にかけて、天子もまた人間性のおもしろさに惹《ひ》かれ、人間社会を統治することに魅せられ、乱世に身を投じた。

だが、やがて天子は神の子としての本旨に戻り、戦国の世にも超然として、人の子の崇敬を集めた。地上の支配権を望まない。人の子があがめうやまうことで、国家・国民の統合の基《もとい》となっている。

――将軍は、所詮人の子だ。

五欲がある。義昭は特に強い。愚かなほど強烈である。人間だから致し方ないといえばそれまでだが、五欲を抑えかねる人間の支配欲は世の乱れを助長する。

――わが国には、天子があればよい。愚かな将軍など不用である。

だが、一気に事を運べば、無用の混乱を生ずる。

信長は、熟慮の末、正月二十三日、光秀ら京の司政官を集め、厳に申し渡した。

「将軍に進言せよ」

条文は、五カ条である。
一、諸国に御内書（内密の書状）を下されるときは、必ず信長に相談され、添状を付すこと。
二、従来の下知は、すべて破棄されよ。
三、恩賞を与えるときは、信長の分国内を提供する。
四、天下のこと、信長に委任された上は、将軍の意見を求めず自由に成敗する。
五、宮廷の事、油断なく務められよ。
これは、幕府開設の否定であるだけでなく、将軍権威の否認である。

「もしお聴き届けなきときは、御為《おため》よろしからずと思し召《おぼ》されよ」

朝山日乗は威丈高に言う。光秀は見るに耐えず、面を伏せたなりであった。

義昭は、血の気を失った顔で作り笑いを浮べ、書状に承認の黒印を捺《お》して言った。

「父弾正忠に、よしなに伝えてくれい」

義昭の蒼《あお》ざめた笑顔の裏に、瞋恚《しんい》の炎《ほむら》が燃えあがるのを、光秀は感じとっていた。

——この先、両者の間でどのような争いが起るか。

光秀は、わが身の去就を考えずにはいられなかった。

光秀らが公方館から帰ってくると、信長はすでに出立準備を終っていた。

「公方の手綱をよく引き締めておけ」

信長は、それのみを言いおいて、機動軍団を率い、岐阜に戻ってしまった。

足利義昭という厄介者を抱えこんで、上洛戦を果した信長は、意外な事態の進展に、自己の立場を冷静に分析する必要に迫られた。

元々戦争というのは、敵を徹底的に叩き潰す。相手を無力化して自分の意思を強制する。それで終る。

それが今度の場合は違った。抑《そもそも》が目的が違った。領地の拡大という単純なものではない。武士の棟梁である将軍の京都復帰という多分に政治的な武力行為である。政治的な闘争というものには、必ず反作用が起る。武力行動によって獲得したものには、必ず正反対の敵が発生し襲ってくる。

抱えこんだ者が悪かった。義昭という厄介者は、信長を利用し尽したあと、自分の配下に組み入れて使い捨てようという下心を持っていた。義昭は実兄十三代義輝の悲劇を実感している。信長と組んで重用すれば、いつか信長は三好・松永輩と同様に将軍を蔑《ないがし》ろにし、意のままにならぬときは弑虐《しぎゃく》するだろう。その防護策は信長以上に強力な武力保持者を、早急に迎え入れ、いわゆる毒をもって毒を制すほかはない。義昭の陰謀好き——御内書（内密の書状）の乱発——の裏面には、彼にとっては已《や》むを得ざる事情があった。

考えてみると、濃尾二カ国をわがものとし、おのれの進路を模索していた信長は、途方もない札を摑んだ感がある。だが信長はそれを後悔した気配はない。彼はそれを転機と感じ、天運を楽しんでいたと思われる。

義昭の御内書外交は、意外なほどの効果をあげた。反信長勢力の結集である。

越後、上杉謙信
甲斐、武田信玄
越前、朝倉義景
近江、叡山
摂津、一向宗本願寺
安芸、毛利元就

叡山と本願寺は宗教団であるから、侵攻する武力を持たない。最も近い反信長勢力は越前朝倉家である。

朝倉にすれば怨《うら》みがあった。匿《かくま》い養った義昭を横あいから攫《さら》って京へ連れて行き、将軍位につけてしまった。むざと騙《かた》られたという感がある。そればかりではない。幕府も開かせず、傀儡《かいらい》化している。

朝倉家は叡山の古くからの大檀越《だんおつ》である。京に侵攻するにはまことに都合のいい足場である。対信長戦の先頭は朝倉と見られた。

卓越した分析能力を持つ信長が、それを知らぬ筈はない。両者が戦端を開くのは、時間の問題であった。

信長の最も優れた特性の一つは、行動の迅速である。ひとたび発起したら部下の集結を待たず、たったひとりで先にとびだす。

正月下旬、京から岐阜に戻った信長は、旬日を待たず二月初旬、機動軍団に令して上洛の途についた。

瞬《また》く間に湖南平野を突っ切り、大津を過ぎて逢坂山《おうさかやま》にさしかかると、信長は藤吉郎秀吉を呼んだ。

「使いを出せ。京の宿は明智屋敷とする」

「十兵衛の屋敷でございますか」

藤吉郎は仰天した。いまだかつて家来の屋敷に泊ったことは例がない。

「くどい」

信長は、命令の念押しが嫌いだった。念を押さなければ理解できない鈍感さが気に入らないのである。

藤吉郎はその叱責に赤面して、乗馬に鞭《むち》打ち、軍列を駆け抜けた。使いを部下に任すより、自分が行くと決めた。抜かりなく蜂須賀《はちすか》小六の一隊を抽 出《ちゅうしゅつ》して率いた。突然の報らせに光秀は動顚《どうてん》し、支度に右往左往するだろう。その手助けのための人数であった。

信長は、快心の笑顔になった。命じたことの波及に心を配る。藤吉郎のその機転が信長の好みである。

——それにしても、光秀殿の運のよさよ。

逢坂山を降ると、四ノ宮《しのみや》川・音羽《おとわ》川の低地に出る。藤吉郎は馬を休ませず駆けながらそう思った。京の警固役を拝命した光秀は、もと三好長慶《ながよし》の別邸であった豪壮の屋敷を公邸として与えられている。京都の前支配者の屋敷だけに深い堀をめぐらせ、邸内の茶室や庭も数奇を凝らしたみごとな造りである。

「それにつけてもお屋形様は、何でお屋敷をお持ちにならぬのであろうか」

天智天皇御陵の前を駆け抜けながら、藤吉郎は馬を並べた竹中半兵衛に疑問を呈した。

竹中半兵衛重治《しげはる》。もと美濃菩提山《ぼだいやま》の城主で、斎藤龍興《たつおき》の家臣であった。龍興の暴政を憎み、弟の重矩《しげのり》と謀って一夜のうちに稲葉山城を乗取ったことがある。信長は美濃半国を与える条件で引渡しを求めたが拒否、城を龍興に返還して浪人、信長の美濃攻めに藤吉郎秀吉の説得に応じて帰服、以後智将・謀将として重用されている。

「おわかりになりませぬか」

半兵衛重治は微苦笑した。

信長が京に城館を構えれば、反信長勢力は、さてこそ京に永住して政権を簒奪《さんだつ》する気だ、とみて闘志をかきたてるだろう。更にその城館は公方館より小規模でなければならない。口さがない京童《きょうわらべ》は、将軍より下位と見るに違いない。

御所の修復・公方館造営には政治目的があった。自分の城館に無駄な費えはしたくない。

それは信長の強靭な自制心だった。

この頃の信長の常宿は、京都衣棚押小路《ころものたなおしのこうじ》の日蓮宗大本山妙覚寺《みょうかくじ》であった。往年斎藤道三の父新左衛門尉《じょう》が修行した寺である。

信長は何の感慨も持たなかった。信長はついぞ過去をふりかえることのない男だった。

今度に限って妙覚寺に泊らないという。

——どのように接待したらよいか。

信長の性癖をまだよく知らぬ明智光秀は、うろたえるばかりであった。

「武骨で簡素。それがお気に入りでござる」

藤吉郎の進言で、光秀は屋敷内をくまなく清掃し、家臣を悉く《ことごと》邸外に夜営させ、警戒に任じた。

到着した信長は、至極満足げであった。

夜半、信長は光秀を召した。京畿の情勢、特に義昭の動静を聴取した。

「近頃は、だいぶおとなしゅうなられております」

「あまい」

一言でいわれて光秀は色を失った。だが意外にも信長は上機嫌だった。

「そちの立場では無理からぬと思うが、少々嘗《な》められておるようだ」

「さようでござりましょうか」

「本願寺が、阿波（三好）と語らって動く。毛利に後押しさせようとあの恩知らずめが、しきりと画策しておる」

「それは……」

「騒ぐな。いずれ出端《ではな》を叩いて、思い知らせてくれる」

信長は、光秀を怠慢であると責めなかった。なぜだろうかと考える余裕はなかった。光秀はひたすら身を縮め、嵐の来ぬのを願った。

翌日、信長は御所に参内《さんだい》して記帳を済ますと、公方館に赴き、終日義昭と時を過した。信長の上機嫌は続いていた。旬日以前の叱責状など忘れ去ったように終始口許《くちもと》をほころばせ、歓談した。

次の日、信長は軍団に令し、風の如く京を去った。何のための上洛か、義昭にも光秀にもわからなかった。

それより義昭は、光秀が洩らした本願寺蹶起《けっき》の情報に血を湧きたたせた。

「そうか、本願寺が遂に起つか。よもや誤報ではあるまい。信長めに先手を取られぬよう、守りをかためさせねばならぬ」

「上様……」

義昭は、機密を打ち明けた光秀を瞶《みつ》めた。

「その方……どちらに心があるのだ」

「ご双方のお為よろしかれと心を砕いておりまする」

「双方だと？」

義昭は、嗤《わら》って言った。

「信長は滅ぶぞ。必ず滅ぼしてやる。その段取りはもうついておるのだ」

光秀が公邸に戻ると、弥平次秀満が出迎えた。顔は蒼《あお》ざめ落着きを失っている。

「兵部大輔様《ひょうぶだゆう》（細川藤孝）がおみえになっておられます」

三宅弥平次秀満。俗説では明智弥平次光春と伝えられ、従弟または甥とも言われた。美濃を追われた光秀と共に七、八年（あるいは十年）諸国を巡歴し、仕官の途を求め、光秀のよき補佐役を務めてきた。孤独の光秀にとってよき従者であり、秘書役であり、今は参謀・将領である。

書院から出て迎えた細川藤孝は、待ちくたびれた顔で言った。

「公方にだいぶ責められたとみえる」

「藤孝様……」

「公方は謀叛《むほん》を起される。上杉・武田・毛利・本願寺・朝倉・叡山などと連携《れんけい》し、信長を駆逐する。公方の考えそうな策よ」

「藤孝殿は、どうしてそれを？」

「地に落ちた足利将軍に連なる身がこの乱世で生き抜くためには、飛耳長目《ひじちょうもく》しかない。十三代義輝様のときにも、わしはそれで生き延びた。今度もそうだ」

「では、公方様の陰謀は成就せぬと……?」

「わしはそう見る。それで公方に疎《うと》まれるよう振舞った。断っておくがそこもとは別だ。公方に賭けるもよし、岐阜に賭けるもよし。賭けの成否は命の存否だ。わしは信長に賭けた」

光秀は沈黙した。苦悩の色で迷った。

「苦しかろ。わしも同じだ。剣の刃渡りするようにして作り上げた将軍をこの手で潰す。因果な事よ。だがわしはいま滅びたくない。よくよく思案することだ」

藤孝は、言い終ると茶一服喫せず帰って行った。


岐阜に戻った信長は、軍団に武装のまま野営を命じた。おのれも野戦そのままの暮しを送った。待つ間は程なかった。一日遅れて京から弥平次秀満が馬を飛ばし、光秀の書状を齎《もたら》した。

「来たか。待っていた」

信長は書状を手に、会心の笑みを洩らした。

「是非にも、急ぎ御披見を」

弥平次秀満は、息をはずませた。

「見るまでもない。光秀には気の毒した。少しばかり策を弄《ろう》した」

信長は、声を高めて侍臣を呼んだ。

有能をもって聞えた福富《ふくずみ》平左衛門が平伏した。すでに旅姿を調えていた。

「遠州へ走れ。口上は不用、すべては徳川殿と談合済みだ」

信長の急使、という威力は絶大だった。美濃から尾張、三河、遠江《とおとうみ》と、あらゆる城や砦、兵の駐屯地は、馬を駆る福富平左衛門に、選《よ》りすぐった駿馬《しゅんめ》を替え馬に提供した。

一昨永禄十一年十二月、甲斐の武田の駿河侵攻に呼応して、遠州に攻め入った徳川家康は、昨永禄十二年今川氏真《うじざね》を掛川城に囲むとともに、遠州引馬《ひくま》に築城を開始、氏真の降伏を待って引馬城を浜松城と改名、居城を岡崎から移した。

到着した平左衛門は、家康の面前に導かれた。陪席した家臣筆頭の酒井忠次《ただつぐ》が使いの趣《おもむき》を尋ねた。

「お目にかかればわかる、との仰せでござる」

家康は、ほ、と声をあげた。

「弾正忠殿は左様申されたか。では早速軍勢を率い参陣仕《つかまつ》ると御返事致されよ」

福富平左衛門は、狐につままれたようだった。

「京にのぼるぞ」

平左衛門の帰着とともに触れだした信長の命令に、織田家の部将たちも耳を疑った。

発令は二月二十五日である。初旬、京へ軍団が往復してまだ半月と経っていない。

旧聞に属する作戦機密に関しては、大胆な解放主義の信長は、一面、新規の行動についての説明は一切しない。それればかりでなく、行動の予測や流言をきびしく禁じた。

——過去の作戦の経緯を包み隠さず論議・検討することによって、その欠陥・失敗は得難い教訓として役立つ。だが実施中の作戦の予測や批判は、軍をいたずらに惑わすだけである。

四百年後の日本軍部は、過去の失敗例を隠す一方、行動の秘匿《ひとく》を怠って数々の失敗を招いた。信長はこの点でも得難い才を持っていた。

行動の迅速、という特性を持つ信長は、この時ばかりは驚く程ゆるゆると行動した。

「春を楽しめ。ゆるやかに駒を進めよ」

と、全軍に悠長な行軍を命じたばかりか、琵琶湖東岸の常楽寺《じょうらくじ》に到ると、滞留を令した。

「この里の春色は格別である」

常楽寺という巨刹《きょさつ》のあるこの地は、後の安土《あづち》郷である。近江随一の水郷として風景絶景を誇る。

「三河殿（三河守家康）の参着まで、ゆるりと泊る」

と、里人に布令して相撲興行を催し、近江一円から相撲巧者を募り、自ら指図して連日楽しんだ。

――どういう御了簡か。

と、不審を抱いた部将や将士も、

――たまさかのお遊びも、骨休めにはよいものだ。

と、駘蕩《たいとう》の気分に浸った。

その中で、木下藤吉郎と、配下の川筋衆《かわすじしゅう》蜂須賀党だけが、別命をうけ、忙しく働いた。

――傭兵は緩急に備えて鍛練を怠ってはならない。

信長は同盟を結んでいる浅井氏の諒解を得て、伊吹山系に軍団を交替派遣し、山野跋渉《ばっしょう》の訓練に従事させた。指揮は木下藤吉郎と蜂須賀党が当った。杣道《そまみち》を開き整備する。間道を開削する。

その間、信長は上洛目的を表明した。「公方館の落成祝いを京で催す。期日は四月十四日」。なお意図が付け加えてあった。「これは天下鎮静を万民に示す催しである。叶う限り賑々《にぎにぎ》しく華やかに挙行する」

信長は、行事執行の諸奉行を任命するとともに、各地の国主・大名に招請状を発した。宛先は家康や浅井長政、松永久秀ら、信長派の面々に限らない。越後の上杉、甲斐の武田、越前朝倉、安芸毛利等々、反信長党にも洩れなく送った。

彼らが不快だったことはいうまでもない。

――信長如き出来星《できぼし》が、出過ぎた振舞い。

だが反信長同盟の主軸である新将軍の祝い事を無視もできない。彼らはそれぞれに祝賀の使者を義昭の許に派したが、殊更《ことさら》に信長を無視する態度をとった。その中で越前朝倉だけは、見限られた不快感からか、音沙汰無しに過ごした。それも信長の計算内だった。

信長が近江常楽寺（安土）を発したのは、三月四日である。交替制の山野跋渉訓練はそのまま続行させた。

五日、入洛。宿舎は妙覚寺でも明智屋敷でもない。京で名医の半井驢庵《なからいろあん》の個人屋敷である。信長の行動は常に意表を衝《つ》く。

半井家は代々天皇の侍医で官位も高く、豪商・富豪の診療をするから富裕である。茶道の嗜《たしな》みも深い。名器逸品の所蔵も多い。

驢庵は信長の内意をうけて、堺に急使を走らせ、信長へのご機嫌奉伺に自慢の名物を持参するよう手配していた。

「見せい」

信長の茶好きは、当時知れ渡っていた。特に道具集めは、殆《ほとん》ど病的であると評判であった。しかも目利きは当代並ぶ者がない。

信長は片端から目利きし、眼鏡に適《かな》った道具を売れと命じ、相応の代価を支払った。

家康も入洛した。四月に入ると信長派の大名小名が競って集まり、十四日、公方館で盛大な落成祝賀の諸行事を挙行し、能の興行など催し、京を祭騒ぎに沸《わ》きたたせた。

時の天子、正親町《おおぎまち》天皇は、天下鎮静のしるしを嘉《よみ》され、二十三日、永禄の年号を元亀と改元されたもうた。

永禄十三年（一五七〇）は四月二十二日をもって終り、これより元亀元年となる。戦国時代の最高潮の時代、元亀・天正の合戦が始まる。信長は数日後、軍団を率いて京を去った。

今度は光秀も軍勢に加わっていた。

信長は、天下を油断させた。

公方館落成は、詐術とはいえない。だが、この時期を選んで京で祝賀の祭騒ぎを起したのは、彼のみごとな策略であった。

湖南平野に出た信長の機動軍団は、突如急進を開始した。

あれほど遊楽にふけった安土郷常楽寺を一顧だにせず、東進して関ヶ原に到った。

関ヶ原には、山野跋渉訓練の名目で、伊吹山系の山裾《やますそ》に道を切り開いていた木下藤吉郎と蜂須賀党が待ちうけていた。彼らは道案内に立ち、本街道の北国街道を避け、間道に分け入った。目指すは越前である。

京を遅れて発ち、ゆるゆると帰国の途についた八千の浅井長政勢は、信長軍団の急進に、

——相も変らず、義兄上《あにうえ》の気忙《きぜわ》しさよ。

と思ったに過ぎない。まさか朝倉攻めを発起したとは、夢にも思わなかった。

信長は、同盟者の浅井長政に秘密の意図を打ち明けなかった。同じ同盟者の徳川家康に打ち明けたにもかかわらず、である。

浅井は、朝倉とも同盟を結んでいた、という説があるが訛伝《かでん》であろう。ただ小国の浅井は大国の朝倉と親交関係にあった。浅井長政の祖父亮政《すけまさ》が近江の守護京極《きょうごく》氏の内紛に乗じて自立する際、朝倉氏の支援があり、その恩義と大国朝倉への遠慮があった。

信長は、妹お市ノ方を嫁がせた浅井長政との同盟を固く信じたようである。今回の上洛に際しても京の貴顕に引き合わせ、自分と同等の扱いを求めた程であった。

その浅井長政に秘密行動を秘匿《ひとく》したのは、長政の父久政の策謀好みと、家臣団の内通を恐れたためである。

——長政は、信義に厚い義弟である。事後承諾でも納得するだろう。

信長は、長政の性格の弱点を軽視していたようである。長政は武勇に優れ、義に厚く情に深い

武将だったが、唯一親子の情に脆《もろ》かった。長政の父久政は功利家で、家臣の扱いが冷酷だったため、重臣に疎《うと》まれ、早く家督を長政にゆずる破目となった。長政は不遇の父に威権を取り戻させようと、念願してやまなかった。それが大事の破綻《はたん》となった。

信長の機動軍団は、杣道・間道を急進し、浅井家の目をかすめて北上を続け、越前国境を越え、朝倉方の要衝、手筒山《てづつやま》城を奇襲、易々と占領し、怒濤の如く敦賀平野に雪崩《なだ》れこんだ。名目は「新将軍に礼を失し、朝廷の御意向に背く。不敬許し難し、征伐」という。

なぜ朝倉が京の新将軍を無視し、天子の意向に背いたか。もちろん信長への反感もあっただろう。それ以上に義昭の陰謀工作があったことは明々白々である。信長は義昭の陰謀に先手を打ち、おのれの意図と実力を見せつけようとしたのである。だが成功しただろうか。

飛《ひ》蓬《ほう》風に乗《じょう》ず

越前は、百万石級の大国と扱われていた。

だが、富裕とは言い難い。冬期長く、寒気厳しく雪深く、地味が痩《や》せている。

ただ富裕というのは、金銭の流通高のことであって、越前人は質実剛健であるから実質百万石級の軍事力を持つと評価された。

その越前朝倉の軍勢は、信長の軍勢に肝を潰《つぶ》した。

——すわ、天兵が天降ったか。

それほどに、信長軍の軍装は凝っていた。

信長自身が、常識を超えていた。銀の星を鏤《ちりば》めた三枚兜《かぶと》、紺の地に金襴の包具足、黄金造りの太刀を佩《は》き、馬は利刀黒《りとうぐろ》（切れ味よい刀を思わせる程の鮮やかな漆黒《しっこく》）。

馬廻りには総大将を表す朽葉《くちば》色の大旗十本幟を翻《ひるがえ》し、揃いのきらびやかな具足を身に纏《まと》った騎馬の将士五百騎が整然と居並び、弓・鉄砲・皆朱の長槍隊がそれぞれ三百、段列を組む。

——軍というのは、武士の芸術品である。

天才的な造形美術の眼識を持つ信長は、そうした傾《かぶ》いた観念を実行に移した。

手筒山《てづつやま》(現・天筒山)城の攻略は、一刻(約二時間)とかからず、朝倉方の敗兵は手筒山の尾根続きの金ケ崎《かねがさき》城へ敗走した。

敦賀湾に突出した岬の背にある金ケ崎城は、南北朝のころ新田義貞《よしさだ》が築き本拠とした名城であるが、守衛に偏し、地域への制圧力が少ない。

敦賀平野に進出した信長は、陣容の配置を急いだ。まず木下藤吉郎に兵二千を与え、金ケ崎城へ向けた。

「よいか、功を焦って無理攻めするな。その方得意の調略で落せ」

金ケ崎城は早晩立枯れるとみた。それより朝倉の息の根を止めることが急がれた。

「全軍、北進——」

先鋒は、無類の剛強を誇る三河勢五千である。首将の徳川家康の道案内に明智光秀と兵一千を配した。

光秀は多忙を極めた。敦賀をはじめ越前の兵要地誌《へいようちし》を熟知しているのは、彼をおいてほかに無い。

まず、以前足利義昭が居館を構えた金ケ崎城の攻略法を藤吉郎に指導しなければならない。

「よろしいか。朝倉家は鉄砲の備えが少ない。お味方の通過部隊の鉄砲隊を一時借りして、間断なく射ちすくめられよ。敵方の士気が沮喪《そそう》する」

更に、調略法に及んだ。

「守将朝倉景恒《かげつね》は気短かゆえ、救援の遅れを説き、本隊への帰還を許せば必ず崩れよう」

一時借りの鉄砲隊の銃数は二千挺を超えた。

藤吉郎の調略と、息つく暇ない鉛弾を浴びた金ケ崎城は、一日で落ち、景恒と敗兵は北へ去った。

それをよそに光秀は、徳川隊へ走った。

信長は、急いでいた。

阿波から海を渡って摂津・河内に侵入する三好勢の攻勢は止むことがない。

蔭で、反信長の策謀に熱中する足利義昭が、糸を引いていることは明々白々であった。

畿内の信長党の外様大名や駐留する部将が奔命している隙に、機を見て反信長党が湖南回廊に進出すれば、信長は補給路を断たれて京を失う。

信長は、先手を打って越前に侵攻した。仕組まれた陰謀の骨幹を叩き潰す。信長の果断は意表を衝《つ》いた。ただし行動の開始から終結まで、事は急を要した。信長の不在が知れ渡れば、四囲の敵は京に襲いかかる。

家康の三河勢は、木ノ芽峠《きのめとうげ》に通ずる険路の半ば、深山寺《みやまでら》という村落で光秀を迎えた。

「明智殿ほどの御仁を煩《わずら》わすとは過分に存じます。よろしく御指図下され」

年歯二十九の家康は、丁重だった。

光秀は、暑熱と険阻に難渋する家康を励ました。

「明日一日の御辛抱でござる。木ノ芽峠を越えればあとは下り坂。越前平野に出ます」

「その先は？」

「峠から一乗谷《いちじょうだに》の本城までは十六里。燧城《ひうち》（今庄）、府中城（武生《たけふ》）、鯖江《さばえ》城に砦を加えると、ちょうど十六城ござる」

「一里一城とは、堅固な国にござりますな」

「その代り行動が鈍《にぶ》い。差し詰め今頃は総大将が出陣するかせぬかで紛糾しておりましょう」


光秀の推測は適中していた。

「わし自らが出馬せねばならぬか、どうだ」

朝倉義景《よしかげ》は重臣たちにそう尋ねたという。

国の危急存亡に、総大将の出陣を強硬に主張する者がなかった。結局「古例に則《のっと》る」ということで、形式だけの出陣を挙行し、すぐさま城に戻って動かなかった。

代って総指揮に当る一族の朝倉景鏡《かげあきら》も、府中城まで出張ったが、そこで滞留した。

信長の目論見《もくろみ》は、九分通り図に当った。

家康軍に合流した光秀は、翌日、自ら手勢を率いて尖兵《せんぺい》となり、木ノ芽峠の頂上に進出した。

抵抗はまったくなかった。光秀は不安に駆られた。楽観か悲観か、極端に傾くのが光秀の性癖だった。

——何か様子がおかしい。

頂上で軍をとどめて様子を窺《うかが》った。

だが、その用心が彼らを救った。その夜四月二十八日の夜半、信長軍団にかつてない兇報が見舞い、潰滅《かいめつ》の事態に遭遇した。

同盟軍、北近江浅井長政《ながまさ》軍の背叛《はいはん》である。

浅井家の背叛は、信長の背信——約束破棄によるものだ、という説がある。

かつて近江守護であった京極《きょうごく》家の家臣浅井亮政《すけまさ》が、主家の実権を奪い北近江で自立した際、隣国越前の朝倉家は庇護を与えた。以来浅井家は長政まで三代、年を重ねたが、両家の密接な関係は変らなかった。

亮政の後を継いだ久政《ひさまさ》は、生来権謀を好む悪癖があったため、家臣はその子長政が長ずると、強いて代を譲らせた。長政は眉目《びもく》秀麗、古武士の如き剛健で世に知られた。

信長は、その風格を見込んで妹お市を嫁がせ、同盟の約を結んだ。美濃攻略を果し破竹の勢いを示す信長との同盟は、浅井家も望むところであったが、越前朝倉との関係悪化を懸念し、万一朝倉と事を構えるときは、事前に相談あるべしとの一条を求めた。

信長がどう答えたかは明らかでない。恐らく「われを信ぜよ」と言ったのであろう。浅井はそれを約定《やくじょう》承認と受取り、信長は「わが行動を信頼し、任せよ」の意であったように思われる。

泰平の世ならいざ知らず、戦国乱世の時代である。同盟というのは激しい痛みと犠牲を伴う。東の家康との同盟は、合戦ごとの援軍強制となり、果ては妻と嫡男の処分に及んだ。家康はよくその痛みに堪え、三河・遠江《とおとうみ》・駿河に進出することを得た。大国と小国の同盟とは、そういうものであった。

浅井には、そうした時流に対する認識が欠けていた。また信長に対する人物評価も甘かった。更に久政の権謀好きは足利義昭の使嗾《しそう》に共鳴するところがあった。加えて当主長政は、壮年期に代を譲った父親の意見に逆らえぬ人間性の弱さがあった。

背叛は、隠居の久政によって口火を切られた。信長軍の補給小荷駄隊への襲撃である。程なく京より帰着した長政と軍勢八千は、留守の久政による背叛の挙に、合流するほかはなかった。

信長は、夕刻この報を知ったが俄《にわか》に信じられぬ様子であった。

——妹婿が、まさか——。

信長は一途《いちず》に長政の人柄を愛し、京の貴顕に引き合せ、将来の大人物たることを保証した。その浅井長政が、義兄の死命を制する裏切りを敢行したのである。

信長は、一瞬にして冷静を取り戻し、事態を正確に把握し、有名な決断の言葉を発した。

「是非に及ばず」

いまさら是とか非とか論《あげつら》っても始まらない。それより目前の危急にどう対処するかである。信長の天才的な頭脳は目まぐるしく回転した。

「京に帰る」

信長が越前侵攻に、どれ程の兵力を動員したか、正確な記録が見当らない。〝信長公記《しんちょうこうき》〟には「御人数出《いだ》さる」とあるのみである。濃尾両国の備え、京の駐留兵力から推定すると約二万、それに家康の同盟軍五千であったようだ。

この危急の場合、常人ならまず戦うことを考える。手筒山・金ケ崎両城に立て籠《こも》るか、敦賀平野で一大決戦を挑むかである。兵力は朝倉・浅井連合軍とほぼ拮抗している。態勢を立て直せば充分に戦える。

問題は兵站線《へいたんせん》だった。補給がつかない。何としても持久戦を避けなければならなかった。

信長の思考は、現状より飛躍していた。的確な自己評価であった。

「信長、敦賀平野に屏息《へいそく》」

との報が伝播《でんぱ》すれば、四辺の反信長勢力が一斉蜂起する。信長はそれらの敵を、迅速な機動軍団の移動で抑え続けてきた。「疾《と》きこと風の如く」といわれた武田信玄ですら瞠目《どうもく》して言った。

「足長《あしなが》（韋駄天《いだてん》）信長」と。

信長がいなければ、その機動力は発揮されない。信長が行動の自由を得るためには、兵力の消耗は問題ではない。傭兵要員の敗残兵や浪人は巷《ちまた》に溢れている。

——この際、侵攻兵力は見捨てるしかない。

信長には、そうした非情性があった。それなくしては信長の飛躍は有り得ない。常人の情を超えるところに、彼の天才があった。

「藤吉はおるか」

信長は馬廻りのうちから百騎を選び、慌《あわただ》しく出立準備を調えながら言った。

折柄、木下藤吉郎は金ケ崎城攻略の詳報を報告するため、本営に来ていた。

「そちに道案内を命ずる。先駆けせい」

全軍の中で、明智光秀に次いで木下藤吉郎が、この方面の地理・地勢に明るい。

「あ、いや……」

藤吉郎は、信長に相見《あいまみ》えて以来、初めてその意に逆らった。

「手前は金ケ崎城に籠り、殿《しんがり》を務めます。道案内の儀は寄騎《よりき》蜂須賀党の稲田大炊助《いなだおおいのすけ》に命じますゆえ、お許しを」

稲田大炊助は、蜂須賀小六の弟分で、金ケ崎から伴ってきていた。

「そちが、殿を——?」

さすがの信長も、絶句した。信長が去れば二万五千の大軍は乱軍と化す。その潰乱《かいらん》の味方を救うのは、殿軍《でんぐん》の働きしかない。勝ちに乗じて追撃してくる敵勢を一時的にも支えるのは、必然の死を意味する。

——藤吉は、こういう男だ。

巧弁の徒・調略上手とさげすまれている卑賤の男が、初めて見せた可憐ないさぎよさである。

一身と直属部隊を捧げて、一軍の危急を救う。藤吉郎の申し出は本営全員を感動させた。信長の藤吉郎に対する認識は、この時に確定した。その認識は終生変ることはなかった。

——この男は、終生われに背くことあらじ。

その藤吉郎すら、棄てた。

「許す。達者でいろ」

馬に跨《また》がり、馬腹を蹴った。わずか百騎、従う馬廻りと信長の姿は、夕闇迫る西方の山なみに消えて行った。

信長は、躊躇《ちゅうちょ》なく全軍を棄てた。全部隊の部将にも告げず遁走《とんそう》した。分秒が信長の生命と、その大業の継続か否かを決める。その決断はまさに神業《かみわざ》であった。

残った藤吉郎は、本営の将士に早急に本営を撤し、信長の後を追うように命じ、各部隊の将に事態の急変を告げる騎馬伝令を発すると、急ぎ金ケ崎城に戻り、朝倉勢の追撃を阻止するため、防備に忙殺された。

次々と異変を知った軍団各部隊は、先を争って退却に移った。夜が明けるのを待たず、信長軍団の殆どが、敦賀平野から消えた。

最も不利な立場となったのは、先鋒の家康勢である。藤吉郎の急報で置きざりにされたことを知った家康は、

「ほ、弾正忠《だんじょうのちゅう》殿は、はや……」

と絶句したという。だがすぐ気をとり直し、光秀ともども、退却準備にかかった。

藤吉郎は、光秀にも、退却を急ぐよう一書を送ってきていた。

「……陣中の小荷駄など悉皆《しっかい》お棄てなさるべく、それがし殿を務めますれば、御通過の節ご入用の物、何なりとお申し付け下され……」

この男の天性の人たらしは、こういう瀬戸際にも発揮されていた。

光秀は、藤吉郎には感謝したが、信長に対しては不快感を抱いた。越前侵攻は無理に無理を重ねている。

——これは、しろうと芸だ。

道案内を務めさすなら、事前に相談があるべきだろう。その時は死を賭《と》してもとどめた。それを独断で強行し、この始末である。

——情無しめ。

だが、もっと憤《いきどお》っていい家康は、至極当然の事のように、退却に専念している。信長・藤吉郎・家康。それぞれが並の人間にはない個性を発揮していた。ひとり光秀だけが心を乱しながら、くろうと芸を発揮しようと脳漿《のうしょう》を絞っていた。

木ノ芽峠に通ずる山坂を降ると、敦賀平野に出る。その隘路口《あいろこう》附近に蜂須賀党が巧みに擬装した陣を布《し》いていた。藤吉郎が仕掛けた伏勢である。

木ノ芽川沿いに半里ほど行くと、笙ノ川《しょうのかわ》との合流点に藤吉郎が仮本陣を構えていた。

「ご無事で何より。そろそろ食いつきますぞ」

いま降ってきた坂道に、敵影が見え始めた。

木下藤吉郎の殿戦は、巧智を極めた。彼はこの後、城攻めの名手と言われるようになるが、あるいは防衛戦や退却戦に彼の本領があったのかも知れない。それほどこの困難な殿戦をよく戦った。

信長の窮地に勢いこんだ朝倉勢は、俄然追撃の速度を増した。その先鋒は信長軍の意表を衝こうと、海岸沿いの道を伝って、夕刻近く金ケ崎城を奇襲した。

藤吉郎は、その策を読んでいた。城構えの各所に、各部隊から譲りうけた旗幟《きし》を隙間無く掲げて、全軍が立て籠る威勢を示し、防柵を急造して手勢を配し、攻め寄せた敵勢をさんざんに鉄砲で射ちすくめた。

——信長軍の大半は、金ケ崎城に籠った。

奇襲部隊は算を乱して退却し、木ノ芽峠に宿営する本隊に逃げ戻った。

藤吉郎は、あらん限りの篝《かがり》を焚《た》かせて擬勢を示し、総勢を率いて敦賀平野の木ノ芽川と笙ノ川の合流点にある仮本陣に移った。

払暁《ふつぎょう》、木ノ芽峠を降りた朝倉勢は、二手に分れた。本隊は金ケ崎城に向い、攻撃を始めた。盛んに鉄砲・弓矢を放ち、喚声を挙げて城兵の出撃を誘った。何度繰り返しても応答がない。暫《しばら》くして突撃を敢行した。城は旗幟と篝の燃え滓《かす》だけで人影はない。安堵した朝倉勢はとりあえず休息をとった。

別動の一手は、峠を駆け下りた。麓近くで退却する家康勢の小荷駄に追いつき、蹴散らした。貧乏性の家康は、小荷駄を棄てるに忍びなかったための災難だった。

隘路口を出た朝倉勢は、半里先の藤吉郎勢の仮本陣に襲いかかった。待ち構えた藤吉郎勢は、鉄砲の乱射で報いた。前《さき》に退却する部隊から三十挺・五十挺と恵んで貰った鉄砲は凄い数であった。殊《こと》に信長の鉄砲隊を預る佐々成政《さっさなりまさ》は、その過半を割いて残した。

たじろぐ朝倉勢に、隘路口附近に伏せてあった蜂須賀党が姿をあらわし、背後から襲った。朝倉勢は散り散りになって、金ケ崎の本隊に逃げ帰った。

藤吉郎は、敵の退却と同時に、手勢の遁走《とんそう》を命じた。敦賀平野を横切って湖北の山地の関峠にかかると、半日前に退却した家康勢に追いついてしまった。背後からは勢いを取り戻した朝倉勢が、真っ黒になって追ってくる。

兵力は敵が圧倒的である。峠道は嶮峻《けんしゅん》、全滅必至で戦うしかない。

その時、光秀が一案を思いついた。

藤吉郎勢と佐々鉄砲隊は嶮路の上から三段構えの鉄砲陣で敵を斃《たお》す。ひるむ敵勢に左右に伏せておいた家康勢が斬りこみ、潰乱《かいらん》させる。これを何度も繰り返せば、敵の追撃は頓挫《とんざ》するに違いない。

策はみごとに当った。悪戦苦闘の末、信長が遁走した湖西の道を辿《たど》って、ようやく京に着いた。

信長は、二日前に無事帰洛していた。

信長は北近江浅井領の湖東を避け、湖西の山地に道をとった。湖西朽木谷《くつきだに》には、古くから小土豪朽木元綱《もとつな》がいる。元綱が新興の浅井氏と反目しているのを計算に入れ、その支援を頼み、異変以来二日目に京に戻った。

宿舎は京を発つ前に予告しておいた四条西《にしのとう》桐院《いん》の本能寺である。信長は腹中の敵に等しい足利義昭を喜ばせたくなかったに違いない。帰着早々衣裳を改め公方館に出向くと、浅井の急使が異変を告げて帰った直後であった。さすが陰謀好きの義昭も、信長の神速に何を画策するにも暇《いとま》がなかった。

翌日から越前攻めの部将・部隊が陸続と京に戻ってきた。予想外に兵力の損耗は少なかった。殿軍の藤吉郎と家康、光秀の働きが並大抵でなかったことが明白であった。

その三名が、京都に帰着したのは、五月六日である。将士の殆《ほと》んどが馬を失い徒歩裸足《かちはだし》となり、具足は破れ千切れて見る影もない姿となり果てていた。

信長は、即座に三名を引見した。

「藤吉、ようやりおったな。三河殿にも随分と苦労をかけた。それぞれの働きなくば、わが人数は野辺に屍《しかばね》を晒《さら》すことになったであろう」

信長は、わざと光秀の名を挙げなかった。光秀には客将の道案内という任務があった。兵要地誌に通じ、敵方の内情を熟知しているから任命したのである。それが野伏《のぶ》せり同然の無惨な姿でようやく帰還した。

――何か方策はなかったのか。

そうまでは口に出さないが、さりとて光秀の働きを賞讃するわけにはいかない。

光秀も明晰な頭脳の持ち主である。それと察したが、不面目に面《おもて》を伏せたなりであった。

――いっそ、虚心坦懐《きょしんたんかい》に謝ってしまえばよいのに。

藤吉郎はそう感じ、家康は、

――列座するのが間違い。単独で謁を乞い、叱責を受けるべきだ。

と、思った。三人三様の考えが微妙に違っていた。


光秀が右筆《ゆうひつ》に戦闘報告書を提出すると、京都警固役に復する旨の沙汰《さた》が告げられた。悪い沙汰ではない。既往を咎《とが》めぬ信長の意がこめられている。

殿舎を出ると、庭前で細川藤孝に出合った。

「無事のご帰還、祝着至極に存ずる」

藤孝は、庭の散策に誘った。

本能寺の庭は宏大で、奥は鬱蒼《うっそう》の深緑に包まれている。旧暦五月初旬は梅雨の前で、初夏の色があざやかな季節である。

光秀は、留守中の京都警固代行を務めた藤孝に礼を述べた。

「それより、越前での戦の模様をうかがいたいものだな。大層な負け戦であったとか」

光秀は、憂鬱《ゆううつ》そうに答えた。

「他の戦ならいざ知らず、こたびはお味方総崩れ、語る心地にはなれませぬ」

「その中で、光秀殿だけが勝たれたという向きがある」

光秀は、顔色を変える。

「どなたですか、そのような根も葉もなき事を……」

藤孝は、苦笑を浮べて首を横に振った。

「まさか……」

紛《まぎ》れもない。新将軍義昭である。

光秀は嘆息した。

「こたびの殿の戦功は、第一が木下殿、第二が三河殿、それがしは道案内も役立たず、殿の御不興を被っております」

「洩れ聞いたところでは、そのようだな」

相変らず地獄耳の藤孝である。

「そのような事もあろうかと、そこもとの功名手柄を弾正忠（信長）様に申し入れよと、仰せつかって参ったところだ」

「手前には、手柄はござらぬ」

光秀は、狼狽《ろうばい》して言った。義昭の勝手な申し分に信長はどのような反応を示すか、それが怖かった。

藤孝は、真顔で頷《うなず》いてみせた。

——いや、困ったものだ。

二人は、無言のうちに了解し合った。

「人の運とは……むずかしいものだ」

藤孝は、そう呟《つぶや》いた。義昭を奈良の寺から救い出し、ここまで担ぎ上げたのは藤孝である。その手作りの将軍が不用の物と化しつつある。

「でもございましょうが、運は自ら作るものかと思います」

光秀はそう言う。藤孝は頷きながら思った。

――この男は一途《いちず》に自分の立身を思い続けている。

そのためなら、場合によっては義昭であろうと殺すかも知れない。藤孝はかすかに肌に粟立つのを感じていた。


(常勝信長、敗北を喫す)

その報は、四辺の反信長勢力に伝播《でんぱ》し、一時は徒《ただ》ならぬ気配が漲《みなぎ》ったが、程なく沈静した。

越前侵攻軍の損害が、意外に少なかったためである。

藤吉郎・家康・光秀の奮迅《ふんじん》もさることながら、朝倉勢の追撃行動が鈍かった。更に挟撃する浅井勢が、江越国境の狭隘《きょうあい》な険路を抑えた藤吉郎軍の別動隊蜂須賀小六の遊撃に阻《はば》まれて、目的を果さず終ったためである。

だが、信長の惨敗は隠れもない。

――態勢を立て直すには、来春頃までかかる。

その予想は、またしても裏をかかれた。

わずか二カ月後の六月、信長は動いた。

信長の微動は、光秀への下命から始まった。

――あの男を、このまま捨てるには惜しい。

だが、来るべき朝倉・浅井攻めに起用する気はなかった。過日の越前侵攻で、光秀の熟知する兵要地誌は、信長麾下《きか》の部将が身をもって知るところとなった。

それより、客将の家康を窮地に陥れた不手際の罪が大きい。

信長は、光秀を呼びつけ、命じた。

「浅井領へ行って、決戦場を見定めよ」

例によって、信長の言葉は極めて短切である。だが、意味は多岐にわたる。近く浅井攻めを決行する。浅井は当然主城の小谷《おだに》城に籠るだろう。信長が攻める間に朝倉が加勢に援軍を派遣する。そうなると挟撃されて信長に勝ち目はない。

信長は、浅井・朝倉連合軍と野戦による決戦を策定した。その決戦場をどこにするか、どうやって敵を誘い出し、どのような戦法で撃破するか。それらをすべて勘案し、策を練って来い、というのである。

与えた期間は十日。

光秀はその場から北近江へ急行した。

一見、不可能に近い無理な命令のように思えるが、越前から江北（北近江）の地理・地勢に通じ、兵学の研鑽を積んだ光秀には、自信があった。

――おれなら、こう戦う。

光秀は、浅井の背叛を、ある程度予想していた。殊に浅井長政の父、隠居の久政が、朝倉を頼りに、復権工作に憂き身《うみ》を窶《やつ》していることを知っていた。今度は朝倉は浅井のために力を貸すだろう。

——浅井・朝倉との戦は、正攻法以外にない。その場合、決戦に向く戦場は……。

光秀は、乏しい日数を一カ所に限定し、地形を案じ、戦術を模索した。

迂闊《うかつ》にも、浅井方はこうした偵察行動にまったく無関心だった。

浅井軍は、信長の侵攻軍が退却したあと、易々《やすやす》と南近江の湖南回廊へ侵入した。東は、番場《ばんば》・醒ケ井《さめがい》・柏原《かしわばら》から関ヶ原附近まで、西は近江八幡から野洲《やす》川あたりに、浅井兵が進出し、信楽《しがらき》方面に蠢動《しゅんどう》する六角承禎《ろっかくじょうてい》の残党と、連絡をとり合っていた。

帰洛を急ぐ光秀は、愛知《えち》川近くで行動中の浅井の小部隊に見咎《みとが》められた。

「うぬは何者だ。どこへ行く」

旅姿の浪人を装った光秀は、伊勢長野家の浪人と名乗り、主家没落後、諸国を遍歴中と答えたが、浅井の隊長は納得せず、佐和山《さわやま》の仮本陣に連行するという。

光秀が進退窮《きわ》まっていると、声を掛けた者がいる。

「やあ、久方ぶりにお目にかかりましたな」

堺の荷駄隊を率いた千宗易《せんのそうえき》である。

この時期、信長の強圧を受けながら、堺の持つ商権は、依然絶大な威力を持ち続けていた。敵味方の区別なく、鉄砲・刀槍等の武器から、軍装品・衣類等々あらゆる物資を輸入・移入し販売し、運搬する。それを阻止し商権を侵害したものは忽ち供給を断たれ、経営が成り立たなくなる。堺商人の荷駄隊列の治外法権は、不可侵とされていた。

千宗易の計らいで窮地を脱した光秀は、野洲まで同行して、共に宿をとった。宿は宗易と懇意な土地の長者で、今は隠居し、心源斎《しんげんさい》と名乗っている者の屋敷である。

「こたびは、いずれからのお帰りじゃな」

心源斎老人は、宗易・光秀と夕餉《ゆうげ》をともにしながら、宗易に話しかけた。

「一乗谷……鉄砲火薬を少々運んだ帰りで」

宗易は、酸味《すみ》の強い濁り酒を口に運んだ。

「相も変らずの御稼業じゃの。もう充分に蓄えられたであろ。そろそろ足を洗われたらどうかの」

宗易は、苦笑を浮べて答えた。

「先日、織田様からもそう言われました。禄を遣わすゆえ、茶の湯専一に励んだらどうかと……」

「織田様との御縁は、いつ頃からかいの」

「さよう、永禄三年、織田様が今川殿を討ち取って直ぐの頃、はじめての注文をうけました」

「大層な茶の湯狂いと聞いたが、お道楽はその頃から……？」

宗易は、笑って首を横に振った。

「あのお方は、生来無趣味なお方でござります」

光秀は、魅入られたように、宗易の話に聞き入った。

信長が、茶の湯を好んだことは紛れもない。だが、それには隠れた思惑があった。

幼少の頃より好んだのは、乗馬と弓、槍であった。茶の湯を教えたのは信長の師僧であったらしい。だが師僧が見様見真似の茶の湯は、信長の美的観念に合わなかったらしい。ほかに幸若舞《こうわかまい》と小歌をたしなんだ。幸若舞は「敦盛《あつもり》」の一節、「人間五十年、下天のうちを比ぶれば、夢まぼろしの如くなり……」云々を身につけ、小歌は「死のうは一定《いちじょう》、しのび草には何をしょうぞ……」云々の一つ覚えであった。

十八歳で家督を継いだ信長は、二十六歳の時、上洛して将軍義輝に謁した。その途次、堺に立ち寄って鉄砲に魅入られた。その買付けで千宗易と知り合い、茶の湯の真髄に触れ、都会的な趣味の世界のおもしろさを知った。

宗易は言う。

「無趣味でありながら、美意識の強烈さ、みごとさは、人並ではありませせぬ、あのお方は」

茶の湯に用いる茶道具の経済的価値を高め、その利益を専有したのは、堺の町衆である。その価値は「一国にも代え難い」といわれるに至った。それ程に茶の湯の魅力は絶大であった。

その魅力に、信長は独自の対応を示した。世にどれ程の名物と称《たた》えられる器物でも、おのれの眼鏡に適《かな》わなければ関心を持たない。名もなき陶工が焼いた和物でも、気に入れば自ら銘をつけ、珍重した。

もちろん、名物は名品である。信長はその美を認めると、無性に欲しがった。その癖《へき》は上洛戦を果し、京をわが物とするとひどく激しくなった。世に「名物狩り」と称せられる程の執着をみせた。

「それ程の茶の湯好みの殿様なら、織田家の家中では、さぞかし茶の湯はご盛んでしょうな」

心源斎老人は、そう言う。

「いや、なかなかもって」

と、光秀は答えた。

「織田家にあって、茶の湯が許されるのは、極く限られた者のみにござる」

信長は、部将に自前の道具を持つことを禁じ、自分が亭主となるような茶会をきびしく禁じた。

「なるほど」

心源斎老人は、その意味を察した。織田軍団は京を制したため、四面楚歌のうちにある。不断の緊張状態の弛《ゆる》むのを嫌ってのことであろう。

心源斎老人の独り合点に、光秀と宗易は顔を見合わせた。二人はともに、信長の隠れた思惑に気付いていた。

信長は、茶の湯の教養的価値、茶道具の経済的価値から飛躍して、政治的価値を生み出した。

主将は、合戦のたびに戦功者に報いなくてはならない。部将級の際立った戦功に対しては、領地か財宝を与えるのが普通だった。

信長は、独創的な戦略で、四方の敵に対応した。傭兵を主力とした機動軍団の創設である。機動軍団を支えるのは、直轄領の物成《ものな》りと、矢銭《やせん》・関銭《せきせん》等の税である。部将に領地を与えると、機動軍団の兵力が衰弱する。領地は惜しまなければならない。その代償として名物の茶道具を与えた。

茶道具を下賜《かし》された部将は、茶会を催し、名物を披露《ひろう》することが許された。その値打を高めるため、家中の茶事を厳禁した。

後の話だが、部将滝川一益《かずます》が武田氏との戦で、抜群の戦功を挙げた。一益は大名物珠光小茄子《だいめいぶつしゅこうこなす》の茶入の下賜を願ったが、信長は有名無実の関東管領《かんとうかんれい》の官職と東国三郡を与えた。一益は「茶の湯の冥加《みょうが》尽き候」と嘆いた。

信長にとって茶道具は「勲章」であった。

後世、一平民出のナポレオンが、部下に与える褒賞として「勲章制度」を創始したのは、これより二世紀以上も後のことである。

信長の独創性は、驚嘆に値する。

京に帰着した光秀は、北近江の偵察結果を信長に言上《ごんじょう》した。

報告は巨細《こさい》に亘《わた》った。地理・地勢から浅井の動員兵力、士気、経済力。朝倉の支援兵力の予想に及んだ。

信長の聞く態度は、例によって悪い。小姓の渡す紙で顔の膏《あぶら》を取り、洟《はな》を擤《か》み、濡れ手拭を求めて頸《くび》を拭く、遂には席を立って廊下越しに庭を眺める。

この男の悪癖は、一を聞いて十を知る読みの早さがわざわいしている。

――よく喋《しゃべ》舌る奴だ。

そう思う半面、

――よく物を見ておる。かほどの明晰は家中第一だな。

と、見ていた。

「鳴り止めよ」

信長は、不意に声をかけ、さっさと出て行った。実は後架《こうか》に立ったのだが、その言い方に毒がある。その上の中座に光秀は不愉快をあらわにした。

用を足して座に戻った信長は、

「まだあるか」

と促した。

「策をまだ申しておりませぬ」

「囀《さえず》れ」

光秀は、少々向っ腹で述べた。

まず、北近江の南端にある横山《よこやま》城を大軍をもって攻める。南近江侵攻の拠点となる横山城の失陥を懼《おそ》れる浅井方は、主城小谷城を出撃するに違いない。その際、朝倉勢の救援を求めよう。その両軍を附近の姉川《あねがわ》の川縁《かわべり》に待ちうけ、野戦で雌雄《しゆう》を決する。

それが、光秀の策であった。

「相わかった。そちには別途、四千の寄騎を貸し与える。大津に出張れ」

「大津、でござりますか？」

北近江とはまるで見当違いの地である。

「二度と言わすな。機を見て戦を始めよ。飯炊《めした》きの要領でやれ」

信長の命令は、翻訳が難しい。大方湖南回廊の打通《だつう》であろうと、光秀は見当をつけた。

光秀は、与えられた四千の寄騎に自分の手勢を加え、南近江一円の掃討作戦を開始した。

敵は、北近江から侵入した浅井の遊撃隊と、鈴鹿山系の山中に蠢動《しゅんどう》していた六角・三好の残党である。彼らは呼応して湖南平野の六角の廃城に立て籠り、徹底抗戦の構えを示した。

六角家の旧城は、十八城もある。光秀はゆるゆると攻勢を展開した。信長の言う飯炊きの要領は、初めチョロチョロとろ火で炊き、中ほどはパッパと強火《つよび》、あとは赤児が泣いても蓋《ふた》とるな、とある。あとは二度と敗残兵に蠢動させぬよう、蓋をしておけの意であろう。

世間の耳目が光秀の攻勢に集中する間《かん》、信長は動いた。動くと速い。彼は近江神崎郡《かんざきごおり》から伊勢三重郡にぬける山岳地帯のけもの道を駆け、渓流を伝い、山なみの鞍部を抜けて行く。俗に〈千種越《ちぐさごえ》〉という。

この道は、土地の地侍が道案内をつとめた。地侍は後に飛躍を遂げる蒲生賢秀《がもうかたひで》で、その子が勇名を轟《とどろ》かす氏郷《うじさと》である。

道は峻嶮《しゅんけん》、時は旧暦五月、山中は蒸し風呂のような暑さで、軍勢の先頭を行く信長は素肌に帷子《かたびら》一枚、それも片肌脱ぎという軽装であった。

御在所山《ございしょやま》（約一千二百十メートル）近くの山中の杣道《そまみち》で、信長は、予想だにせぬ狙撃に見舞われた。

杉谷善住坊《すぎたにぜんじゅぼう》
という近江杉谷の住人で、鉄砲の名手といわれる男が、甲賀に流亡している南近江の旧領主六角承禎に雇われ、千種越の杣道に潜んでいた。

道は一段と嶮岨、馬足も儘《まま》ならない。崖上から拳上《こぶしあ》がりに狙った手練《てだれ》の二ツ弾は信長を襲った。だが信長の不測の動きで弾は二発とも外れ、信長の片袖を貫いただけであった。

一部の史書や俗書には、信長はこの時その片袖を後続の将士にふり翳《かざ》し、「天運、われにあり」と揚言したとあるが、信長はおそらく何事もなかったように通り過ぎたであろう。善住坊は後に捕えられ、処刑された。


〝信長公記〟に、簡潔な記述がある。

「目出度《めでたく》五月二十一日、濃州岐阜御帰陣」

信長の岐阜帰着の報を受けた光秀は、俄然火を吹くばかりの攻勢に転じた。押しまくられた浅井・六角勢は野洲川に陣を布き、必死の抗戦を試みた。

と、信長に追随していた柴田勝家・佐久間信盛勢が方角を転じ、野洲川を背後から襲った。腹背に攻撃を受けた浅井・六角勢は忽ち《たちま》潰滅し、湖南回廊の打通は成った。

その間、信長は濃尾の機動軍団に動員を下令した。目的は北近江浅井勢の討伐である。信長が浅井征伐に動員した兵力は、必ずしも多くない。周辺諸国に隙あらばと窺《うかが》う反信長勢力は、過日の越前侵攻の失敗に意気盛んである。それらに備える兵力を充分に配置する要があった。推定では、岐阜とその近辺にある機動軍団を二万割《さ》いたと思われる。それに京から随伴した八千を加え、総勢二万八千。

例によって家康に参陣を求める急使を送ると、信長は先んじて出陣の準備を整えた。

信長は、出陣の身支度に忙殺されている。

「いつもながら、お気忙《きぜわ》しゅうございますな」

介添えの側室坂氏（名・不詳）は、気兼《きが》ねそうに呟く。

この頃、信長の奥を預かる女性は、坂氏が筆頭であった。

信長の正室として、正史に名を留めるのは、美濃の元国主斎藤道三《どうさん》の娘、濃姫《のうひめ》である。濃姫は名を帰蝶《きちょう》、美濃の姫という意でそう呼ばれた。十五歳で隣国尾張を領する織田信秀《のぶひで》の嫡男信長に嫁ぐ。これは紛《まぎ》れもない政略結婚であった。

父信秀の歿後、家督を継いだ信長は、道三と同盟、その後ろ楯を頼んで尾張統一戦に励んだ。道三は四年前の天文十一年（一五四二）、守護の土岐頼芸《ときよりなり》を追放し、美濃の領主として君臨していたが、その嗣子義龍《よしたつ》と不和になり、長良川《ながら》の一戦に敗死する。一説には義龍が土岐頼芸の落《らく》胤《いん》であったためともいう。

道三が末子勘九郎に書き送った遺言書によれば、道三は娘婿の信長に「美濃国を譲る」という譲状《ゆずりじょう》を送ったというが、よほど両者は緊密な間柄であったと思われる。

道三亡き後、信長は岳父《がくふ》の仇である義龍と敵対関係となる。道三が弑虐《しぎゃく》された弘治二年（一五五六）の翌年、斎藤家の菩提寺《ぼだいじ》常在寺《じょうざいじ》に、濃姫が寄進《きしん》した道三画像が今に残るが以後、彼女の名は正史に出てこない。

説は種々雑多である。その年信長に離縁されたという説、死亡説、あるいは明智光秀の庇護を受け、永禄十一年（一五六八）ごろまで生存していたという説、最も穿《うが》った説は、信長が敵対関係を機に、子を生まなかった濃姫を、美濃の義龍の許へ送り返して敵意を明白にしたという説である。

その最後の説は、信長の美意識からみて考え難い。義龍の生母は土岐頼芸の寵妾《ちょうしょう》深芳野《みよしの》であり、濃姫の生母は明智光秀の伯母と言われる小見《おみ》ノ方である。異腹の濃姫の始末を敵対関係の義龍に委《ゆだ》ねるのは、亡き道三との親交からみて有り得ない。

唯一の手掛りとして、信長の死後、濃姫は「安土《あづち》殿」と敬称され、織田信雄《のぶかつ》の知行目録にその名が見えるので、尾張で余生を送ったと考えるのが至当ではないか。大徳寺摠見院《そうけんいん》の織田家墓所のなかに、「養華院要津妙法大姉《ようかいんようしんみょうほうだいし》」の墓碑銘があり、これが濃姫の墓所と言われている。

ともあれ、実父（道三）は義兄（義龍）に殺され、その義兄は三十五歳で若死にし、その嗣子龍興《たつおき》は永禄十年（一五六七）、夫信長の美濃攻略で国を追われ、越前朝倉家に身を寄せた後、信長の朝倉攻めの際、刀禰坂《とねざか》合戦で討死する。

子なく、父も義兄も甥も失い、寄辺なき身となった濃姫は、自ら願って信長の許を去り、尼寺に身を寄せ、亡父母の菩提を弔って余生を送ったとみるのが妥当であろう。

さすれば、あえて濃姫を家にとどめなかった信長の心中も、大方察せられるというものである。因《ちなみ》に、本能寺ノ変の時、やはり本能寺で死んだ「お能《のう》ノ方」を濃姫とみる向きもあるが、戦陣に伴う側女《そばめ》に、濃姫を当てるのは考え難い。これは新しく召し抱えた若い側室であろう。濃姫が生きていれば四十八歳。当時の常識からみれば、側に侍《はべ》るには年をとり過ぎている。


側室の筆頭は、生駒吉乃《いこまきつの》と呼ばれた女性である。正室濃姫が政略結婚の相手であるのに比べ、信長と相思相愛の仲で、濃姫の所在が不明となったのに反し、吉乃はむしろ実質上の正室と呼んでいいほどの存在であった。

生駒氏は、尾張丹羽《にわ》郡小折《こおり》の豪族で、吉乃は当主家宗《いえむね》の娘、永禄九年死去し、「久庵桂昌大禅尼《くあんけいしょうだいぜんに》」と諡《おくりな》されたことから、別名「久庵様」と呼ばれた。

吉乃は、はじめ土田弥兵次という侍に嫁いだが、夫は弘治二年（一五五六）四月の長山《ながやま》城の戦で討死し、後家となった吉乃は実家（家督は兄八右衛門家長《いえなが》が嗣《つ》ぐ）に戻り、亡父の菩提を弔う身となっていた。

たまたま生駒家を訪れた信長は、若い未亡人の麗美に心惹かれたのであろう。鷹狩などに事寄せてたびたび訪れるうち、吉乃は懐妊し、翌年、嫡男信忠《のぶただ》を生む。

吉乃は、嗣子信忠の生母として清洲《きよす》城に引きとられ、信長と琴瑟《きんしつ》相和するようになる。時に信長二十四歳、吉乃二十一歳、花の年齢である。この頃信長は濃姫と結婚して八年を閲《けみ》している。政略で結ばれた濃姫との仲は、さして愛情が深かったとは思えない。

遂に子を成さなかった濃姫と比べて、吉乃は、次男信雄、長女徳姫《とくひめ》と、続けて年子を生む。その負担が重かったのであろう、徳姫を生んだあと、産後の肥立ちが悪く、病床につく身となった。暫《しばら》く生駒屋敷に戻って療養していたが、小牧山《こまきやま》城を築城した信長は、城内に新居を設け、病身の吉乃を呼び寄せ、自ら手をとって案内したという。

吉乃を小牧山城に迎えて、信長は美濃攻めに励んだが、病状は悪化の一途を辿り、薬石効なく遂に身罷《みまか》ってしまった。

信長の落胆は目に余るほどであった。日がな城の望楼に登り、吉乃が葬られた久昌寺《くしょうじ》の方向を眺めては涙した、と伝えられている。

生来、恋慕の情なし、と言われた信長が唯一の愛を抱いた相手は吉乃であろう。以後信長は女人に対する愛情を断ち切ったように思われる。側室は数多く持ったが、さほど執着を持った女人は見当らない。

坂氏は、伊勢の豪族の出であるとしか伝わらない。おそらく伊勢を制圧する折に、帰服した豪族の娘の美貌に眼を止め、側室としたものであろう。

坂氏は、永禄元年、信長の三男信孝《のぶたか》を生む。同じ年、吉乃が生んだ次男信雄より二十日ほど早かったと言われているが、すでに正室同然に扱われていた吉乃に遠慮して、三男として扱ったのであろう。

元亀元年（一五七〇）のこの頃、吉乃は世を去って、岐阜城奥向を取り仕切るのは坂氏であった。

信長は、当時別の側室を持っていた。近江野洲郡北里村の土豪高畑源十郎の四女で、同じ近江の八尾山《やおやま》城主小倉右京亮実澄《さねずみ》に嫁ぎ、二人の男子（甚五郎・松千代）を生んだおなべノ方である。二年前の永禄十一年、信長の六角承禎《ろっかくじょうてい》（佐々木義賢《よしかた》）攻めの際、信長に帰服し内通した小倉実澄は、日野城主蒲生定秀に攻められ、進退谷《きわ》まって自害する破目となった。夫を失ったおなべは、二人の子を連れて信長を頼った。信長はとりあえず岐阜城に母子をとどめ、湖南平野の制圧を達成した。

その年の秋、信長は近江神崎郡《かんざきごおり》の永源寺《えいげんじ》に寺領安堵状を与え、おなべノ方の館を造った。おなべノ方との間に二男一女（七男信高《のぶたか》・八男信吉《のぶよし》・振姫《ふり》）を成したところをみると、信長は湖南回廊の往き来に立ち寄ったらしい。小倉実澄の遺児甚五郎・松千代にも、本領安堵をしているところをみると、かなり気に入っていたとも思われる。

――いつもながら、気忙しい。

坂氏のその言葉には、閨《ねや》の怨言《えんげん》の意が含まれている。越前侵攻を企図して以来、信長は湖南に足を留《とど》める事が多くなった。男子の大志に無縁な女人は、愛憎のみを事とする。

信長には、そうした女人の業に思いやる心はない。

「貧乏所帯だ」

信長の言葉は、例によって短切である。彼の言う貧乏は金銭ではなく、兵力のことであろう。まさに貧乏暇なしである。

「一度お伺い致しとう思うておりました。殿は京へお移りなされます御所存でござりますか」

「いや、京は兵家にとっては魔性の住処《すみか》だ」

信長は、炯眼《けいがん》よく見ていた。京都朝廷、足利将軍家、陰謀・策略渦巻く京は、定住するところではない。

「では、このまま岐阜に……？」

坂氏は、心躍らせた。

信長は、首を横に振った。

「今、迷うておる。人間五十年、夢まぼろしの一生に、何を為《な》すべきか……」

信長は、人生を五十年と思い定めていた。最愛の吉乃を失ってから、特にその感が深い。この年三十七歳。天下統一、百余年続いた戦国の世を泰平に戻すことも考えないではなかったが、余りにも人生は短すぎる。

——だが、その基盤となる何かができる筈だ。

戦の無い世の中は、誰か後の人間が作るであろう。信長ができることは、その障害となるものを打ち壊しておく、その一事に尽きるであろう。

――それは、何だ。

単純に考えれば、諸国に割拠する群雄の武力を打ち砕くことであろう。だが、信長の思考はもっと奥深くを探っていた。

――世の進化、時代の発展を妨げる最大の障害は何か。

それがまだ思い当らない。思いつかぬままに当面の敵、まつろわぬ者どもを征伐しなければならない。

心急《せ》いた。

「征《ゆ》くぞ」

坂氏の思いの丈《たけ》を半ば聞かぬまま、発った。


元亀元年六月十九日、岐阜を発した信長軍団は北近江浅井領に雪崩《なだ》れこんだ。即ち一部兵力を以て浅井領南部の要衝横山城を囲むと、本陣を浅井家主城小谷城の前面、虎御前《とらごぜ》山に進め、城下を焼き払って挑発し、一転、軍を退いて横山城の丘陵北端、龍ケ鼻《たつがはな》に腰を据え、姉川の流れを前面に、陣形を整えた。

丹羽長秀三千、氏家卜全《うじいえぼくぜん》・安藤守就《もりなり》各一千の軍勢に囲まれた横山城は、懸命に救援を求めた。横山城は南近江侵出の重要拠点であり、主城小谷城と唇歯輔車《しんしほしゃ》の関係にある。浅井は越前朝倉に援軍急派を要請し、その来着と呼応して、出撃を開始した。

その頃、姉川南岸に信長軍の布陣が終った。

先鋒　坂井政尚《まさひさ》　三千
第二陣　池田恒興《つねおき》　三千
第三陣　木下藤吉郎　三千
第四陣　柴田勝家　三千
第五陣　森　可成《よしなり》　三千
第六陣　佐久間信盛　三千

各陣の士卒は過半、最近徴募した傭兵である。それを寄騎《よりき》として各将に与えた。かつて美濃攻めに徴募の兵を鍛えた実績に倣《なら》う意味があった。信長は危険を承知でそれを実施する。それほど兵力は逼迫《ひっぱく》していた。

遅れて家康の三河勢五千が着陣した。

信長は、すぐさま陣形図を示した。

「わが軍勢はこのように布陣した。三河殿はここと思わんところに陣取られよ」

史書には敵の弱そうなあたりを選べと言ったとあるが、信長はそれほど傲慢《ごうまん》ではない。

家康は、物見台で信長軍の布陣を望見した。

六陣の横隊は、階段状に陣している。が、前面の姉川の上流は、陣形の右翼の端で急に折れ曲り、各隊の横を流れている。水深が浅いため、敵が強行渡河して陣の横腹を衝いてくる恐れがある。

各隊は、それを予期して、右翼を退《さ》げ備えている。

——右肩下がりの陣は、左肩を衝かれると弱い。左翼を突破されたらひとたまりもない。

家康は、即座に決断した。

「それがしは、左翼に陣を布《し》きましょう」

信長は、それを待っていた。剛強を誇る三河勢に任せれば、陣形の弱点は補える。

家康は、信長軍の梯形《ていけい》陣の左、半里ほど離れた岡山に陣した。

第一陣　酒井忠次《ただつぐ》　一千
第二陣　小笠原長忠　一千
第三陣　石川数正《かずまさ》　一千
本陣　大久保忠世《ただよ》・榊原康政　二千
信長は、予備軍から稲葉一鉄一千を両軍の中間に置き、万一の援兵とした。

姉川へ急行中の浅井・朝倉は早くもそれを知った。

浅井・朝倉勢は、払暁《ふつぎょう》戦を予定して夜行軍中、草野川《くさのがわ》で小休止をとる時、物見の知らせを受けた。

——信長と家康、どちらの敵をとるか。

浅井長政は、言下に答えた。

「信長は、われらの敵、朝倉殿は三河勢にお立ち向い下され」

長政は八千の手勢で信長軍二万三千に立ち向い、朝倉勢一万は家康軍五千と戦えという。さすがに長政は名にし負う勇将であった。

六月二十八日の朝日が空を明け初《そ》める頃、朝倉勢が行動を開始した。

——援軍が遅れをとれば士気がだれる。戦はわれらが先手。

主将朝倉景健《かげたけ》は、先鋒朝倉景紀《かげただ》三千に突撃を命じた。

「来たぞ！」

姉川の水辺、葦の葉陰に展開した徳川第一陣酒井勢の鉄砲隊が見た敵影は、まさに雲霞《うんか》の大軍であった。

朝倉勢は遮二無二《しゃにむに》浅瀬に兵馬を乗り入れた。先鋒朝倉九郎左衛門景紀の三千は、水を蹴立てて突進する。その水煙は人馬を覆うほどの勢いを示した。

迎え撃つ鉄砲火薬の白煙と銃声は、葦《あし》の茂みをゆるがす。

「かかれーッ」

猛将酒井忠次は叱咤した。酒井隊一千は水際で川縁《かわべり》に駆け上がろうとした朝倉景紀を迎え撃ち、川中へ押し返す。

朝倉勢が乱れたつと見て、第二隊前波新八勢三千が姉川に兵馬を乗り入れた。一千対六千、寡勢の酒井勢は忽ち《たちま》押され、退く。朝倉・前波勢は渡河して第二陣小笠原長忠勢に突入する。人馬入り乱れての乱戦となった。

龍ケ鼻本陣の物見台で望見する信長は、感嘆した。

——さすがに三河者は強靭《きょうじん》だ。

三河は農民の国だ。領主と領民の結び付きが深い。商いで人が流動する尾張には、それが稀薄である。

だが、領民の兵農一致は、動員力に限りがある。

——傭兵制は、已むを得ぬところか。

その信長軍の傭兵に、満を持した浅井勢が戦端を開いた。

抑《そもそも》、この合戦の主因は浅井長政の背叛《はいはん》にある。長政は父久政の陰謀を容認して、信長を窮地に陥れた。今度の姉川合戦はその総決算である。

「われらが主軍ぞ、朝倉勢におくれをとるな」

浅井長政にはためらいはない。剛毅闊達《かったつ》の長政は、半面単純な男であった。彼に大局観はない。所詮北近江の木強漢《ぼっきょうかん》に過ぎない。

浅井勢先鋒、近江佐和山城主、磯野丹波守員昌《かずまさ》の手勢千五百は、姉川に突入した。

その勢いの凄まじさは、信長勢を戦慄《せんりつ》させた。

「あッ　磯野丹波」

「丹波が手勢ぞ！」

浅井家随一の猛将と聞え高い磯野員昌の手勢千五百の突進は、信長軍の第一陣坂井政尚勢を畏《い》怖《ふ》させた。

坂井政尚は、かつての美濃斎藤家で豪勇を謳《うた》われ、信長は彼の資質を見込んで先鋒を托《たく》したが、彼をもってしても、新徴募の傭兵の浮足をとどめ得なかった。

磯野員昌は、信長軍の右肩下がりの弱点を見抜き、左肩を目掛けて斜めに襲いかかった。

二倍の兵力を持つ坂井政尚も、その勢いに敵しかね、みる間に崩れ、潰乱《かいらん》状態に陥る。

——戦況、われに有利。

すかさず浅井勢第二陣浅井玄蕃允《げんばのじょう》政澄《まさずみ》一千が姉川を渡って戦場に加わる。更に第三陣阿閉《あつじ》淡路守貞征《さだゆき》一千が背後から押す。

潰乱した坂井勢は乱戦の中で政尚の嫡男久蔵を始め士卒百数十を失い、第二陣池田勝三郎恒興勢三千の中へ雪崩《なだ》れこむ。

磯野員昌・浅井政澄勢は、嵩《かさ》にかかって池田勢に突入した。阿閉勢も遅れじと加わって突撃する。池田勢は一気に崩れて第三陣木下藤吉郎勢に救援を求めた。木下藤吉郎は叱咤怒号して支えようとしたが果さず、第四陣柴田勝家勢に乱入するほかない有様となった。

柴田勝家は、前《さき》の湖南回廊打通作戦に、六角承禎の逆襲を受け、窮地を脱する際、〝甕割《かめわ》り柴田〟の異名を轟《とどろ》かした程の勇将だが、味方の総崩れに為《な》す術《すべ》なく、必死防戦に努めながら後退するに至った。

——勝機は今。

本隊三千五百を率いる浅井長政は、残る予備隊新庄《しんじょう》駿河守直頼《なおより》一千を戦場に投入した。

六陣の中、四陣まで潰乱状態となるのを望見した信長は、第五陣森三左衛門可成に陣形の死守を命ずるとともに、第六陣佐久間信盛に森勢への支援を命じ、全軍の潰乱を食い止めようと図った。

戦況は飽くまで信長軍に非である。浅井長政が本陣の兵力三千五百を、機を見て戦場に投入すれば、勝敗は決するかに見えた。

だが、長政は決断をためらった。

――信長には、何か企みがある。

それは、この窮状に、信長の本陣五千の精兵が未だ動かない。虚勢かと迷い、信長の意中を量りかねた。

信長は、そのためらいを計算に入れていた。

――この五千は、敵殲滅《せんめつ》の決め手。

信長は、ひそかに横山城包囲網の中から、氏家卜全一千、安藤守就一千を抽出、姉川上流（戦場の右手）を渡河させ、浅井勢の伸びきった陣形の横を衝く作戦を実施していた。

信長六陣の潰滅が早いか、氏家・安藤勢の奇襲が間に合うか、合戦の帰趨《きすう》は一点にかかっていた。

家康は、寄騎として与えられた稲葉一鉄勢一千が、砂塵《さじん》をあげて信長軍左翼へ引き返すのを見ていた。

――案の定だ。だから寄騎というのはあてにならん。

それは家康のひがみというべきだろう。信長軍六陣の陣形は〝左翼に弱点あり〟と見た浅井勢によって、左方から斜めに攻められ、次々と崩れて行った。戦巧者の稲葉一鉄は咄嗟《とっさ》に判断した。

――左翼の攻勢を食い止めなければ、全軍が崩壊する。

彼は独断で信長の六陣の左翼に馳せ戻り、奮戦して敵の突進を妨げた。ために浅井勢の攻勢がやや鈍ったことは隠れもない。

家康のひがみも無理ないことではあった。信長軍六陣一万八千は、浅井勢突進隊四千五百に押し捲《まく》られて、稲葉一鉄の加勢を頼みに懸命の防戦中である。

——四倍の兵力を持ちながら、何たる弱さだ。

信長の兵の実態を知らぬ家康は、腹立たしい限りだった。家康軍の三陣三千は、朝倉勢六千の猛攻に堪えているさなかではないか。

それも今は五分と五分だが、朝倉本隊四千が投入されれば、敗北必至の状勢である。

——どうする。どうすればいい。

二十九歳の家康は歯の根が合わなくなった。

「おい」

大久保忠世の声に応じたのは榊原康政だった。

「やりますか」

とみる間に彼は駆け出した。

家康は呆気《あっけ》にとられた。

「おいおい、どこへ行く」

「まあお任せあれ、殿は居坐っておればよろしい」

榊原康政は、本陣の兵一千を抽出し、半里ほど左へ迂回し、姉川を渡り、田畑を越え、三田村附近の朝倉本陣の右側面を衝いた。

朝倉本陣は、思わぬ奇襲に潰乱した。

すかさず家康本陣の大久保忠世が号令した。

「鬨《とき》の声を上げろ」

本陣の時ならぬ鬨の声に、死に物狂いの敵味方は、朝倉本陣の潰乱を見た。

——われ、敗れたり。

戦場にあった朝倉勢は忽《たちま》ち乱れ、先を争って退却し始めた。

朝倉勢の潰乱は、浅井勢に衝撃を与えた。朝倉本陣を四分五裂した榊原康政勢は、勢いに乗じて浅井本陣に迫った。

浅井の全軍が動揺するさなか、迂回した氏家・安藤勢が浅井突進隊を横あいから衝いた。

浅井勢は総崩れとなり、小谷城に逃げこんだ。朝倉勢は越前へ遁走《とんそう》した。

信長は、追撃をとどめた。何故かは歴史の謎とされている。余力が無かったと思われる。

史上、信長の姉川合戦に対する評価は、必ずしも高くない。

信長が動員した兵力は、横山城攻囲軍や同盟軍家康勢を加えると、三万三千にのぼる。対する浅井・朝倉連合軍は一万八千である。兵力劣勢でありながら、浅井・朝倉勢は終始攻勢をとり、優勢に推移した。戦は家康勢の善戦健闘と朝倉勢の無策、それに横山城攻囲軍の一部の作戦行動によって、信長軍が辛《かろ》うじて逆転勝利するが、信長が当初企図した筈の浅井征伐は達成できず、以後三年間にわたって浅井・朝倉の絶え間ない攻勢に悩まされ続けた。

それゆえ、姉川合戦は信長の軽率な作戦であったという。

越前侵攻の失敗（これは明らかに信長の失敗であった。彼は浅井氏の背叛をまったく予期しなかった）は、各地の反信長勢力を活気づけた。そのため信長は備えの兵力を多く割かなければならなくなった。

――信長が、新たな侵攻軍を組織するには、一年近くかかるであろう。

世人はそう見た。だがその間、湖南回廊が遮断されたままであったら、信長は京畿を失い、元の濃尾の一大名に成り下がるほかない。

信長は、無理を承知で攻勢に出ることを決断した。湖南回廊の打通と、恒久確保である。それには北近江浅井に痛棒を与えるしかない。

機動兵力には、不本意ながら急募の傭兵を用いることとした。六陣一万八千の過半を訓練・選抜の行き届かぬ傭兵で編制した。

信長は、前線六陣の崩壊を予想した節がある。六陣のうち四陣までが潰乱し、残る二陣が必死懸命に支えている時も、精強五千の本陣の兵を動かさなかった。六陣が潰滅しても精強五千の本陣が迎撃すれば、疲労した浅井勢と充分に戦える。その間に横山城攻囲軍から抽出した部隊が横腹を衝けば、勝利は間違いない。

確かに勝った。家康勢の予想外の働きもあって、勝利は完璧であった。敵は算を乱して小谷城に逃げこんだ。

信長は、姉川を渡ったところで追撃をとどめた。

「何でおとどまりなさる。この勢いに乗じて小谷城を攻め、浅井の息の根を絶つべきでありましよう」

柴田勝家をはじめ、六陣の将が交々《こもごも》進言したが、信長は言下に退けた。

「口出し無用」

信長は、四散した六陣の兵をまとめるに三日を費やし、士卒の考課表を検分して軍団を再編制し、さっさと京へ引き揚げた。

〈姉川合戦、大勝利〉

その評判を得ると、別の行動を直ちに起す必要があった。急がぬと大業が崩れる。

人には、見込違い・思惑違いが多々ある。天才と雖《いえど》も人である以上、錯誤は免れない。

姉川合戦の勝利は、信長が期待した程の効果を齎《もたら》さなかった。それどころか四辺の反信長勢力に火を付けてしまった観がある。

信長は、姉川合戦の事後処理を手早く片付けた。攻略した浅井の支城横山城に木下藤吉郎を守将として入れ、兵三千を与えた。

「抑えよ、挑むな」

信長は、短切に方針を指示した。

話は多少前後するが、信長の機動軍団が去ると、七千の浅井勢が時をおかず来襲した。

藤吉郎には、戦の天才的な謀将が臣従している。元美濃菩提山《ぼだいやま》の城主竹中半兵衛重治《しげはる》である。

信長の美濃攻めの際、命を受けた藤吉郎が三顧《さんこ》の礼を尽して帰服させたが、半兵衛重治は信長に臣従することを避け、すすんで藤吉郎の家臣となった。天才は天才を知るという。互いに相容《あいい》れない性格であるのであろう。信長もそれを感じて、藤吉郎に属させた。

藤吉郎は、半兵衛に師礼をとり、客将とした。

浅井勢七千が攻め寄せたとき、半兵衛重治は台上に秀吉とその本陣二千を置き、自らは一千の軽兵を率いて山裾に布陣した。

一揉《も》みに揉み潰そうと攻めかかった浅井勢は、半兵衛の陣の難攻をいやというほど思い知らされた。前面に深田があって細い畦道《あぜみち》は軍勢の展開を許さない。迂回しようとすると、崖や地隙《ちげき》を利した伏兵が盛んに銃火を浴びせる。森や林には逆茂木《さかもぎ》や仕掛けの罠があって通過を阻《はば》む。

死傷が続出した浅井勢は一旦兵を退き、横山城を見捨てて、北国街道脇往還を南下し始めた。

「半兵衛殿、追おう」

彼は、浅井勢が湖南回廊を遮断することを懼《おそ》れた。

「いや、あれは誘いですな。われらの出撃を待ちうけております」

史書には、「兵気マサニ合戦ヲ思イトドメテイル勢イ」と、半兵衛の言葉を伝えている。

浅井勢がゆるやかに行動しているうちに、日は傾き、夕暮が迫った。浅井勢は半兵衛の見込み通り、陣頭をめぐらせ、小谷城へ帰りかけた。と、二、三十の小部隊が、八方から浅井勢に攻撃を仕掛けて食いつく。猛犬にたかる蚤《のみ》のように梃摺《てこず》らせ、浅井勢が小谷城へ逃げ帰るのを、騎馬隊が突進して攪乱した。

――なるほど、戦の芸とはこういうものか。

感嘆した藤吉郎は、以後横山城を半兵衛に委せ、得意の調略に専念した。

湖南の要衝佐和山城を守る浅井家の侍大将磯野丹波守員昌が久政・長政を見限り、信長に帰服したのは、それから間もなくである。

姉川合戦から半月も経たぬうちに、浅井が七千の兵を催し反攻を試みたことは、信長の口から全軍に伝えられた。

（浅井・朝倉の回復は意外と速い。戦捷《せんしょう》に酔うことなかれ）

信長は、全軍に緊張を弛《ゆる》めぬよう警告したつもりであったが、将士は鮮やかにその反攻を退けた藤吉郎と竹中半兵衛の働きに眩惑《げんわく》された。

殊に明智光秀は羨望《せんぼう》した。

――藤吉めは、得難い謀将を持った。

光秀には、弥平次秀満という忠実この上ない謀将があるが、才は到底半兵衛に及ばない。

――よき家臣が欲しい。

光秀は、美濃出身の稲葉一鉄の家臣、斎藤内蔵助利三《くらのすけとしみつ》を誘って召し抱え、信長の説諭を聞き入れず、不興を買ったこともある。

藤吉郎は、生涯を通じてよき家臣に恵まれ続けた。運の良さもあるが、性格にもよる。藤吉郎は卑賤の出であることを逆にひけらかし、無智無学を包み隠さず、明けっ広げに人に接し、家臣であろうと意見を素直に受け入れた。あるじとしてこれ程仕え易い人間はない。

光秀にその真似は到底できない。学と教養が人を弾《はじ》く。彼にとってよき家臣とは、彼に教えを乞い、忠実にその命に服し働く士である。光秀の藤吉郎に対する羨望は、無い物ねだりに等しい。

そのうちに藤吉郎は、浅井家随一の豪勇、磯野員昌を調略し、佐和山城を信長に献じさせた。信長はその機会に姉川合戦の論功行賞を発表した。戦功の第一は明智光秀である。信長はその探査能力、予想の確かさと、作戦立案を重視した。第二は森可成、前軍六陣の崩壊を食い止めた決死の勇を認めた。

評価の意外性は、客軍家康に対しても同じだった。朝倉勢が、家康の前軍三陣を掻《か》き乱すさなか、朝倉家随一の猛将真柄《まがら》十郎左衛門直隆《なおたか》を槍で突き伏せた本多平八郎忠勝《ただかつ》の働きを激賞し佩刀《はいとう》を授けたが、戦の勝因となった榊原康政の迂回作戦にはひと言も触れない。

——余計な策だ。

信長には、氏家卜全・安藤守就の迂回策があった。それが完璧に実施され、浅井・朝倉勢を殲滅する構想は、家康軍の思いもかけぬ逆転勝利によって崩れたという思いがある。

家康に報いた褒賞は、初花《はつはな》の茶入一個である。「一国にも代え難し」という名物だが、無風流の家康にとっては何の価値も感ぜられず、長く岡崎城の庫に眠ることになる。

佐和山城には、丹羽長秀を入れ、四千の兵を配した。

——まず後方整備は一段落した。次なる手は何か。

信長の楽観をよそに、未曾有の大難が勃発《ぼっぱつ》した。大坂石山本願寺の一大攻勢である。

明智光秀に与えられた褒賞は、京都警固役への復帰であった。傍目《はため》には無きに等しい褒賞と見られたが、信長の考えはもっと奥深かった。姉川合戦の勝利は信長の大業をますます発展させる。京都警固役は外交と軍事の両面で多事多端となり、その重要性は昔日の比でなくなる。信長は大抜擢のつもりであった。

戦功第二の森三左衛門可成は、織田一族の将領（信長の異母弟）織田信治《のぶはる》と同等で、共に近江志賀の宇佐山《うさやま》城の守将を命ぜられた。湖南の要衝《ようしょう》大津を扼《やく》する枢要の城とあって、可成の抜擢は注目を集めた。

光秀は、行賞より藤吉郎の働きに関心を持った。

「あの男は、そこもとの生涯の競争相手だな。氏素性、学教養、隔絶した両人がこの時勢時流にどのような働きを示すか、競い合わせて漁夫の利を得る信長殿は、煮ても焼いても食えぬ御方よ」

近頃、信長とも義昭とも疎遠となりがちの細川藤孝は、かこち顔でそう冷評したが、光秀はかえって競争意識を昂《たかぶ》らせた。

——あの馴れ馴れしい下品《げぼん》には負けたくない。

光秀は、八方手を尽して義昭の動向を探り、併せて畿内の形勢探査に全力を傾注した。果して、異変は醸成《じょうせい》されつつあった。

大坂石山本願寺は、信長への叛意をますます募らせ、諸国の宗徒に使僧を派して、反信長の一揆を指令する一方、朝倉義景・浅井長政・毛利輝元・武田信玄・上杉謙信らと呼応して兵を挙げるべく、着々と準備をすすめていることが判明した。

更に、阿波に逼塞《ひっそく》していた三好党が、この機に乗じようと、性懲りもなく、兵を摂津に上陸させつつあるという。

――その根元は、あの小蕪《こかぶら》殿だ。

信長は綽名《あだな》を付けるのがうまい。足利義昭は生白いちんまりとした頭の恰好《かっこう》と貫禄不足を「小蕪」と名付けた。因《ちなみ》に光秀は「金柑頭《きんかんあたま》」。額の禿《は》げ上がりと赤ら顔、つるりとした容態が言い得て妙である。

光秀の急報を得た信長は、間髪を入れず軍団を率いて岐阜を進発した。足長《あしなが》（韋駄天《いだてん》）信長の名に恥じぬ駿足で湖南回廊を一気に駆け抜けると、京に入らず、山科《やましな》から宇治に抜けた。途中光秀に指令を送った。

光秀は、公方館へ急いだ。

「光秀か、よいところへ来た」

石山本願寺蹶起《けっき》の報を知ったのであろう、義昭は上機嫌であった。

「信長のたっての要請にございます」

「なんだ、どこぞと和睦の相談か」

「いいえ、石山本願寺を討伐する。ついては上様（義昭）の御親征を仰ぎたい。明日伏見で会同を、と願っております」

義昭は蒼《あお》くなり、次いで怒気を発した。

信長と、石山本願寺の抗争は、この年元亀元年に始まり、天正八年（一五八〇）まで、ほぼ十一年間続いた。途中絶え間がなかった訳ではない。何度か休戦を繰り返したが、暫《しばら》くするとまた戦火を交え、全面講和に至らなかった。

信長にとって、三十七歳から四十七歳に至る期間の後半生のすべてを賭けた戦といっていい。人は言う。信長が石山本願寺と早期に和睦すれば、彼の大業は早期にほぼ達成をみたかも知れない、と。

それは、信長の大業——彼が目指した最初の目的——が何であったかに依る。彼が岐阜に本拠を構えてから常に用いた印章の「天下布武《ふぶ》」という標語と、彼の後継者となった羽柴秀吉（木下藤吉郎）が達成した「天下統一」からみて、信長もまた全国制覇を目指した、という説が専らである。気宇広大な論は、宣教師が齎《もたら》した地球儀を日夜倦《あ》かず眺めたことから、海外進出を企図しただろうといい、また彼が創建した摠見寺《そうけんじ》に仏像を飾らず、自身を拝めと言ったことから、遂には天皇家を凌《しの》ぎ、自ら神格を得て君臨したであろう、ともいう。

それらの根拠は、信長の洩らした片言隻句が史書に残っている事による。史書はその時代に生きた当事者や、側近・右筆《ゆうひつ》が書き残したものが、一級史料とされる。だが、人は毎日を過すうちに、大言壮語を口にすることもあれば、気分次第で夢でしかない戯言《ざれごと》を、さも信念であるかのように口にすることもある。それらを書きとどめた記録が、一級史料とされる。たとえ本人が書いたもの（例えば日記）でも、事実ありのままを記したとは言い切れないのが人間である。

ただ、これだけは言える。信長は極端に美意識の強烈な人間であった。彼は老いさらばえた自分を想像しなかった。幸若舞「敦盛」の一節、「人間五十年、下天のうちを比ぶれば、夢まぼろしの如くなり……」云々は、彼の人生観を物語る。人生五十年、そのうち三十七歳から四十七歳までの貴重な年月を費やしながら、彼が考えたことは何であったか。取り返しのつかぬ年月を何故惜しまなかったのか。何故石山本願寺が全面屈伏するまで、妥協の手を打たなかったか。

その疑問を前提として、物語をすすめたい。


(将軍親征の御旗を陣頭に、軍を進めたい)

信長の要請は、強請《ゆすり》に等しい。義昭は怒った。石山本願寺の蹶起も、三好党の摂津上陸も、義昭自身が画策した陰謀である。それを親征するのは、滑稽以上に悲惨の趣がある。

だが、結局は屈伏した。本来なら内裏《だいり》に参内して節刀を拝領し、故実に則り人数と軍装を整える。それらをすべて省略し、蒼惶《そうこう》と出陣し、陣頭に足利家二ツ引両の旗幟《きし》を掲げた。

石山本願寺は、浄土宗の一派である浄土真宗本願寺教団の本拠である。

親鸞《しんらん》を開祖とする浄土真宗は、京都東山の大谷《おおたに》廟所《びょうしょ》を中心に結集したことに始まり、親鸞の曾孫覚如《かくにょ》の代にその本廟が本願寺に成長した。

その後、蓮如《れんにょ》(兼寿《けんじゅ》)の代になって時流に乗り、大教団に成長し、門徒は京畿から中部・北陸地方にひろがった。世の中が乱れると新しい宗教が勃興《ぼっこう》するのはいつの時代も同じで、人々は一途に救いを求める。その弱さが宗教にとって付け目であり、一向一心に阿弥陀仏を念ずれば極楽往生疑いなしと説く一向宗(浄土真宗)は、庶民大衆に絶大な人気を獲《か》ち得た。

天台・真言宗など既成宗教は、一向宗の隆盛に脅威を感じ、寺号の使用を禁じた程である。そのため教団はその拠点を御坊と呼んだ。北陸の吉崎御坊、摂津の石山御坊(本願寺)がそれである。御坊に仕える僧侶を坊主と呼んだのはそれから始まる。

一向宗は、新興宗教特有の戦闘的布教を行った。そのため、庶民の人気は沸騰したが各地の領主は脅威を感じ、弾圧を事とした。門徒はそれに対抗して一揆を起す。三河一向一揆は徳川家の家人《けにん》の過半が一揆側に走り、家康は散々苦杯を舐《な》めさせられた。

蓮如が布教の根城とした加賀では、旧来の領主・土豪が激しく抵抗・排斥し、遂には一揆が起り、教団側が勝利して支配者を追い払い、僧侶・地侍・門徒の代表が合議して統治するという珍しい共和制国家まで出現した。

一向一揆の猖獗《しょうけつ》は、各地の武将大名の頭痛の種となった。懐柔と討伐、飴《あめ》と鞭《むち》の使い分けが、辛うじて領主の地位を保つ手段であった。

信長は、そうした妥協手段を一切採らなかった。一揆であろうと単なる暴動であろうと、領国の治安を乱す者は容赦なく討伐する。戦乱の世の治安維持は、領主の務めである。

だが、信長は宗教自体を否定しようと思わなかった。戦乱百年、ゆえなくして被害を蒙《こうむ》る庶民は、わずかな希望を後世に求めて信仰に奔《はし》る。安心立命《あんじんりゅうめい》を得るにはそれしかない。

信長の憎悪の対象は、教団と僧侶だった。一般大衆の弱さを好餌《こうじ》にして、布施と奉仕を強要して肥る。彼らの得手は死後の転生である。だが死後、人は無限の暗黒か、転生して安穏悦楽を得るかは、誰もわからない。死後の世界を見聞して戻った者はない。

嘘、と言ったら語弊があろう。だが、宗教と政治は所詮嘘で成り立っている。それゆえに恭倹であらねばならない。自ら発企し、暴動に門徒を使嗾《しそう》するなど以《もっ》ての外である。

——彼らの真因は何だ。

信長は、初めて思考の壁にぶち当った。

盤根錯節《ばんこんさくせつ》

信長の強請《ごうせい》によって出陣した将軍義昭《よしあき》の手勢は、伏見を経てその日のうちに、細川藤孝《ふじたか》の居城勝龍寺城《しょうりゅうじ》に入った。元亀元年（一五七〇）八月三十日である。藤孝は不在であった。彼は信長の命により摂津に出陣、中ノ島城《なかのしま》に出張っている。石山本願寺は現在の大阪城とほぼ同じ場所にあったというから、目と鼻の先である。

中ノ島の城頭に、足利家二ツ引両の源氏の白旗が翩翻《へんぽん》と風にはためくと、石山本願寺を包囲した信長軍団に歓声がどよめいた。

——やはり将軍家だ、御威光は衰えぬ。

随伴する光秀は、心が躍った。京にあってはさんざん手を焼かせる小蕪《こかぶら》殿だが、戦陣にあっては信長を凌《しの》ぐ威勢があった。

——信長に従うか、将軍家の御為をはかるか、よくよく考えねばならぬ。

細川藤孝は、嫡男忠興《ただおき》との会話に、光秀を、

「かの者は、戦略・戦術、万人に優れた才有るも、多少身をかばう癖あり」

と、評したという。

身をかばうとは、乱軍の中に身を投じ、生死を決する勇なきを言うのではない。事に臨んで身の利害得失に迷い、去就をためらう性格を指すのであろう。

信長は、光秀ほどに義昭を高く買っていない。

――虚位、虚名をもてはやすは、一時的なもの。使いものになるかならぬかは、人間の出来次第である。

と、義昭に陰謀好きの本性を発揮する暇を与えず、早々に京都へ戻した。

信長にすれば、義昭親征の効果など期待していなかったに違いない。彼は義昭に小細工の結果を直接見せつけたかったのであろう。数万の機動軍団が石山本願寺を十重二十重《とえはたえ》に取り囲む。

――坊主までが、軍を催して刃向うか。

その怒りを、形として見せつけた。

戦《いくさ》は緩慢に推移した。信長は力攻を避けた。本気で戦えば、必然的に門徒大衆の大虐殺を招く。威圧すればそのうち屈伏するであろうと考えた。

それが、一大誤算であることに、後日気が付く。それは運命的な誤算であった。

一日、信長は直感的に不吉を感じとった。

――おかしい。近江からの報告が途絶えている。

湖東の木下藤吉郎・丹羽長秀。湖西の朽木元綱《くつきもとつな》・森可成《よしなり》からの連絡が、示し合せたように無い。

信長は、光秀を呼んだ。光秀は摂津野田で行動中だった。

「近江を見て来い。軍勢を連れて行け」

湖東とも湖西とも言わない。軍勢を伴うのは、単なる偵察ではない。場合によって戦闘を行う。今日でいう威力偵察である。

光秀は、時をおかず、手勢二千の軍を返した。

京を駆け抜けながら、光秀はふと感じた。

——意外に静かだな。

だが、女・子供・老人の姿がない。すでに避難したのであろう。商家は一様に大戸を閉している。更に気になるのは、都人の見る眼が冷たいことである。

——織田家の人気が冷えている。

光秀は、浅井・朝倉勢の反攻がすでに京都近くに迫っていることを直観した。

「急げ」

三条蹴上《けあげ》から九条山を越えると、その直知が当っていることを知った。日ノ岡《ひのおか》の台上から見はるかす山科《やましな》の田野に、点在する村落が炎上している。すでに浅井・朝倉の偵察隊が侵入している。

天智天皇陵を通過し、四ノ宮《しのみや》川を越えると逢坂越《おうさかごえ》の峠道にさしかかる。遮二無二登ると峠に仮の関柵があり、小屋の炉にはまだ余燼《よじん》が燻《くすぶ》っていた。

——叡山の僧兵だな。

光秀は、遺留品からそう見破っていた。

大方、近江の信長軍の連絡を断っていたのであろう。

京の北東を扼《やく》する比叡山は、京側の四明ケ岳《しめいがたけ》と近江側の大比叡に分れ、最澄《さいちょう》上人が入山して延暦七年（七八八）根本中堂を建立、延暦寺の勅号を受け、天台宗総本山にとどまらず、八宗兼学の道場としての権威を誇る。四、五百の堂塔、千を超える碩学《せきがく》の僧侶のほか、常に数千の僧兵を抱えて、その権力は武将大名を超えるものがあった。

——世に儘《まま》ならぬものは、賀茂の水と賽《さい》の目、叡山の僧兵。

平安の昔、白河法皇を嘆かせたその横暴は、今も続いている。

峠から見下ろすと、湖西から大津にかけて、街道を敗兵が潰走《かいそう》してくる。懸命に敗兵を収容しているのは、佐和山《さわやま》城から急行した丹羽長秀の手勢であろう。

——それにしても、何で僧兵が急に叡山へ引き揚げたのだ。

その訳は、山科の南方、稲荷山《いなりやま》方面にあがった砂塵《さじん》であった。信長が急派した光秀への増援部隊である。

百年にひとり、有るか無しの天才の閃《ひらめ》きというのはどういうものか、凡愚の者にはわからぬとしか言いようがない。

光秀の直観は、精神が対象——この場合は京都市民の俗臭を直接把握して事態を察知した。直感ではなく直観・直知である。

信長は、説明や証明を経ず、事態の真相を感じとった。即ち直感であり、一瞬の閃きである。

——光秀が対処するに兵力が足りない。

信長は石山本願寺包囲陣から七、八千の兵力を抽出し、寄騎《よりき》として光秀の許へ急派した。

信長は、極めて仕え難い主人であった。

彼の吐く言葉は極端に短く、その包含する意味は多岐にわたっている。一を聞いて十を覚る理解力がないと、ついて行けない。発する命令は、受領者の能力を目一杯引き出す。

論功行賞は、常に意表を衝《つ》く。桶狭間《おけはざま》合戦の戦功第一は、敵将今川義元の首級を挙げた毛利新《しん》介《すけ》や、槍をつけた服部小平太《はっとりこへいた》ではなく、絶えず情報を集め続けた被官の梁田政綱《やなだまさつな》であり、姉川合戦の第一は、作戦立案者の明智光秀とされた。

当座は人を驚かすが、後日よくよく考えてみると肯綮《こうけい》に中《あた》っていることに気付く。論功はそれで一応納得するが、行賞の時期は状況によっておそろしく先になることがある。姉川合戦の光秀がそうであった。京都警固役の再任のまま三カ月ほど放置されていた。

それは、すべて信長の胸三寸に納められていた。

——状況は時々刻々に変化する。最も適切な時機に行賞を施す。

決して忘れてはいない、と、信長は言いたいのであろう。だが、それを口にしないから始末が悪い。

そうした信長の独断専行を呑みこまないと務まらない。信長が並の武将なら家臣の大半はとうに逃げ出したに違いない。信長の家臣団は死力を尽して働いた。何が彼らをそうさせたのであろうか。

天才は傾《かぶ》いているという。姿勢がではない。思考が傾《かたむ》いているのである。百万の凡才はその思考の傾斜に眼を奪われ、その飛躍に驚嘆するうち、憧憬の念にとりつかれる。そして無意識のうちにおのれの人生を思う。

――凡愚百万の人生を費やしても、何ほどの事やある。所詮は空しい歴史の埋め草ではないか。せめてものことに、一世の天才の業に力を副《そ》え、その大業に奉仕することで、自分の人生を意義あらしめたい。

書けばくだくだしいが、これは理屈ではない。感覚である。そう感じたとき、凡才は天才の虜《とりこ》になっている。魅力ではない、魔力なのである。だから天才は、人の奉仕に見返りを考えることは要らない。凡才は奉仕することに人生の意義を感得し、喜びを得る。それが見返りなのである。

状況はこうである。姉川合戦の大捷《たいしょう》に信長がひと息ついた虚に乗じて、石山本願寺という当時無類の難敵が、宣戦の旗幟《きし》を掲げた。

信長の機動軍団が摂津へ急行した。湖東横山城で浅井の蠢動《しゅんどう》を抑える木下藤吉郎の裏をかいて、浅井・朝倉は持てる力をすべて動員し、湖西からの侵攻を開始した。その兵力二万八千、掉《とう》尾《び》を飾る大兵力である。

狡智《こうち》を極める策謀の主は、足利義昭である。

江北から湖西に侵攻した浅井・朝倉勢が、最初に攻撃したのは、朽木谷の小領主朽木元綱である。不意を衝かれた朽木勢はひとたまりもなかった。急を知らせる暇なく、山中深く遯竄《とんざん》するしかなかった。

湖西を急進した浅井・朝倉勢は、八王子、比叡辻《ひえのつじ》、堅田《かたた》、和邇《わに》などを殆ど無血で席巻し、大津北辺の宇佐山《うさやま》城を攻撃した。

宇佐山城の守将は、姉川合戦戦功第二の森可成と、織田信治《のぶはる》である。森可成は織田信治と共に敢闘したが二万八千の大軍に抗する術《すべ》なく、枕を並べて討死し、城を敵手に委《ゆだ》ねた。

浅井・朝倉勢と呼応した叡山の僧兵は、地理・地勢に通じているため、危急を告げる急使を悉《ことごと》く斬って、連絡を遮断した。光秀の威力偵察がもう一日遅ければ、浅井・朝倉勢は京に到達していたであろう。

光秀は、まず二千の手勢で敗兵の収容に努めた。次いで援軍の寄騎を併せて総勢一万余を大津に展開し、南下する浅井・朝倉勢を迎撃し、敵手に陥《お》ちた宇佐山城の奪回戦を開始した。

——信長軍の対応は速すぎる。あれは魔王か。

浅井・朝倉勢に畏怖感が蔓延《まんえん》した。折角攻略した宇佐山城は、手も無く奪回された。

光秀の速報を受けた信長は、即座に石山本願寺攻めの方針を一擲《いってき》した。

「全軍、最速反転せよ」

機動軍団は、疾風迅雷《しっぷうじんらい》摂津を撤し、京にあらわれ、次いで近江に入り、叡山の山裾《やますそ》、湖畔の要《よう》衝《しょう》坂本城に布陣し、浅井・朝倉勢に対し、猛然と攻撃を開始した。

先鋒を務めたのは、明智兵団である。信長は威力偵察隊から万余の兵力にふくれあがった光秀の兵団を、そのまま彼に委ね、軍団組織内の一単位として用いた。

この頃、信長の支配領は増進の一途を辿《たど》り、ほぼ三百万石に達しようとしていた。その支配領を防衛し、四囲の反信長勢力と対抗するための機動軍団もまた肥大化し、信長の統一指揮は徹底を欠く事態が屢々《しばしば》起った。

余人の誰もがその弊に気付かぬうち、信長は断乎改革を発企し、実行に移した。

――組織の肥大硬直は、衰退を齎《もたら》す。

四百年後の昭和・平成の政治家・官僚が耳にしたら、胆《きも》を潰《つぶ》し腰を抜かすであろう。信長は権力の一部をいとも易々《いい》と下部に移した。

機動軍団の大部分を兵団に分割し、その指揮を兵団長に委ねる。更に驚くべき事に、その最初の兵団長に、柴田・丹羽・佐久間（信盛）ら宿老を差し置いて、最も新参の明智光秀を当てた。

それが姉川合戦戦功第一の行賞であったことは、言うまでもない。

感奮興起した光秀は、湖西路の北上を開始し、瞬《またた》く間に奪われた城砦を回復し、打通《だつう》した。

明智兵団の湖西北上に退路を断たれ、信長の機動軍団の来着に直面した浅井・朝倉勢は、決戦を避け、陣営を叡山の山中に移した。

比叡山は、標高こそ一千メートル以下だが、渓谷が複雑に入り組み、急峻の峰々に堂宇があって、天与の要塞となっている。

信長は、宇佐山城に本営を置き、全軍の部署を定めて叡山全域を包囲し、要所に砦を配して難攻不落を誇る高峻と対峙した。

直ちに山門の僧徒代表を召致して申し入れた。
一、味方するときは、分国内の寺領を元の如く還附し、多少の寄進を行う。
一、出家として当方へ味方成り難きならば、浅井・朝倉への援助を断ち、早急に退去せしめよ。
一、両条とも受け入れぬ時は、根本中堂・山王二十一社をはじめ、山中の堂宇悉《ことごと》く焼き払う。
叡山の僧徒は、当然の如く一蹴した。

「浅井・朝倉両家は、わが延暦寺の大檀越《だいだんおつ》である。寺が檀家の為をはかるに何の遠慮があろう。貴意には添い難し」

叡山の戦意は明らかであった。

——当然である。

と、常識人の光秀はそう思った。

古来、わが国には「王法（国土の支配権）は仏法を侵すべからず」という不文律が存在し、山門の歴史的権威には天皇ですら逆らえず、遠慮している。まして信長に叡山が服する事は、到底考えられない。

——兵を退くしかあるまい。

信長は、その回答を得ると、宇佐山城の本陣から叡山の山容を見上げたなり、長く沈思し続けた。

光秀が抱く思考程度のものは、信長にもある。彼の思考は根本の定義に及んだに違いない。それと同時に、現状打開の方策が脳裏に駆け廻《めぐ》っていた。

やがて、信長が発した命令は、当り前すぎるほどのものであった。

「仕掛けよ。絶え間なく仕掛けよ」

仕掛けるとは、浅井・朝倉勢の陣地に対する攻撃をいう。山砦《さんさい》に対する攻撃は、攻め手が不利であることは言うまでもない。だから信長は絶え間なくと付け加えた。不利であっても攻撃し続けよの意である。

その仕掛けは、一向に効果を挙げなかった。山砦の敵は、山荒らしが身体を丸め棘《とげ》を立てたようにうずくまり、挑発に乗らず、攻め手はいたずらに損害を増す。

——何という無芸の策だ。

光秀のみならず、部将の誰もが思った。だが信長は、その刺激的戦法をくり返させた。

その戦法の真意が判明するのは月余の後である。時は十一月、天地が凍え、雪が到来した。霏々《ひひ》と降り続く雪は、やがて膝を埋めた。滞陣の将士、特に歩卒の労苦は並大抵でない。

信長は、独り方策の図に当るのを期していた。

——湖西の尺余の降雪は、越前・江北の丈余の豪雪。

その越前からの兵糧・弾薬の補給は、山岳道路の途絶で、困難を極めているに相違ない。

信長は、浅井・朝倉の補給路打開に余裕を与えぬため、物理的刺激策を用い続けた。

「光秀を呼べ」

信長は、駆けつけた光秀に命じた。

「京へ急げ。小蕪《こかぶら》を煮立てよ。弱音《よわね》を吐かせるのだ」

信長は、開け放した武者窓から手を突き出し、掌《てのひら》に受けた雪を示した。

光秀は、あッと思った。信長の策の意が解けたのである。

——われ、この人の智略に及ばず。

それは、才智のみではない。四面楚歌の間、恐るべき忍耐力であった。

十月、包囲網の解けた石山本願寺は、諸国の門徒に一斉蜂起を号令した。

信長の本領、尾張にも一揆勢が蜂起するほど、一向一揆は猖獗した。中でも伊勢長島は石山本願寺に匹敵する一揆勢の要塞となる。十一月二十一日、長島を監視する尾張小木江《こきえ》城は一揆勢の急襲を受け、信長の五弟信興《のぶおき》は討死を遂げ、城は陥落した。

その悲報すらも、信長は堪え忍んだ。信長はその頃、一揆に加担しなかった尾張聖徳寺《しょうとくじ》に文書を寄せた。

「然《しか》れば門下の者（本願寺門徒）の事、男女に寄らず、櫓械《ろかい》に及ぶ（武器を取って敵対する）ほどに、成敗《せいばい》（断罪）すべく候」

信長は、一向宗徒を殲滅《せんめつ》しようというのではない。信長の行動に干渉しなければ、何の宗教でも構わないというのである。ただ武器を取って敵対する者は容赦なく断罪する。

だが、一向宗徒・宗門は、一向宗を信仰せぬ信長を「仏敵」と定め、反信長戦を宗教戦争と断じた。八宗兼学の叡山も本願寺に同調した。宗教戦争の行きつくところ、大虐殺以外にないことは、古今東西の歴史が物語る。人の信仰は理屈ではなく信念の問題である。

信長が抱いた戦の信念と、本願寺・叡山の言う信仰とは、論争しようにも次元が違う。信長を悪逆非道の虐殺者と断ずるのは、古今東西敵に向って弾丸を放った者を、殺人者と断ずるのと同意義である。

信長は、その故なき悪罵と、宗門の殺戮行為によく耐えた。重ねて言うが、宗教戦争を仕掛けたのは信長ではない。一向宗の宗門であった。

光秀は、京に向って馬を駆った。信長が潰《つい》える。光秀自身の立脚地が崩壊する。兵団長の地位を失うだけではない。彼自身の破滅である。

霏々と視界を遮る飛雪は、京の街を覆っていた。

光秀と、随伴の騎卒の小隊は、懸命に馬を駆った。公方館《くぼう》に到着すると、先触れでそれと知った義昭が待ち受けていた。

義昭は、心躍る様子で問いかけた。

「光秀、近江の戦陣の模様はどうだ。弾正忠《だんじょうのちゅう》（信長）もさぞかし凍えていような」

「天候に敵味方の区別はございませぬ」

光秀は、ぶっきらぼうに答えた。

「上様御期待の朝倉勢も浅井も、叡山の雪の中で凍え死にかけております」

義昭は、上擦《うわず》った声をあげた。

「何で朝倉・浅井が凍え死ぬ。あの者たちは寒さに馴れておる筈だ」

「それは充分に食うて、暖かに寝ての事にございます。薪炭《しんたん》・兵糧・弾薬が続きませぬ」

「なんで続かぬ」

光秀は呆《あき》れ返った。物知らずにも程がある。

「この雪は、京のみ降っておると思《おぼ》し召《め》すか。越前から江北は、三倍五倍でございますぞ。われら織田勢の眼をかすめて、どうやって運びこみますか」

「………」

義昭は、みるみる蒼《あお》ざめた。

「二万八千の大軍は春の雪解けまでに半数は死に、残る半数は降伏致しましょう。由《よし》なき戦でござる」

光秀は、皮肉を充分に利かせた。

「どうする。どう致したらよい」

光秀は、沈思する振りで、間を置いた。

「されば……和睦を仲立ちなさりませ。朝倉・浅井に恩を売り、わが殿にも将軍家の御威光を示す、絶好の機会となりましょう」

義昭は、ハタと膝を打ち、血色を蘇らせた。

「光秀。そちは天下一の智恵者である」

「恐れ入り奉る」

光秀は、安堵の吐息を洩らした。

光秀はその夜のうちに将軍御教書《みぎょうしょ》二通を作成し、将軍黒印を捺印させ、義昭の侍臣二名に携行させた。一通は信長宛、一通は朝倉・浅井の連名宛である。

和議の条件は、諸書によって異なる。〝信長公記《しんちょうこうき》〟には、朝倉方が弱って、江北の三分の一を浅井、三分の二を信長領としたとあるが信じ難い。〝参河《みかわ》物語〟には「天下は朝倉殿持ち候へ、我は二度望みなし」と信長が起請文《きしょうもん》を書いたとあるが、これも極端すぎる。

十一月三十日、義昭は三井寺《みいでら》に出向き調停に努めた。双方共上意黙《もだ》し難くとの事で、十二月十三日、和議は成立し、双方軍勢を退く。

信長は危機を脱した。「当時信長の地位は最も危殆《きたい》であった」と、〝近世日本国民史〟で徳富蘇峰は言う。

年が明けると、元亀二年である。相変らず信長は、無類の繁忙のなかにいた。

なにせ敵が多すぎるのである。兵書には二方面作戦の不利を説くが、信長の敵は四方八方であった。

昨年暮、将軍義昭の仲立ちで、浅井・朝倉勢と和睦を結んだが、それは叡山から湖西にかけてであって、湖東浅井の小谷《おだに》本城と、木下藤吉郎の横山城は盛んに戦火を交え、いつ合戦が始まるかわからない。

石山本願寺攻めは、続行中である。本願寺の攻勢に呼応して、阿波の三好勢は海を渡り、摂津への侵攻を繰り返す。この方面だけでも信長は、機動軍の一個兵団半を割き、更に外様大名の兵力を投入している。

湖南回廊は、信長にとって生命線である。丹羽長秀・柴田勝家の軍勢が確保に当っているが、旧六角《ろっかく》家の残党が鈴鹿山系に出没して蠢動《しゅんどう》を止めない。

「仏敵」と石山本願寺が指名して、反信長の一揆を使嗾《しそう》した、いわゆる一向一揆は信長の分国(領分)に続発して、治安の悪化は一通りでない。なかでも伊勢長島に立て籠《こも》る一揆勢は、石山本願寺を凌《しの》ぐ威勢を示し、信長の本国尾張と上方の通行を断ち、容易ならぬ事態となりつつある。

更に、甲斐の豪勇武田信玄が西上の機を窺《うかが》い、家康が占めた遠州への侵攻を繰り返している。

まさに八方塞《ふさ》がりと言っていい。だが信長はそう思っていなかったようである。相も変らず機動軍団を率い、危殆に瀕《ひん》した味方戦線の補綴《ほてい》に東奔西走している。彼自身がこの事態をどう見、どう打開する心算か、窺い知ることを許さぬかのように見えた。


明智光秀が兵団を率い、摂津中ノ島城に細川藤孝を訪れたのは、四月下旬、春もようやく終ろうとした頃であった。

「よう使われておるの、高槻の和田伊賀から委細を知らせて参った」

和田伊賀守惟政《これまさ》。足利義昭に早くから心を寄せ、流浪の際は、扈従《こじゅう》した。義昭を推戴した信長はその功を賞し、摂津高槻城主に封じた。

高槻に隣する池田城主池田勝正《かつまさ》は、昨元亀元年、三好党に通じた弟知正《ともまさ》に追われ、義昭の許に流亡、池田城を占拠した知正の臣荒木村重《むらしげ》は和田惟政を攻め、一進一退を繰り返していた。

「阿波の三好党が兵を尼崎に揚げましたので、伊賀殿も一時危殆に陥りましたが、どうやら事なきを得ました。これより石山本願寺にひと当て当てて、小細工を封じこめます」

「その小細工の源《みなもと》は、公方《くぼう》殿だ。伊賀殿もわれらもそれで苦しんでおる。皮肉なものだな。流亡中にお助け参らせた公方殿が、われらの敵と通じておる。それと知って打つ手がない」

義昭の兄、足利十三代将軍を弑《しい》したのは、松永久秀と三好党である。

三好党は、阿波にいた足利一族の義栄《よしひで》を擁立して、十四代将軍に就けた。だが同じ年、信長に擁された義昭が上洛を果し、義栄の将軍位は有名無実となり、義栄は敢《あ》え無く病死した。義昭にとって三好党は不倶戴天《ふぐたいてん》の敵である。

その義昭が、信長を憎んで三好党とひそかに手を結ぶ。奇々怪々という外ない。

奇怪が当り前の事のように横行する。それがこの時代の特徴だった。百年、国内で絶え間なく戦争が続く。世相がいかに乱れるかは想像に難くない。肇国《ちょうこく》以来、初めて敵に降伏したわが国が、五十年間にいかに国の尊厳を捨て、国民が矜持《きょうじ》を擲《なげう》ち、利己的な拝金思想に奔《はし》ったか。政治・官僚組織・経済界の指導的階層の醜態と、無差別殺人が横行する世相を見れば、戦国末期の堕落は当然であった。

信長は、その行動の美意識でも卓絶した人間であり、極めて自制心に富んでいた。そういうと反論する向きもあろう。確かに個々の戦では策謀を用いた。だが大局では至極まともだった。天下統一の野望に燃え、権謀術策に憂《う》き身《み》を窶《やつ》せば、もっと違った進路があったように思われる。少なくとも義昭如き小才子を擁する迂遠の策を用いずとも、伊勢・大和を制し、京へ進む手もあったし、そのため浅井との同盟を強化し、退嬰《たいえい》の朝倉を懐柔し、越前に封じ込める方策もある。

信長は姑息《こそく》を好まず、大道を突き進んだ。そのため好んで敵を作った感がある。

「天下布武《ふぶ》」。人は絢爛《けんらん》たる文字に幻惑された。だがそれは信長特有の美意識から出た言葉で、目的意識は稀薄であったようにも思う。

その信長は、一向宗石山本願寺という未曾有の難敵の挑戦を受けた。あえて挑戦という。戦は本願寺側から仕掛けた。理由は簡単である。彼らは信長を「仏敵」と断じた。宗徒（信者）ではない。檀越（檀家）ではない。宗門に助勢しないから「敵」であるという。

宗教は、富士山登頂に似ている。登山口は宗教・宗派によって異なる。いずれの登山路も嶮岨《けんそ》難路で、一心不乱でなければ登攀《とうはん》できない。苦労の余り他の登山路に迷ってはならない。五欲を捨て、戒律を守り、行きつく頂上は安心立命《あんじんりゅうめい》の法楽世界である。

他の登山路を認めない。宗教・宗派の鉄則である。それが排他の狭量を生む。苛烈な条件下の宗教は、戦闘的に傾く。元寇《げんこう》の際の日蓮宗も、戦国期の一向宗もその道を辿った。

殊に一向宗は、仏法を超え王法（国土の支配権）に奔《はし》った。それは乱脈な戦国期における自衛の意味もあったのであろう。それと彼らは宗教の持つ「既得権」の確保に身命を賭けた。

戦国期の武将は、現在の人間とは比較にならぬ程の切実な無常観を持っていた。そのため罪障消滅・後生安楽と、子孫の繁栄を願って仏の道に帰依し、在家僧となる者が多く見られた。上杉謙信・武田信玄を始め、北条早雲《そううん》、島津義久《よしひさ》・義弘《よしひろ》、筒井順慶《じゅんけい》、金森法印《ほういん》等々、法体で戦場に臨んだ武将の例は、数限りない。

その点、信長は極めて異質の人間だった。宗教の存在価値は否定しなかったが、仏に信倚《しんい》する心を持たない独特の無常観を持った。「死のうは一定」、死はしかときまり訪れる。「人間五十年、夢まぼろしの如くなり」、この世は夢まぼろしの五十年であり、死とともに消え失せる。死とは一瞬に異次元へ転移することである。

——人は、一瞬の夢でしかないこの世で、何を為《な》せば意義ある生となるか。

信長は、透徹した論理を編み出す程の哲学者ではない。ただ感覚的にそう会得したに過ぎない。だから使命感は直面する事態に即応して変った。美濃攻め、上洛戦、浅井・朝倉戦は、事態の打開策であった。

彼は当面の敵と果敢に戦いながら、考え続けた。この乱れた世を是正する。だがそれは到達し得ない夢想でしかない。

——おれ一代で、できることは何だ。

その結論を得ぬうち、彼は途方もない難敵と遭遇した。一向宗石山本願寺と叡山、宗教との衝突である。

現実主義者であり、徹底した実証主義である彼が、宗教と争う愚を覚らぬ筈がない。

だが、信長はその中から結論を得た。

——愚は、相手方だ。

彼のいう「愚」とは、「既得権」にしがみつくことである。

開祖は、無私無欲・奉仕こそが世を浄化し、人を救う道であると説く。世人はその教えに感銘し、広宣流布のため種々の特権を認めた。寺域・寺領の守護不入、地子銭《じしせん》の免除、通行自由など、

「王法（地上支配権）は、仏法を侵さず」がそれである。

宗教・宗派は代を重ねるうち、宗門が変貌を遂げる。既得権益の確保拡大を事とし、宗徒に布施・喜捨を強要し、財物を貪《むさぼ》り、戒律を破って酒色にふけり、淫楽に溺れる。戦国末期の世の乱れに乗じた宗僧の堕落は、頂点に達した。仏法が王法を侵すの感があった。

この年（元亀二年）、石山本願寺に使嗾された伊勢長島の一向一揆は猖獗を極め、五月、鎮圧に出戦した信長軍の将氏家卜全《うじいえぼくぜん》が、苦戦の末、深田に馬足をとられて討死を遂げる。

信長は、その悲報のなかでひそかに決意を固めた。それは宗教に限らず、この乱れた世に存在するあらゆる「既得権益」の破棄である。信長の信念は、明快であった。

——既得権が、諸悪の根源である。

昨年暮、近江大津の陣を撤して以来、岐阜にあって思惟《しい》を廻らせていた信長は、夏も漸《ようや》く過ぎようとする八月、突如動いた。

動員兵力五万、十八日近江に入った信長は、まず江北小谷城を圧して蠢動を抑え、各所の城砦・保塁を次々と討滅し、九月十一日、湖南山岡玉林という地に軍をとどめた。

例によって信長は、意中を他に漏らさない。

——ただの掃討戦か？

京から兵団を率いて参陣した光秀は、そう思った。

翌十二日早朝、全軍出立が下令された。各隊が準備を整えている最中《さなか》、背に母衣《ほろ》を掛けた騎馬の伝令旗本が、各隊へ駆けた。

「明智勢は、近江坂本へ進み、日吉《ひえ》大社を包囲せよ」

光秀は、驚愕《きょうがく》した。

「なにびとを相手に戦われる」

「敵は、叡山との御諚《ごじょう》でござる」

「ま、まさか……」

最澄が入山して延暦七年に根本中堂を建ててより七百八十余年、叡山はわが国最高の霊地として累代の天子ですら憚《はばか》った。一代の出来星《できぼし》大名の手の及ぶところではない。

光秀は、昏迷《こんめい》の中で軍を進めた。諸将それぞれの部署に配置され、黙々と行軍する。昼を待たず叡山四、五百の堂塔を要地とする寺域は蟻《あり》の這い出る隙間もなく、囲まれるであろう。

――そうか、反信長に凝り固まった叡山を懐柔するための策か。

だが、脅しに乗る相手ではない。〝守護不入〟の特権を維持して、時の王法に逆らい続けた相手である。容易に靡《なび》く筈がない。光秀は信長の拙策と見た。

――交渉は、容易ではあるまい。

包囲陣形が整う頃、続いての騎馬伝令が駆けつけた。

「今夕《こんせき》、申《さる》の下刻を期し、号砲を合図に攻めかかる。堂塔伽藍《がらん》、一宇も残らず灰にせよ。僧侶・神官、凡俗の輩《ともがら》、老若男女を選ばず悉く《ことごと》討滅せよ。明朝生ける者無からしめよ」

騎馬伝令の将校は、言葉を継いだ。

「篝火《かがりび》、松明《たいまつ》、抜かりなく用意せよ、ゆめゆめ懈怠《けたい》あるな、との仰せにござる。よろしいな」

「待った」

光秀は、反射的に口走って、馬に飛び乗った。

「殿を諫止《かんし》してくる」

光秀は、単身信長の本陣へ駆けた。

信長は、昨年暮に破毀《はき》した宇佐山城趾に本営を置いていた。光秀が駆けこむと、信長は半ば崩れた石垣の上に腰掛け、小姓が差し出す餅を頬張りながら、翠巒《すいらん》の山なみを飽かず眺めていた。

光秀は呆れた。

——まるで、駄々ッ児だ。

光秀が転《まろ》ぶように片膝つき、頭を下げるのを見返った信長は、鋭く言った。

「無駄は口にするな」

短箇だが、意味は深い。堂塔四、五百・万巻の書、僧俗数千の老若男女、すべて世の無駄と思い切った。だから諫言も無駄である。思い切るまでの八カ月の苦慮を無駄と言うか。

明晰《めいせき》の光秀は、それを一瞬に覚った。この際、無駄でない提言とは何か。

「せめて一応……御決意の程を叡山に告げて参ります。それまでのご猶予を」

光秀は敢《あ》えて至難を自らに課した。信長の常識を超えた決意、不退転の決断を相手に覚らせることは難中の難事である。既得権にしがみつく僧侶は、あり得ることかと一笑に付すであろう。

どう説いて覚らせるか。光秀に自信はなかった。

「金柑《きんかん》(光秀の綽名《あだな》)よ。これは昨冬、相手に告げてある。将たる者は二度の警告をせぬものだ」

昨冬、浅井・朝倉勢の退去を迫ったとき、叡山にはその旨を警告し、無視された。同じ警告を二度三度と繰り返せば、警告は脅しと受取られるようになる。信長は敵がそれを軽視するより、部下が信長の威令を軽視するのを懼《おそ》れた。

いま信長は、百年の乱世を正すため、諸悪の根元である「既得権」を打破しようとする。言葉は簡単だが、それは現代でも至難の業である。常識を超えた命令を部下に下すとき、千鈞《せんきん》の重みがなければならない。遅疑逡巡する者あれば事は破れる。

「で、では……」

光秀もまた必死だった。これは暴挙である。千載《せんざい》に悪名を残すだろう。せめて弁明の余地を残したかった。

「碩学《せきがく》の智者、名僧智識をいかがなされます。それに堂塔には得難き寺宝、御仏《みほとけ》の像も数多く、唐天竺《からてんじく》渡りの万巻の書物……」

「うぬは、悪人の味方をするか」

「悪人は山法師（僧兵）にございます」

叡山の僧は刀槍をたずさえ、頼まれれば大名に雇われて殺生を事とする。魚鳥を食らい、遊び女《め》を抱き、学問はせず、仏を拝まず破戒三昧《ざんまい》。山麓の坂本に女を囲い、浴場を借り切って混浴し、乱淫の限りを尽す。

「僧侶の悪行を知りながらそれを見過し、われに罪なしとする高僧はかえって罪が重い。世人に職責の大事を示すため殺せ」

信長は、更に言う。

「仏像は、材木の切れ端を刻みたる物、書物は紙に過ぎぬ。御仏の姿を写し、その教えを伝えるために人が尊崇するのだ。それが仕える僧の悪逆に、仏罰一つ下すことなければ、元の木切れ、紙切れに過ぎん。世人の迷信を覚ますためにも、一切灰にしてしまえ」

信長の叡山糾弾の意志は、鉄壁の如く光秀の思考の前に立ち塞《ふさ》がった。光秀は抗する言葉なく、ただ俯《うつむ》くばかりであった。

小姓がしつらえた床几《しょうぎ》に腰掛けた信長は、光秀を見下して、言葉を和《やわら》げ言った。

「うぬは常人より以上の学を修めた。だが、学の本質を知らぬ」

「は……？」

「学ぶというのは、本来後《うし》ろ向《む》きのものだ。この世にあるすべてのものの意義を知る。法と秩序はそれぞれに意義あって成り立った。将軍の威権、仏門の特権、みなそうである」

「は、はあ……」

「だが、人の世は時とともに変化する。邪《よこしま》な欲は世を乱す。邪欲の排除を妨げるのは後ろ向きの学だ」

「………」

「学ある者は、既得の制度・権益の意義を言いたてて擁護する。それがこの世を決定的に駄目にした。いま威権・特権を持つ者は存分にその権利で甘き汁の吸える日を待ちわびているのだ。だからそれを叩き潰《つぶ》す。おれならでやる人間はない」

信長が抱いた信念は、世に冠絶した高い次元にあった。信長が雄弁であれば光秀の因循《いんじゅん》な教養主義を論破したであろう。彼が抱懐する革命的な思想は、平成の今日の難局にも適応するほどの価値あるものであった。

主義・主張というのは、結果でしか理解し難いものである。伯林《ベルリン》の壁が崩壊して教条的社会主義の誤謬《ごびゅう》を知る。無差別大量殺人が発生して信教自由の過誤を覚る。十数年以前までは信長の革命思想より、叡山焼打による殺戮が問題視され、暴挙と見做《みな》された。明智光秀が昏迷に陥ったのは無理からぬ事であった。

「納得できぬとあれば、うぬも叡山に加われ、共に擂《す》り潰す。行け」

光秀は、すごすごと引き下がるほかない。

叡山の焼打は悽惨を極めた。

信長軍五万は、寺域隈無《くまな》く展開して、堂塔伽藍に火を放ち、逃げ惑う僧俗を引っ捕えて馘《くび》り、火中に投じた。炎は天に冲《ちゅう》し、黒煙は全山を覆い、焦臭は十里四方に満ちた。

「神仏怠慢にして、神罰仏罰を怠った。おれが代って地獄をこの世に具現する」

信長は、そう叱咤《しった》して、わが心を励ました。

——後には退けぬ。退けばわが生涯を賭けた革命は、空しく潰《つい》える。

彼も必死だったのである。彼が戦う相手は数千の僧俗ではなかった。八百年に垂《なんな》んとする歴史が作った矛盾と、百年の乱世であった。

――われならで、誰が打開の途《みち》を開く。

明晰な光秀の頭脳を以《もっ》てしても、信長の果断は遂に理解できなかった。

――信長は、天魔か。

そうとしか思いようがなかった。

光秀の許には、その名を慕って投降してくる鴻学《こうがく》の賢僧、上人と称する名僧、智識の高僧が後を断たない。

光秀は、それらの者に一人一人嘆願書を付して信長の本陣へ送った。

「この者、当代得難き学匠でありますゆえ、助けおかれますよう、身に代えて乞い願い仕ります」

戻ってきた使番の報告は、異口同音に信長の返事を伝えた。

「玉石、倶《とも》に砕く」

悉《ことごと》く斬首された、という。

降伏を伝える使僧も相次いだ。それらも口上を述べる暇も与えず、首を刎《は》ねられた。

女子も斬首された。この聖域に居る筈のない遊び女も数えきれない程、死の宣告を受けた。

史上類を見ない殺戮《さつりく》は一昼夜にわたって続いた。殺害された叡山の僧俗三千人、焼亡の堂塔は五百を超えた。

――千年の後まで、悪名が残るであろう。

人一倍美意識の強烈な信長は、それを深刻に悩んだ。

――美しく生き、死もまた美しくありたい。

それが信長の理想であり、この時代の心ある武士の誰もがそうありたいと願う。

だが、信長の人生行路は、その理想とまったく懸け離れていた。向うところ世の汚濁との格闘であり、汚泥にまみれた死闘である。

――汚濁の浄化は、手を汚さずにはできない。

信長は、それを天命と割り切った。

世には天というものがある。空の意ではない。また神仏の如く善因善果・悪因悪果を齎《もたら》すようなあまいものではない。万物流転を司《つかさど》って、人の世を推し進める。治乱興亡に善悪の概念なく、時に非情、その結果の是非は棺《かん》を蓋《おお》って定まらず、千年の歳月を要する。

――これは、天運。われに受けた天命である。

信長は、心ひそかにそう思い定めた。

信長の抱いた天命思想は、後に誤解を生んだ。彼は自ら神たらんとした、と。

ともあれ、殺戮は終った。叡山は後年、秀吉が再建するまで、無住の山岳と化した。

元亀二年から翌三年にかけて、信長は凄まじい繁忙の中に身を置いた。

公方義昭の火の出るような蹶起《けっき》の督促に、畿内と周辺の反信長勢力は次々と攻勢を仕掛け、信長の機動軍団は三乃至《ないし》四個兵団に分れて東奔西走し、敵味方入り乱れて、時折状況を把握するのも困難となった。

後世、この時代を専門にする歴史学者でも、信長がいつどこに居て、何を考えどう行動したかを調べるのに、歴史年表を片手に途方に暮れる程の有様であった。

そのなかで、筆者はできるだけ事態を簡略に説明しようと努力を続けている。

叡山焼打が完了すると信長は、明智軍団を湖西の北へ押し上げた。叡山大檀越の浅井・朝倉が動かぬ筈がない。その攻勢を邀撃《ようげき》するため、光秀には一万二千の兵を与えた。

光秀は本隊を安曇《あど》川辺に展開し、前衛部隊を知内《ちない》川から石田川の間に配置して備えた。が、一向に来襲の気配はない。僅かに偵察の小部隊が出没し、小競合いが散発するのみである。

——相も変らず、反応が遅い。

光秀は、因循に凝り固まった朝倉の動きに焦《じ》れた。彼の胸中には叡山焼打で生じた鬱屈《うっくつ》が昂じて、殆ど病の様相を呈していた。

——なぜあの時、刺し違えてでも制止しなかったか。

教養人の光秀は、後世の悪名をひたすら懼れた。

その点、湖東の横山城で浅井勢の牽制に当る木下藤吉郎は、気楽であった。

——殿は、思い切った事をなされる。

彼の辛さは、兵力の不足だけであった。浅井勢は三日にあげず小谷城を出て小競合いを仕掛ける。藤吉郎の謀将竹中重治《しげはる》は、戦術の妙を尽して追い帰す。その間に藤吉郎は、浅井の属党宮部善祥房《ぜんしょうぼう》の調略に血道をあげていた。

京の公方館では、信長が繁忙に追われて眼が逸《そ》れている間に、度々密議が交されていた。

議題は言うまでもなく、叡山焼打である。

義昭の寵臣《ちょうしん》上野中務少輔清信《なかつかさしょうゆうきよのぶ》は、口を極めて罵《ののし》った。

「悪逆非道、奢侈僭《しゃし》上も甚だしい。早々に誅伐《ちゅうばつ》すべきである」

会同するのは上野清信のほか、飯江山城守、一色《いっしき》信濃守輝光《てるみつ》、日野輝資《てるすけ》、高倉永相《ながすけ》、伊勢貞興《さだおき》、三淵藤英《みつぶちふじひで》ら、いずれも足利将軍累代の側近であり、更に近習《きんじゅう》として尼子兵庫頭《あまこひょうごのかみ》高久、番頭大炊《ばんとうおおいの》介義允《すけよしみつ》、岩成主税頭《いわなりちからのかみ》慶之《よしゆき》、荒川掃部頭《かもんのかみ》政次ら、最近まで三好党に属していた旧臣までが加わっていた。

その日は、細川藤孝も列していた。

細川藤孝は、明智光秀不在の間、京都警固役の代行を命ぜられている。彼はそれを口実に、〝公務多忙〟と称して公方館の会合を敬遠し続けていた。

——有言不実行の会同など、有害無益だ。

藤孝は、義昭の小賢しい陰謀には厭《あ》き厭きしていた。だがその日は、名目上の兄に当る三淵大和守藤英が、義昭の内意を受け、藤孝の出席を強請したため、已むなく加わった。

「どうだ、藤孝。叡山焼打という暴挙を何と心得る。それでも信長に心を寄せるか」

義昭は、勝ち誇ったように嘲笑《あざわら》う。

「奢侈僭上はどうでありましょう。弾正忠殿は京に館ひとつ持ちませぬが」

藤孝は、平然と微笑を浮べて言う。

「誅伐などとは絵空事、いったいどなたが戦を催しますか」

痛烈な当て擦《こす》りに、上野清信は真ッ赤になった。

「では、時機尚早と言われるのか」

「いや、時機はすでに逸しておると申し上げたい」

「な、何をもって逸機と言われる」

「天下、というのはな、自ら発企して起たぬ限り、手に入らぬものと心得る。いかに尊貴のお生れであろうと、他人をあてにしていては、天下人にはなれませぬ」

藤孝は、叡山焼打という信長の決断に、義昭擁立の可能性が断ち切られたとみた。

——八百年の法燈を滅却する程の決断をもってすれば、足利十五代を滅亡させることなど、いと易かろう。

その不敵な態度に、居並ぶ足利旧臣は一様に色を失った。

だが義昭は、意外に動じない。

「そうは言うが、藤孝、世の中は信長連《づ》れの考えるほどあまくないのだ」

義昭は、取り出した書状を投げ与えた。

それは義昭が乱発した上洛要請の御教書に対する返書であった。「今明年の早き時期に必ず上洛すべく……云々」とある。

返書の署名は、「武田信玄」とあった。

武田信玄。

越後の上杉謙信と並び称される戦国期最強の武将である。

二十一歳の折、父信虎を追放して、甲斐国に君臨して以来、常に領地の拡大に努め、東の北条氏康《うじやす》、北の謙信と角逐《かくちく》しつつ、更なる飛躍を企図し続けている。

信玄上洛の風聞が都に流れて久しい。

永禄十一年（一五六八）、没落の今川氏真《うじざね》を逐《お》って駿河に侵出、待望の街道筋を占めた信玄は、同じ時期、遠州侵攻を果した三河の徳川家康と大井川を挟んで対峙、爛々《らんらん》と上洛の機を窺った。

——信玄が動けば、信長など物の数ではない。

義昭と、足利旧臣はそう見た。頽廃《たいはい》の公方一類の独善的観測だけではない。反信長勢力の浅井・朝倉、石山本願寺と一向宗徒、三好・六角の残党、果ては信長に帰服した大和の松永弾正や、中国の雄毛利に至るまで、一様にそう見ていた。

信玄の返書にある〈今明年の早き時期に上洛果すべく……云々〉の文言は、単なる辞宜《じぎ》辞令ではない。実績をもって裏付けている。即ちこの年三月、信玄の兵は遠江《とおとうみ》に入り、要衝高天神《たかてんじん》城を攻め、家康の築城結構を具《つぶさ》に知悉《ちしつ》するや風の如く伊奈（現・伊那）に退き、一転して東三河に進攻、四月には岡崎城外の村々に火を放ち、軍を返して吉田城を攻め、守将酒井忠次と戦火を交えた。

それらの戦闘行動は、本格的な上洛作戦を前にした威力偵察であることは明々白々である。その周到な作戦行動は、信玄の並々ならぬ戦意を物語る。

――信玄来《きた》る。東より来る。

さすがの藤孝も、肌に粟立つのを禁じ得なかった。


――信長の成算は、奈辺《なへん》にあるか。

信玄上洛の風聞に、信長の真意を知りたい気持は誰にもある。わけても義昭は切実であった。

藤孝も同様である。

だが、信長は家臣にも心情を打ち明けたことがない。命令を発するに当っても極めて短切な言語で用を足す程である。生涯最大の難敵にどう対処するか、生半《なまなか》な者に話す筈がない。

――藤孝ならば……。

義昭はそう思う。義昭が流亡の頃、朝倉義景《よしかげ》を見限って信長に身を寄せさせたのは藤孝の決断であった。この危急存亡に存念を語るのは藤孝以外にない。

藤孝には、別しての思いがあった。元はといえば義昭の軽躁に、藤孝は常に冷やかであった。

信長が義昭を見限るとき、まず存念を打ち明けるのは自分であろう、と。

藤孝は、叡山焼打の弁明を求める名目で、公方名代として信長の許へ赴いた。

藤孝は、京都警固役代行として果さなければならぬ役目があった。

京都御所造営の検分である。

永禄十二年二月、義昭のための公方館建造とほぼ同時期に始められた京都御所の修復は、公方館がわずか七十日で竣工したのに比し、三カ年を費やしてこの年末、漸《ようや》く作事を終ろうとしている。信長に謁すれば当然その報告を求められるであろう。そのための検分であった。

検分するうち、藤孝はその結構のみごとさに瞠目《どうもく》した。紫宸殿《ししんでん》、清涼殿《せいりょうでん》、内侍所《ないしどころ》、昭陽舎《しょうようしゃ》、その外、御局《おつぼね》等々、残る所なく古式床しく造らせている。

造営奉行は村井貞勝《さだかつ》・朝山日乗《あさやまにちじょう》の両名、合戦参加を免ぜられての働きである。信長は俄《にわか》仕立の公方館と異なり、柱一本、屋根瓦一枚にも念入りの物を選び、後世に残る御所たらしめようと、格別の心遣いを示した。

——この三年、戦に明け暮れているさなか、要した費《つい》えと人手はどれ程であったか……。

藤孝は、叡山焼打との対比に、昏迷すら覚えた。

——一方で、旧弊に堕《だ》した仏法を破却し、他方で王法の尊厳を創造する。これが信長の真骨頂か。

藤孝がただの教養人であれば、信長の理想主義に、素直に感動したであろう。だが藤孝は、生れも育ちも旧体制下の人間である。感動より予感・予見が先走った。

——信長の激烈な理想主義に反する将軍義昭の威権は、遠からず空しくなろう。

それは、十二代将軍義晴《よしはる》が夢に描いた足利将軍の栄華と、十三代義輝の非業の死によって終った足利幕府の威権復活が、遂に消滅する事を意味する。

藤孝は、必死に模索した。おのれの生き残る途《みち》を。

近江宇佐山城趾の信長本営は、十日余り費やした叡山焼打の後始末を終えて、出立準備にとりかかっていた。機動軍団は岐阜への帰途につくという。

信長に謁した藤孝は、御所造営の報告を済ませると、信玄上洛の噂を伝えた。

「信玄坊主が動くのは、一年先だ。それまでにあちこちの掃除を済ませたら、京も小蕪《こかぶら》殿も信玄坊主に譲ってもよい」

信長は、次いで思いがけぬ事を言った。

「おことの友垣の金柑頭《きんかんあたま》（光秀）だが、大名に取り立て、大津の地を委せようと思う」

それは藤孝にとって、願ってもない朗報だった。

兵団の長、明智光秀の大名登用は、光秀と切っても切れぬ間柄の細川藤孝が抱く疑心暗鬼を一気に払拭《ふっしょく》した。

——おれを義昭派とみて切り捨てれば、信長は一個兵団と南近江領を失う。そのような下策を採る筈がない。

信長にすれば、公方周辺の内情に通じた藤孝を味方に取り入れ、確実な情報を入手できる。

——光秀と藤孝の忠誠を入手する。まさに一挙両得である。

信長と藤孝の信頼関係は、確たるものとなった。

信長は、明智兵団の湖北方面の撤収を下令した。

（汝《なんじ》、坂本城主たるべし、南近江滋賀郡を与う）

石高は十万石を優に超える。しかも城持ちである。織田領の分国と言っていい。その点で戦国大名の資格を得た。

信長の宿老柴田勝家や丹羽長秀も、これ程の処遇を得ていない。濃尾両国に知行地が点在しているが、石高は併せて二、三万石程度であり、城持ちは許されていない。異例の抜擢であった。信長は、ひそかに期待するところがあったようである。この時期まで信長は、既存の城を奪ってきたが、本格的な新城を築いたことがなかった。

――金柑め、どのような縄張りをするか。

光秀は、その期待に応えなければならない。


信長は、人の才能を引き出すことでも、天才的であった。柴田勝家の向う見ずの勇猛、丹羽長秀の戦略上の機転、滝川一益の戦場での駆引きの妙、木下藤吉郎の調略と人使いの巧み。それらの殆《ほとん》どが、当人の気付かぬうちに得手となった。

なかでも光秀の頭脳の冴えは群を抜きん出ていた。地理・地勢を巧みに採り入れた作戦能力、鉄砲使用の新戦術、行政の緻密、儀式・典礼への豊富な知識、相手方の性格の分析能力等々、汲《く》めども尽きぬ才能が内蔵されている。

「坂本に新城を築け」

という含みある命令は、光秀の築城能力を試してみたい願望あってのことだった。その駄々ッ児のような期待がなければ、先輩を差し置いての抜擢は有り得なかった。

近江坂本は、湖畔に山裾迫る狭隘《きょうあい》の地である。その狭隘を埋め尽す〈里坊《さとぼう》〉という寺院・宿坊が数多い。

本来、僧侶は山中の寺に住み、修行にいそしむべきである。だが悦楽に慣れた僧たちは修行より里坊の生活を楽しんだ。

無住となった里坊を始末して、狭隘の地にどのような城を築くか、皆が光秀を注目した。

光秀の異能の才は、人々を瞠目させた。

さなきだに狭隘の地に拘泥せず、逆に一擲《いってき》したのである。

――地面にしがみつくような愚を捨てなければ、他日大を成さない。

当時、類例を見ない〈水城《みずき》〉を発想した。

湖面に石塁を突き出し、水を防禦線にして三方を囲う。戦闘に使用するのは岸辺の一方のみである。

城内に水門を設け、軍船を出入りさせる。数百年来、琵琶湖は湖賊の狩場で、人里離れた沿岸は、漁師を兼ねた賊の住処《すみか》と言っていい。ために舟運はおとろえ、軍用の荷船ですら賊に通行税を支払う有様であった。

――舟運を活性化すれば、京と美濃路の距離が縮まる。

光秀の水城構想は、そこから始まった。

信長は、相も変らず急《せ》き立てた。

「大早稲《おおわせ》だ。大早稲でやれ」

作事の間、明智兵団とは別に、部隊を割《さ》いて大津・京都間に駐留させなければならない。慢性的な兵力不足の信長が焦《じ》れるのは無理ではない。

已むを得ず、光秀は信長を真似た。立ち並ぶ里坊を片端から打ち壊し、石垣や石塔石仏を運んで石塁を築き、庭を崩して土砂を掻き出し、石塁内を埋めて地盤を固めた。建造物は解体して、材木から屋根瓦まで、城櫓の構築に使った。

坂本城は、瞬く間に完成に近付いた。

だが、事態は度々急迫し、摂津石山、伊勢長島、江北小谷城と、信長の動員下令で明智兵団は作事を中止し、戦場を求めて東奔西走した。

更に合間に、京都警固役の役務が積み支《つか》える。光秀は京津の間を駆けずり廻った。


「藤吉が危うい。横山城に援軍を」

岐阜の急報に、光秀は兵団の半ばを割いて自ら率い、出動した。

城外で兵列を整えている間に、光秀はその地の古名唐崎《からさき》を耳にした。

——古歌の唐崎か。

古今集や新古今集に詠まれている。

唐崎やかすかに見ゆる真砂地《まさごぢ》に
紛《まご》ふ色なき一本《ひともと》の松

見渡せど、それらしい古木はない。

聞けば四百年近い歳月の間、打ち続く戦乱にいつか朽ち果て、もはや跡形もないという。

思いを残して湖東へ急いだ。

横山城の支援に、湖岸へ迂回した。ふと見ると敵地の岸辺に、枝振りみごとな松の古木がある。光秀はひと目で見惚《ほ》れた。

——あれぞ、唐崎の松……。

光秀は、灼《や》けつくように瞶《みつ》めた。

江北の浅井に関して信長は、木下藤吉郎に最少限の兵を与え、彼らの湖南平野進出を抑制する外なかった。

決定的な兵力不足である。別の観方をすれば、敵が多すぎるのである。

主城小谷城の浅井勢は、二千、三千という兵力を動員し、藤吉郎の横山城に戦を仕掛けて止まない。藤吉郎の謀将竹中半兵衛重治は、その都度天才的な戦術を駆使して撃退するが、賽《さい》の河原に石を積むような現象を来した。

藤吉郎は、逆に積極策を講じた。横山城に少数の守兵を置き、主力を小谷城前面の虎御前山《とらごぜやま》に進出させ、相手の攻勢を待った。

藤吉郎の目算では、浅井勢が虎御前山の藤吉郎主力を無視して、横山城奪回に出撃するだろうとみた。そうなったら横山城の竹中重治と呼応して相手方の退路を断ち、殲滅する。

だが、相手方はその策に乗らない。虎御前山を取り囲んで連絡を断ち、藤吉郎の主力を厳しく締めつけた。

横山城の竹中重治は、素早く危機を察知した。元々藤吉郎の策に反対した重治は、そういう積極策には兵力が足りないとみた。

（木下勢、虎御前山で進退ままならず、危機）

と、早目に岐阜へ通報した。

――野戦して横山城に逃げ帰るしかない。

藤吉郎が、敗北覚悟で撤退策を講じていると、思いもかけぬ湖岸方面に明智兵団が出現し、浅井の包囲網の一角を攻撃し、打ち破った。

不意を衝かれた浅井勢は、包囲を解き、小谷城に逃げ帰った。

「やあやあ、明智殿か、お蔭で助かった。危うく一命をとりとめた」

撤収、帰路についた藤吉郎は、明けっ広げに礼を述べる。それが藤吉郎の魅力である。光秀なら理屈を並べて窮状を糊塗《こと》するところである。

馬を並べた藤吉郎は、光秀の浮かぬ様子に気付いた。

「どうなされた。何か思案に余る御様子だが」

光秀は、湖岸で見た敵地の松に、未練を捨てかねていた。それでつい世間話のつもりで喋ってしまった。

「ほほう、唐崎の松とはそのようなものか」

思い付いた藤吉郎は、鞍壺《くらつぼ》を叩いた。

「ちょうどいい。今なら敵も油断していよう。採って参ろう」

慌てて辞退しようとする光秀を制して、蜂須賀《はちすか》党を呼び、採取を命じた。

蜂須賀党の百余名が、荷運びの人足を連れて、道を湖岸へ向った。

小競合いはあったが、まんまと松の古木を盗み採り、舟で坂本へ送った。「川筋衆」だけに手際はいい。鮮やかな手並であった。

それが信長の耳に入った。

坂本から横山城に戻る蜂須賀党が、つい足を伸ばし、美濃のわが家に立ち寄った。その口から洩れたのである。

もちろん、日はかなり過ぎている。光秀は坂本城に戻り、藤吉郎は横山城の守りに就いている筈である。

——危急のさなか、何で敵地の松にそれほどこだわったのだ。

信長には、それがわからない。松の木一本に百余の兵力を動かし、当然死傷者も出たであろう。疑問は即座に解明したい信長は、藤吉郎と光秀に、それぞれ使いを出した。

藤吉郎の返事が先に戻った。

藤吉郎は、前《さき》の光秀と明智兵団の働きを激賞し、それで自分の軍勢が危急を脱したことを述べ、その恩義に報いたいと思っていた矢先、光秀が望見した敵地の松の古木を嘆賞するのを見、敵の油断を見すまして盗み採った旨を述べている。

使者の実見によれば、

「木下殿の恐縮ぶりは一方ならず、これは腹切ってお詫びせねばならぬと慌てふためき、この岐阜の方に向って三拝九拝なされました」

その使者と同行した小者が、近江産の山菜・魚介を、山ほども進上した。

「ばかめ」

信長は、苦笑するほかない。内心感心したのは、松を欲した光秀の所為《せい》にせず、すべて責任を引っ被《かぶ》った事と、山ほどの進物だった。

——光秀への謝恩は松一本だが、殿様には常に報恩を心掛け、多忙の戦陣で進物を用意している。

との意がうかがえる。

——抜かりのない奴だ。

程なく、光秀への使者が戻った。

光秀もばかではない。信長の性情は知りぬいている。

織田家初めての築城に心魂を傾け、漸《ようや》く出来《しゅったい》したが、坂本の城にほかと違う何かが欲しいと思い続けた。それは治乱の世に忘れてならない風流ではないかと、救援に急ぐさなか、敵地を望見して思い当った。

そこで古歌にある唐崎の松の再現をと、木下殿に無理強いして、その松を移し変えた。出過ぎた事とお叱りを受けることとは思うが、折角賜わった城に寄せる愛着已み難く、斯《か》くはお詫び申し上げる。

最後に、即興の歌が記してあった。

われならで誰かは植ゑむ一ツ松

こころして吹け滋賀の浦風
——妙な奴だ。
美意識の強烈な信長の肺腑《はいふ》を突いている。信長は、感心した。この男もおれを知る。
信長は、ふと思いが胸中をかすめた。
——おれの大業を継ぐのは、どちらの男だ。

叡山焼打から一カ月後、三年の歳月をかけた京都御所修復が落成した。

信長は、更に念を入れた。朝廷への供御《くご》、供物が末代まで絶えざるよう、工夫を凝らした。皇室領や幕府御料所から一定の割合で集めた御料米を、京の町衆に貸しつけ、その利息を毎月献上させ、御所経営の資とした。

天皇家始まって以来、このような経営法を考えついた臣下の者はいない。信長の発想はまさに時代を超え、現代にも通ずる、他に類例を見ない近代的な発想であった。

肝心の発想主信長は、岐阜に滞留し続けていた。停頓と言ってもいい。

如何《いか》にせん、敵が多すぎた。

この頃、反信長勢力の中で、直接戦火を交えているのは、四方面にいる。

越前の朝倉義景
近江北部の浅井長政
摂津石山の本願寺

阿波から京都回復を目指す三好家の一党
その中で、石山本願寺が一番の難敵で、信長は手を焼いた。

二方面作戦は成功しないというのが、兵法の常道である。信長は四面の敵と同時進行の戦を展開していた。

まだある。本願寺の使嗾を受けた一向宗門徒が、信長の分国中で蜂起し、戦を挑む。中でも伊勢長島の一揆は大名並の戦闘力を駆使して、信長の機動軍団中の一個兵団を釘付けにして足らず、しょっちゅう援軍派遣を要するほどの勢いを示した。

それに近江の南、鈴鹿山系で、執拗に遊撃戦を繰り返す六角（佐々木）承禎《じょうてい》と、その残存兵力。

朝倉に加担して、旧所領の美濃で蠢動《しゅんどう》する斎藤龍興《たつおき》の残党。

信長は、常に背後を脅かす朝倉・浅井を始末したかった。機動軍団の半ばを用いれば、片を付ける自信がある。

だが、所詮それは無い物ねだりである。処々方々の戦線から、それだけの兵力を抽出すれば、たちまち全線にわたって崩潰《ほうかい》し、将棋倒しになる。

信長が苦悩に明け暮れているうちに、元亀二年は過ぎ、翌三年を迎えた。

この時期、戦国末期の驍雄《ぎょうゆう》が、相次いで世を去った。二年六月に中国の覇者毛利元就《もとなり》。同十月に関東の雄北条氏康。

小田原の北条氏康は、家祖早雲を凌ぐ程の人物で、越後の上杉謙信、甲斐の武田信玄が、中央進出を果せなかったのは、関八州の王者氏康がいたからである。子の氏政《うじまさ》は、凡庸である。俄然武田信玄に上洛の道が開けた。

「信玄が起てば、世が変る」

反信長勢力のすべての者が期待し、就中《なかんずく》義昭にとっては悲鳴と絶叫をないまぜてあげたい程の希望であった。

信玄の武力は、それ程卓絶していた。信玄の軍事能力と財政行政は、一点の非も打てぬ合理性と科学性を持っていた。

奇妙な事に、その社会思想は、極端に保守的で、古典的権威を尊重する余り、権大僧正の緋《ひ》の衣を、鎧《よろい》の上に着飾るほどの姿を示した。

その古典的思考が、反信長勢力の面々を喜ばせた。まさに希望の星と言っていい。反信長党の面々は、時代の亡霊と言える足利将軍であり、叡山・本願寺であり、古い室町体制からの旧名家の武将である。

——信玄なら、由緒ある権威を尊び、神仏を崇《あが》めてくれるに違いない。

北条氏康の死に、信玄は得意の外交策の手を打った。氏康の後嗣氏政に同盟を申し入れた。凡庸の氏政は手もなく籠絡《ろうらく》され、同盟を結んだ。背後を固めた信玄は、上洛戦の準備に取りかかった。彼の宿敵上杉謙信は、加越一円に猖獗《しょうけつ》した一向一揆が、領国越中で猛威を振るったため、信玄の横腹を衝く余裕を失った。

一向一揆を使嗾して、謙信を足止めした本願寺の顕如光佐《けんにょこうさ》は、信玄に使者を送り、信長の背後を衝くよう示唆する。同じ時期、顕如光佐は朝倉義景と子女の婚約を結んで縁戚関係になる。

因《ちなみ》に、顕如光佐と信玄は、前からの縁戚である。顕如の外交策は堂に入っていて、戦国大名を優に凌ぐものがあった。かくて信長包囲網は鉄壁の如き堅固さとなる。信長に大和一国の切り取りを許されて謀攻《ぼうこう》に励んでいた梟雄《きょうゆう》松永久秀《ひさひで》も、信玄西上の情報に背叛を標榜する。

信長はこの時期、どのように行動していたか。

彼は逸早《いちはや》く、信玄が上洛戦の準備を開始したことを知った。続いて顕如光佐が鉄壁の包囲網を構築したことも。

信長の行動は、世人の意表を衝いた。何と自制し続けた京の居館を建造したのである。それも築地《ついじ》を設け、舞台を飾り、歌舞音曲をもって賑やかに囃《はや》し立て、集う貴賤は花を手折り袖を連ね、衣香あたりを払い、もろもろの仕立あり、さながら祭りの様相であったという。

激烈な戦の合間に祭りを催す。信長は戦に荒《すさ》みきった民衆に、泰平の安楽を示そうとした。民衆の教化なくしては戦国の悲惨は止《や》まない。時代を変革するのは民衆の意志の力である。自らの武威の限界を覚った信長の、驚くべき思想である。

次いで信長は、将軍義昭に痛棒を見舞った。

戈《ほこ》を揮《ふる》って日に反《かえ》す

元亀三年（一五七二）、春から夏にかけて、信長自身と反信長勢力は、信玄が遠からず上洛を決行するであろうことを予測し、その思惑で動いた。

義昭《よしあき》は、信長の要請によって、各方面の和平調停に、積極的に行動した。信長の強請《ゆすり》に反抗するほどの意気地はない。それより噂ばかりで信玄がなかなか甲斐を発向しないのが気にかかる。——足長《あしなが》（韋駄天《いだてん》）の信長に、各個撃破で反信長党を潰《つぶ》しにかかられたら、かなわない。

義昭の狙いは、信玄の到来までの勢力温存である。

真っ先に応じたのは、石山本願寺の顕如光佐《けんにょこうさ》であった。信長の最大の敵と評価された本願寺一党も、内実は相当に草臥《くたび》れている。

顕如は、白天目《てんもく》茶碗を贈って、和睦《わぼく》の意を表明した。どうせ一時的な擬態に過ぎない。信玄が本格的に西上したら、また背くつもりである。

たとえ一時的でも、背後の摂津方面が安定したのを機に、信長は機動軍団を北近江に向けた。小谷《おだに》城の浅井を覆滅しようという作戦である。

すかさず、越前朝倉が動いた。一万五千の兵力を動員して江北に入り、信長軍の挟撃を策した。江北、北国街道脇往還を埋めて、えんえん長蛇の如く南下してくる朝倉勢を望見して、信長は構想の破綻《はたん》を覚った。

――何者か、おれの作戦を先に朝倉に通報した者がいる。

間もなく到着した細川藤孝《ふじたか》の密使によって、委細が判明した。

通報の主は、言うまでもなく義昭である。畿内にあった信長の機動軍団は、突如移動し、風の如く去った。戦闘準備を調えていたところを見ると、岐阜へ帰ったとは思えない。行先は江北と予想したようである。

義昭を見限り、信長に帰服した藤孝は、事細かに義昭の行状を知らせていた。

――浅井攻めは失敗だが、藤孝の忠誠心を確かめ得たのは収穫であった。

信長は、浅井討伐をあきらめた。月余をかけて虎御前山《とらごぜやま》に堅固な陣地を構築し、藤吉郎に与えて小谷城の封鎖を命じ、軍を返した。思い切りのよさも、信長の身上《しんしょう》である。

扈従《こじゅう》の者を伴って京に戻った信長は、「異見（意見）十七カ条」と称する諫状《いさめじょう》を義昭に呈出した。

禁中（朝廷）の儀に懈怠《けたい》する（怠ける）ことなきよう言ったのに、忘れ怠けているとの冒頭から始まって、悪しき評判を列記し、最後に蔵米を売って投機に奔《はし》ったことまで、非道の数々を摘発した。

義昭を公然批難したことは、一種の挑戦状であった。

信長が突きつけた「異見十七カ条」は、義昭の改心が目的ではない。

義昭は、一片の諫状で、心を改めるような生易しい人物ではなかった。

抑《そもそも》、信長は、義昭をどう扱おうと考えていたのであろうか。

流浪の義昭が身を寄せてきた頃の信長は、ひどく単純な考えだった。

――この不遇の貴人をあるべき姿、将軍位に就け、おれが背後で支えれば、乱世が変るかも知れない。おれの運も開ける。

だが肝心の義昭は、軽躁で、他人を頼るだけの資質しか持っていない。そのくせ権力欲だけは途方もなく強い一種の化物だった。

とりあえず、権力を封ずるため、幕府開設を阻止した。その頃の信長の考えは、将軍を紛争処理の調停機関と思い描いたようである。

ところが義昭は、紛争を起し拡大する名人だった。信長は八方敵に囲まれた。打開に努める信長が、度々義昭を功利的に利用したことは否めない。

――おれが乱世を静める。少なくとも鎮静の基盤だけでも造る。

信長は、おのれの生きようをそう定めた。そうなると将軍義昭は、ひどく有害な存在である。

だが、一旦与えてしまった将軍という中世的権威を剝奪するには、大義名分が要る。信長は極端な独裁者に見えるが、この時代、彼ほど世人に気を遣った者はない。

彼は義昭の側近中の側近である細川藤孝を取り込んだ。流浪の頃から義昭と苦楽を共にした藤孝に狙いをつけたのは、彼の政治能力を高く評価しての事であろう。そうとしか思えない。

——彼を重用すれば、劣悪の公方を見限るかも知れぬ。

果して、藤孝は、義昭に愛想をつかした。

義昭の懶惰《らんだ》な行状は、逐一信長の耳に入った。彼は義昭の朝倉への内通を機に、「異見十七カ条」を発した。

そのみごとさは、彼の裏切り行為に、毫《ごう》も触れなかった点にある。天皇への奉伺《ほうし》を怠ったという第一条から、御物を隠匿《いんとく》し、蔵米を投機売りした十七条まで、すべて醜悪な行状の暴露である。

これは「弾劾状」ではなかった。世間に向っての「将軍不要の宣言文」であった。

この諫状は、義昭に渡されたあと、天下に流布された。後に甲斐の武田信玄も一読し、

「信長は、恐るべき智略の持ち主である」

と、感嘆したという。

その諫状からわずか五日後、信玄が動いた。

十月三日、信玄は本隊五千を率いて甲府を発向した。

前後して動員された配下諸将の軍勢は一万七千、信濃伊奈から秋葉街道を南下する。

目的は遠州三河の席巻である。信玄は甲斐に一万の後発部隊を残し、更に西信濃に別動隊として三千の兵を動かした。総勢三万五千、公称四万と呼号した。

信玄、西上開始。

信長も、反信長勢力も、選《え》りすぐった諜者《ちょうじゃ》を甲州に入れて、懸命に信玄の動向を探っていた。急報は西へ走った。

信長は、家康に急使を派した。

「岡崎に戻られよ。織徳《しょくとく》呼応して武田勢を尾三《びさん》の山地に引き入れ、補給を絶って信玄を衰弱させよう」

信長が、智嚢《ちのう》を絞って考えた戦略は、それしかない。

まともに戦って、勝てる相手ではない。三河兵一人が尾張兵三人に匹敵する、その三河兵三人より甲州兵一人の方が強い、というのが定評であった。

家康は、頑として拒絶した。信玄西上の噂に、武田と境を接する遠州・三河の北辺山地の土豪は、続々と家康を見限り、武田帰服を申し出ている。家康が浜松を捨てれば、戦わずして徳川勢は崩壊する徴候が見えていた。

「同盟の誼《よしみ》、軍勢を貸与願いたい」

家康は、度々信長の要請に応じ、なけなしの軍勢を動員して馳せ参じた実績を持つ。

家康の総兵力は、約一万である。そのうち四千は領内諸城の固めである。決戦兵力は六千しかない。

——一万は、貸すだろう。

家康も、配下諸将もそう期待した。越前攻め・姉川合戦で充分恩は売ってある。それに今回はこちらの侵攻作戦ではない。織徳両家の興廃が懸《かか》っている。

信長は、苦慮した。

——あいつは、おれの意図がわかっておらん。

三河岡崎城と呼応して、尾張沓掛《くつかけ》城や大高《おおたか》城を根城に、頑強な抵抗を示す。武田軍が遅滞する間に、尾三の嶮岨《けんそ》な山地を潜行した遊撃隊が、街道の補給兵站《へいたん》を襲う。

信玄は、山地の掃討戦を行わなければならない。西上を焦る信玄は、自ら掃討戦を指揮するようになる。

——山間の戦に、武田は精強の騎馬軍団が使えなくなる。こちらは得意の鉄砲集団を活用する。

信長が家康に伝えた戦略は、一時逃れではない。これしかない、という必勝策であった。

だが、家康は肯《が》じない。逆に決戦兵力を貸せ、と要求した。

信長が、已むを得ず派遣した援軍は、わずか三千。家康が期待した半ばに満たなかった。

信長は、応急派兵の将、佐久間信盛・平手汎秀《ひろひで》・水野信元《のぶもと》の三将に、ひそかに言い含めた。

「能《あた》う限り軽戦して退《しりぞ》き、士卒を損じないうちに尾張へ帰れ。構えて無理するな」

信長は、徳川勢の潰滅《かいめつ》を予想する外なかった。

この頃、信長は度々岐阜を離れ、江北の横山城に出向いている。七月に越前から小谷城の支援に出撃した朝倉勢一万八千は、小谷城の前面虎御前山の攻撃を執拗に繰り返している。守将の木下藤吉郎は善戦健闘して退けているが、兵力不足のため、度々危機に陥り、信長の救援を求めた。

——禿《はげ》ねずみ（藤吉郎の綽名《あだな》）は、ようやる。

信長は、朝倉・浅井を一掃したいが、これも兵力不足で思うに委せない。

なにせ、無類の忙しさであった。九月に発した諫状に、将軍義昭は一も二もなく服しているが、擬態であることは紛れもない。

それと、摂津石山の本願寺がまた背いた。大方信玄西上の報が伝わったためであろう。わずかな和睦期間中に戦備を整え、摂津の信長の出城を陥《おと》し、当るべからざる勢いを示した。

信長は、明智兵団の畿内進出で、義昭の蠢《しゅん》動《どう》を抑え、石山本願寺の再攻を命じている。

——光秀の離反はないか？

義昭の推挙によって、光秀の今日がある。その懸念は無くもないが、信長は細川藤孝の存在に、すべてを賭けている。

大和で背叛した松永久秀《ひさひで》には、伊勢に駐留する滝川一益《かずます》とその軍勢を当てている。度々兵力を抽出された滝川一益は、盛んに大和進攻の擬勢を示し、松永久秀を牽制しているが、討伐するまでには到っていない。

家康に与えた三千の援軍は、なけなしの無理算段であった。

事情は推察するが、家康は不満であった。浜松では繰り返し軍議が開かれたが、家臣団が口にするのは信長の非情を責める言葉だけであった。家康は孤立感にさいなまれたであろう。

軍議では、岡崎への撤退策と、掛川城に進出する案が出て紛糾したが、さすがに信玄に帰服する論は出なかった。三河武士の土性骨と言うべきか、それが家康の唯一の救いであった。

遠州天方《あまかた》城、飯田《いいだ》城、久能《くの》城を席巻した武田軍団は、十月中旬、更に西を目指した。この時の偉観は長く語り草となった。整然たる行軍は一糸の乱れなく、鼕々《とうとう》と踏み鳴らす二万の足音は地に響く。隊伍にある軍兵に私語する者なく、その両眼は爛々《らんらん》と前を瞶《みつ》め、脇見する者はなかったという。

信長の唯一の同盟者、家康に危機が迫った。

大地をうねり進む武田軍団は、巨大な龍に似ていた。

徳川方の諸城は卵の殻を砕くように粉砕された。文字通りの潰滅で、戦闘を浜松城に知らせる暇もなかった。

——武田軍の状況を知りたい。

それなくしては、作戦計画の立てようがない。

家康は、物見（斥候）を派遣することにした。小人数の斥候では生還期し難い、とあって、戦闘部隊をもって行う大物見（威力偵察）とした。それも一部隊でなく、三個部隊を固めて出した。大久保忠世《ただよ》・本多平八郎忠勝・内藤信成という虎の子の部将に、それぞれ一千の兵力を与えた。いかにも家康らしい慎重ぶりである。

その大物見は、袋井近くに進出し、三加野《みかの》・木原・西島などの村落を巡回するうち、穫り入れの終った田野の彼方に、一筋の朱色を見た。

朱筋は見る見る拡大した。音に聞く武田の先鋒、赤備えである。

武田勢は、田野に展開し、急速に接近した。

徳川の三将に戦う気はない。主目的は偵察である。偵察の本旨は敵状を探ると共に、兵力の損耗を避けることにある。

大久保忠世・内藤信成は、直ちに馬首を廻《めぐ》らし、遁走《とんそう》にかかった。

「この場はお任せあれ」

と、本多忠勝は支援のため踏みとどまり、田野に散在する積み藁《わら》に、菰《こも》・莚《むしろ》や戸板などを掛け、火を放って煙幕を張った。

見る間に各所に白煙が棚引き、田野を覆い隠すなかを、本多隊は急速に去って行く。

信玄は、感嘆の声を放った。

「三河者め、ようやりおる」

数日後、徳川方の陣深くに潜入した武田方の斥候が、浜松城に近い見付坂《みつけざか》に落首を書き残して行った。

　　家康に過ぎたるものが二ツあり
　　　唐《から》の頭《かしら》に本多平八

唐の頭とは、中国産のヤクという動物の尻毛で、禅僧が用いる払子《ほっす》という白毛を束ねた仏具に使う。

姉川合戦の後、信長はかねて堺で手に入れたその白毛の束を、家康に贈った。

家康は、本多忠勝を始め七人の部将に分ち与えた。

「兜に掛け、武功抜群のしるしとせよ」

落首を敵に与える余裕もさることながら、徳川家の内情を熟知している信玄の炯眼《けいがん》には、驚く外はない。

浜松城の軍議は、紛糾し続けた。浜松城に籠城《ろうじょう》して武田勢を食い止めるか、出戦して乾坤一擲《けんこんいってき》の野戦を挑むか。籠城説が圧倒的であった。だが家康は、頑として出戦を主張した。

「籠城というのは、救援の軍あってのものである。今のわれらに救援の軍がどこにある。弾正忠《だんじょうのちゅう》（信長）殿が、救援に駆けつけると思うか」

軍議に参加した織田の三将、佐久間信盛・平手汎秀・水野信元らは、籠城説を支持しただけに、ひどく赤面し、顔を上げられなかった。

皮肉に聞えたが、家康にそのつもりはない。籠城して二万二千の精強武田軍団に囲まれたら、勝ち目はない。よく防いでも早晩立ち枯れてしまう。

家康が怖れたのは、包囲されたら逃げ道のない事だった。

――どう戦っても、勝算は無い。

勝算が無ければ、逃げる外ない。いきなり逃げたら軍勢は士気沮喪《そそう》し、統率がきかなくなる。ひと当てして敗色を見たら早急に退却する。逃げるのは勝手知った三河の山岳地帯である。祖先の地松平郷あたりの山間の小盆地で陣容を立て直し、遊撃戦に転ずる。

――信長殿は、よく見ておられた……。

家康は、信長の智略の真意を初めて知った。

ところが、信玄の戦略・戦法は、更にその上であった。信長の戦略が天才的であるとすれば、信玄の戦法もまた古今未曾有の天才である。

信玄は、天龍川東岸の二俣《ふたまた》城を苦もなく攻略した。その頃、信州伊奈方面から南下した山県昌《まさ》景《かげ》の別動軍が、長篠を越え、三河吉田城を攻めたという報を入手した。

これで浜松を手に入れれば、岡崎まで街道は一本筋である。

だが、信玄は慎重だった。手間と暇のかかる城攻めを避けるため、巧智を凝らした。本隊を北上させ、天龍川の上流野部《のべ》（現・天龍市の南）に移し、附近の小城砦を踏み潰し、渡河準備を整えた。

十二月二十二日、行動を起した武田軍団は、易々《やすやす》と天龍川を渡り、一路南下して浜松城を衝く気勢を示しつつ、行動した。

家康は出た。

双方とも野戦を望む思惑が、奇妙に合致していた。両軍の接触を先に知ったのは武田軍である。武田軍は戦《いくさ》を避けるように道を西に転じた。

気負いたった徳川勢は釣られた。

——口ほどにもない。敵に背を向けるか。

徳川勢は、懸命に追尾した。

武田軍は、三方ケ原《みかたがはら》台地の裾《すそ》にさしかかると、急に北に転じ、台地の坂を登りはじめた。

「や、や、信玄め、恐れて山へ逃げこむぞ」

追撃にかかった徳川勢は、胸を突く急坂を登る。息がはずむ。胸中に流れこむ空気は凍りつくように冷たい。

——おかしい。武田が何で戦を避ける。

武田の軍勢の末尾は、急坂を登り切って三方ケ原台地の上に消え去ってゆく。

後を追う徳川勢は、勢いづいた。

——何か、策を構えているのではないか。

家康の冷えてきた脳裏に、疑惑の黒雲が渦巻き始めた。

「控えよ。敵の様子をよく見定めてから上がれ」

台地の端に、恐る恐る顔を出して、家康も部将たちも仰天した。

踵《きびす》を接するように追って来た筈である。武田軍団が先を争うように台上に消えたのは、小半刻《こはんとき》（およそ三十分）にも満たぬ寸時であった。

その短い時間に、どのようにして展開したのか、信玄の軍勢二万二千は、一糸乱れぬ整然たる陣形を整え、待ちうけていた。

しかも、その陣形は最も複雑な魚鱗《ぎょりん》であった。魚鱗とは各隊が魚の鱗《うろこ》のように重なり合って敵に対する、重厚かつ縦深の陣形をいう。

かつて数度の川中島合戦の折、剛強を以《もっ》て聞えた上杉謙信の軍勢が苦杯を嘗《な》めたと伝えられている。

その必勝の陣形を、弱敵と見做《みな》す徳川勢に対してとる。信玄の慎重さは褒《ほ》むべきであろう。

この日、天龍川渡河に始まり、徳川勢を三方ケ原台地に誘う信玄の智略と行動は、まさに芸術といえよう。名品の香気すらあった。

先鋒の酒井忠次、大久保忠世から、悲鳴に近い絶叫が届いた。

「殿！　殿！　お指図を！」

「か、鶴翼《かくよく》！」

家康は、反射的に叫んだ。

「鶴翼に開け！　鶴翼！」

鶴翼とは、鶴が翼を張り伸べたように、敵を呑みこんで殲滅する陣形で、中央が山型に突出する魚鱗と対照的に、中央（本陣）がやや後方に退る。普通は大軍が鶴翼に開き、兵数の劣る方が決死の陣形魚鱗に構える。鶴翼は動きが軽快だが、縦深が浅いため脆《もろ》い。

ここで信玄の読みがわかる。小勢の家康に決死の陣形をとらせぬため、先手を打って魚鱗の陣形をわがものとした。

「え？　鶴翼？」

麾下《きか》の部将は勿論、織田の三将も耳を疑った。

——二倍以上の敵の強兵を、どうやって包みこむのだ。

史書は、意図不明と伝える。だがその理由は簡単である。縦に薄い陣形で、本陣が後方に位置する鶴翼は、味方が潰乱したとき主将が遁走するのに便利である。

——とても、勝てん。

家康は、戦う前からそう覚った。
徳川勢は、鶴翼に開いた。
　右翼（前軍より）
　　酒井忠次
　織田の寄騎、三将（佐久間信盛・平手汎秀・水野信元）
　　小笠原長忠
中央・本陣
　徳川家康と旗本、予備勢若干
左翼（前軍より）
　　大久保忠世
　　榊原康政
　　本多忠勝
武田軍の先鋒は、小山田信茂《おやまだのぶしげ》、内藤昌豊《まさとよ》、小幡信貞《おばたのぶさだ》、それに別動隊の山県昌景五千の四将四隊で、鉾状《ほこじょう》に隊形を変え、錐《きり》を揉みこむように突進する。
第二陣は、重厚そのもので、信玄が世嗣《よつぎ》と定めた勝頼《かつより》と、馬場美濃守信春《のぶはる》の騎馬軍団が待機し、更にその後方に信玄直轄の大軍が控えている。
徳川勢は、敵に立ち遅れた陣形を整えるため、やや後方に退った。そのため坂の中途に在る。敵にのしかかられる不利は、言うまでもない。

武田の先鋒四隊が、坂の上に姿を現した。一気に攻めかかるかと思ったが、そう動かない。

徳川勢は、手が出せない。そのまま長い時間が過ぎた。

未《ひつじ》ノ刻（午後二時頃）から申《さる》ノ刻（午後四時頃）まで、両軍は対峙したまま動かなかった。

信玄は、悠然と徳川勢の疲労を待った。

冬の日は短い。陽は傾き、急速に暮色が迫った。

信玄は、やおら命令を下した。

「あの尾張勢が弱い。あれから崩せ」

信玄の炯眼は、よく見抜いた。織田の寄騎三将は、腰が引けている。戦意が乏しい。

武田の徒歩兵《かちへい》が進み出て、織田勢に投石を始めた。

石投げ、といってもばかにならない。手練《てだれ》の投石である。負傷者が続出した。堪《たま》りかねた佐久間信盛の手勢一千が、徒歩兵を追い払おうと動いた。

すかさずその前面に立ち塞《ふさ》がった内藤昌豊勢が、佐久間勢と戦端を開き、織田の二将も加わった。

「尾張衆に万一の事あれば、三河者の名折れぞ！　奮え！」

忽《たちま》ち全面戦闘に突入した。

――強い。

家康とその部将は、舌を捲《ま》いた。死者傷者をいささかも顧《かえり》みず、隊伍整然と突進してくる武田の各勢は、重い鉄床《かなとこ》を木槌で叩く感触であった。打っても叩いてもビクともしない。傷つき、ささくれだち、折れ砕けるのは木槌だけである。

無類の強さだった。

信長が、しぶしぶ寄騎（援軍）として派遣した三将（佐久間信盛・平手汎秀・水野信元）は、そう戦が強くなく、それに、信長の言葉が利いていた。

「軽戦で事済ませ、士卒を損ぜぬうちに帰れ。無理するな」

軽戦どころではない。真っ向から本格的な合戦となってしまった。

自然と及び腰になった。精強と定評のある武田の騎馬集団、山県昌景五千が突進した。

織田三将はひとたまりもなかった。あっという間に潰乱した。それを援けようとした酒井勢が、小山田信茂に横手を衝かれて支えきれず、尻餅をついたように頓挫した。小笠原長忠勢も、織田寄騎勢の潰乱に捲きこまれて崩壊してゆく。

——右翼が崩れた。

急を見て、左翼陣の控えとしてやや後方にあった石川数正勢が駆けつけたときは、右翼を突破した武田軍先鋒は、家康本陣に雪崩《なだ》れこみ、旗本衆が必死に防いでいる最中であった。

頼みの左翼も、内藤昌豊・小幡信貞勢の重圧を受けているところへ、武田の第二陣、馬場信春の騎馬集団の襲撃を受け、潰滅寸前となった。

「平八、平八、ここはいい。本陣を救え」

大久保忠世の崩れかけるのを、必死に支えている榊原康政が、絶叫する。

「心得た。小平太（康政）、後を頼む」

本多平八郎忠勝は士卒の先頭に立ち、大身の槍を縦横に振るって道を開こうとするが、十重《とえ》二十重《はたえ》の武田勢は鉄桶の如く、血路が開けない。

——けッ、何という強さだ。

混乱の本陣の真只中で、馬上に突っ立ち、武田勢の怒濤《どとう》の来襲を望見した家康は、おのれの常識を超えた敵の強圧に、呆れ返った。

甲州兵と三河兵。その素質の違いもさることながら、訓練の度合が隔絶している。

——おれは、あまかった。

訓練は、日常の事である。戦場で後悔しても始まらない。

それにしても、武田勢の強悍《きょうかん》は並外れていた。人間以外の異生物と戦っているような恐怖と戦慄《せんりつ》が襲う。

「死ぬーう！　死ぬぞ、死ぬ、死ぬ！」

思わず家康は絶叫した。

折から駆けつけた石川数正が、咄嗟《とっさ》に改訂した。

「死ねやーッ！　死ね、死ねーッ！」

本陣の中は、もう修羅の巷《ちまた》と化している。鮮血が噴出し、籠手《こて》・脛当《すねあて》の手足が飛び、形相凄まじい首までが、宙を過《よぎ》る。

「殿！　殿！　お退きなされ！」

群がる武田勢を、槍を振るって押し開けながら、本多平八郎忠勝は叫び近付いた。

「千鈞《せんきん》の弩《ど》は、鼷鼠《けいそ》の為に機《き》を発《はっ》せず！　お退きなされッ」

おや、と家康は思った。

――あいつ、妙なところで学がある。

本多忠勝は、腰の引けた旗本を叱咤《しった》した。

「汝《うぬ》ら！　うろたえんと、殿を早くお落しせんか！」

旗本十数騎が寄ってたかって馬上の家康を囲み、遁走にかかった。やらじと武田勢が追いすがる。

武田勢の追撃は急だった。逃げても逃げても暗闇から強力な敵勢が現れ襲いかかる。

徳川勢の逃げっぷりも速い。

「殿！　殿！　おさらばでござる！」

と、今まで護っていた十数騎が追手に突撃すると、忽然《こつぜん》現れた別の一隊が、

「殿！　こちらへ！　早く！　早く！」

と、かっさらうように引き立て逃げる。

家康は、惑乱した。

「もう逃げきれん。死ぬぞ、死ぬーう」

恐怖の連続に発狂状態となり、馬上で糞尿《ふんにょう》を垂れ流した。

どこをどう逃げたか、まるで記憶がない。我に返ると僅かな供を連れ、浜松城の城門をくぐっていた。

「や、ようこそ御無事でお帰りなされましたな。まずは祝着至極……」

城の守兵も、勝って帰ったとは思わない。鎧《よろい》の袖は千切れ、兜《かぶと》は失《う》せてさんばら髪である。惨《さん》憺《たん》の姿の上に、ひどく臭い。

「とりあえず湯浴《ゆあ》みなされてはいかが。その間に防ぎの備えを仕ります」

「いや、城門はすべて開け放ち、篝火《かがりび》を有るだけ焚《た》いておけ」

わずかな守兵で防げる相手ではない。敵が来たら反対側の城門から逃げる。そのため明かりが必要だ。

家康は、欲も得もなく、尻を洗って湯漬け飯を食らい、横になるとどっと疲れが出て、寝入ってしまった。

「や、や、お肝のふといことよ」

次々と逃げ帰る家来は感嘆した。

味方ばかりではない。追って来た馬場信春の一隊は、開け放した城門に人影なく、あかあかと燃える篝火にかえって無気味になり、

――三河の小童《こわっぱ》め、何か仕掛けがあるやも知れぬ。

と、突入を見合わせ、とって返して信玄に報告した。

「それでよい。打ち棄てておけ」

信玄は兵をまとめ、西進を開始した。

家康惨敗の報は、時をおかず岐阜に届いた。

——来たか、信玄……。

信長は、会戦を覚悟した。

またもや足利義昭である。

九月、信長が発した十七カ条の諫状に閉口頓首《へいこうとんしゅ》して、行状を改めることを誓った義昭は、信玄西上開始の報を聞くと、矢も楯《たて》も堪らず、またぞろ陰謀に憂《う》き身《み》を窶《やつ》した。

伊賀から鈴鹿にかけての山間に、辛うじて残喘《ざんぜん》を保つ六角承禎《じょうてい》の残党を唳《けし》か《か》けて、近江石山寺《いしやまでら》で聞えた石山と、近江八景の落雁で知られた堅田《かたた》の古城址をひそかに修復、立て籠らせた。言わずと知れた湖南回廊の遮断である。信玄西上と呼応したつもりであろうが、少々気が早すぎた。

十二月二十二日、三方ケ原の戦で家康を完膚なきまでに破った信玄は、遠州の山岳地帯で行軍を止め、刑部《おさかべ》郷で宿営し越年した。

——何でだ。理由がわからぬ。

越前朝倉の焦慮は非常であった。ひそかに急使を送って督促に努めた。

「そちらの御軍勢、尾張に攻め入れば、当方時を移さず北国街道を駆け下り、相呼応して美濃の信長を討ち滅す所存、機到《ときいた》るを待ちわびております。いかなる御所存にて遅延なされるか」

だが、信玄ははかばかしい返事をしない。

「いずれ、信長の首を実検に供するのみ」

と伝えるにとどまった。

信長は、事態の対応に忙しい。滝川兵団を伊勢から戻して、尾張防衛に当る柴田、丹羽兵団の控えとする一方、木下兵団を増強して、江北戦線に圧力を加える。湖南回廊の掃討に、摂津石山本願寺攻めの明智兵団を当てた。


光秀は、突然の命令を受け、摂津からの転進を開始した。

徐々に、である。巧みに兵を退《さ》げ、動員した畿内の小大名の軍勢と入れ替る。こういう技巧は光秀の得意技である。

「本願寺攻めの総指揮は、細川兵部大輔《ひょうぶだゆう》に引き継げ」

明智兵団が山崎まで退がると、光秀は後の指揮を弥平次秀満に委ね、単身、藤孝の勝龍寺城《しょうりゅうじ》に馬を駆った。

勝龍寺城には、藤孝の軍勢が出戦準備を整え、待機している。

「藤孝殿に、お目にかかりたい」

指揮権の授受は前《さき》に伝えてある。当然その引き継ぎの手続を行う。だが案内されたのは意外にも茶室であり、藤孝は茶事の用意に専念していた。

光秀は、その悠々を咎《とが》めるほど不躾《ぶしつけ》ではない。具足を脱ぎ、茶事に没頭した。

茶事が終ると、藤孝はさりげなく言った。

「公方が兵を挙げる。おぬしはどう身を処すかな」

反信長の陰謀に終始した足利将軍義昭が、遂に決断して打倒の戦を起すという。

今更、驚くほど光秀は愚鈍ではない。

光秀は、努めて平静に答えた。

「已むを得ぬ仕儀。殿（信長）の御下知を仰ぎます」

藤孝は、微笑んで言った。

「そう、それでよい。よき思案である」

這般《しゃはん》の情勢から見て、義昭の挙兵は過早である。信玄が近江に入るのを見定めてからでも遅くない。

「それで、そこもと様は？」

光秀は、藤孝に反問した。藤孝は義昭の臣籍にありながら、信長に取り立てられ、旧領を回復して外様大名に列した。義昭の推挙で信長の麾下に加わり、兵団指揮に昇進した光秀と、形は似ているが本質は非なるものがある。

藤孝の場合、足利将軍家は累代のあるじである。しかも藤孝は奈良一乗院《いちじょういん》の僧覚慶《かくけい》を担いで流浪辛苦の末、十五代将軍に推し上げた。将軍義昭が信長と干戈《かんか》を交えるとすれば、当然信長と戦わなければならない。

「難しいところだ」

藤孝は、苦い笑みを浮べた。

難しい、と言いつつ藤孝は、すでに覚悟を決めていた。

義昭から兵の供出を命ぜられた時、彼は義昭を見限った。今更時期尚早の無謀のと言い立てても始まらない。義昭の軽躁にほとほと愛想が尽き果てていた。

「わしは、退隠を考えておる」

藤孝は、苦慮の末、それを考えついた。義昭を見限れば不忠の汚名がつきまとい、信長に敵対すれば身も家も滅びる。ただ城地を捨てれば、一介の素浪人に成り果てる。

隠居、というのは、まさに名案である。跡目を嫡子与一郎《よいちろう》（忠興《ただおき》）に譲る。忠興時に十一歳。已むを得ず藤孝が後見する。実質的には今と変らず済む。

「しかし、四十歳の若さでご退隠とは……」

「なに、乱世だ、また世に出る機《おり》もあろう。それより……殿に、この由《よし》、伝えてくれぬか」

光秀とその兵団は逢坂山《おうさかやま》を越え、大津に来着した。信長は急使を派して命を伝えた。

「近江石山、湖西堅田に盤踞《ばんきょ》する六角残党を掃滅せよ」

承った光秀は、信長に将軍義昭の叛意《はんい》と、挙兵計画を報告した。

「委細は細兵大（細川兵部大輔）より御聴取《おんききとり》下さるべく……云々」

と、書き添えた。

藤孝は、光秀がそう報告するであろう事を予期していた。彼は不忠の譏《そし》りを受けることを避けるため、光秀の実直さを利用したが、その半面、おのれの価値を売りこむことも忘れていない。

大変に手のこんだ芝居であった。

その報告が岐阜に届く頃、光秀は疾風迅雷《しっぷうじんらい》の勢いで近江石山を攻め、四日で陥《おと》し、次いで堅田の六角残党をわずか二刻（約四時間）で覆滅した。

信長は、大津に出張って、その戦捷《せんしょう》報告を受けた。

「大儀――。次はどうする」

信長は、例によって言葉短簡に、光秀の意図を訊ねた。

「堅田の始末終えた兵を、比叡を越えさせ、鞍馬《くらま》に進出させております。ご命令あれば一挙に上《かみ》京《ぎょう》を制し、公方館を囲む所存……」

「よし、それでやれ」

信長は、光秀の積極さが気に入ったらしい。

――この男に、足利将軍への未練はないようだ。

そう見極めると、手持ちの一兵団を率いて宇治へ抜け、洛西の勝龍寺城に兵を進めた。

藤孝は、ひとり平服で迎えた。

「藤孝、公方の苦情を聞こう。申せ」

「いや、なかなか……」

藤孝は、おのれの苦衷を専一に述べた。奇妙なことに、おのれの才が足らず、義昭の補佐に欠くるところがあった条々と述べるうちに、義昭の叛意と陰謀が暴《あば》かれてゆく。藤孝の話術は極めて巧妙だった。

聞き入るうち、信長はそれに気付いた。

——はて、この男は……。

そう思って、考え合わせると、光秀を巧みに利用した筋書が読めてくる。

——これは、義昭以上に油断のならぬ男だ。

その信長の心境の変化を素早く読んだ藤孝は、ぴたりと口を閉じた。

公方館の義昭は、周章狼狽した。密謀の発覚が早過ぎた。

義昭の密旨をうけて、陸続と京に集った土豪や、阿波から長駆、摂津を経て京に潜入した三好一党は、上京で明智勢と衝突し、一円の戦火となった。そのため上京一帯は到る処に火災が起り、三日に亘《わた》って燃えさかり、一面焦土と化した。

光秀が、公方館を包囲すると、信長の直轄兵団が京に入った。

事、ここに到っては、義昭も為す術《すべ》なく、ついに和議を乞うた。

信長は、飽くまで慎重な態度をとった。

——信玄西上の今、将軍殺しの汚名が流布されるのはまずい。

信長はその和議を受け入れ、義昭の身も身分もそのままに、行状を戒《いまし》めて包囲を解き、軍を返して岐阜に戻った。

光秀とその兵団も、近江坂本に帰った。

「湖上輸送の用意を調えよ」

光秀は、信長の命によって、佐和山に巨船の建造を始める。百挺櫓というその巨船は、一日半という速さで数百人の軍兵を大津に運ぶ。義昭への圧力のためだけではない。信玄の近江進出に備えてのものだった。

藤孝は、勝龍寺城に引き籠《こも》ったなり、形勢を観望し続けた。

「隠居、認め難し。暫《しばら》く時を仮《か》す」

信長の裁断は、彼の思うような事態とならなかった。

藤孝は、信長が抱いたおのれへの警戒心が解けるまで、隠忍自重するほかなかった。


信玄の動きは、相変らず鈍い。

遠州刑部郷で越年した武田軍団は、程なく前進を始め、三河に入ったが、一向に街道筋に出る気配を示さず、山間の道を辿《たど》った。

——何で、敵を避ける。

やがて、三河の山峡にある家康の支城、野田城の攻略にかかったが、軍勢に活気が見られず、たかの知れた小城の攻略に一カ月を費やした。

そこで滞留した。信玄は近くの長篠に退き、更に鳳来寺《ほうらいじ》に移った。

——信玄、病む？

噂は伝播《でんぱ》し、尾鰭《おひれ》が付いて流布された。

四月十二日、信玄は信州伊奈郡駒場《こまんば》の宿営で死ぬ。死因は宿痾《しゅくあ》の肺疾患であったと伝えられている。

「三年、喪を秘めよ」

という信玄の遺命によって、その死はひた隠しにされたが、その異状は紛《まぎ》れようもなかった。

信玄の安否は、騒然たる噂と論議を巻き起した。

――信玄、この世にありや。

生涯を権謀術策で明け暮れた信玄である。謀略説が主流であってもふしぎではない。

信玄の存在は、重大な意味を持っていた。甲斐の信玄は、天下の信玄となることを約束されていた。

反信長勢力は、灼《や》けるような期待を抱き、信長とその勢力は乾坤一擲《けんこんいってき》の大勝負を覚悟した。その信玄の不可解な西上中止である。揣摩臆測《しまおくそく》が渦巻いた。

その渦中で、信長ひとりは冷めていた。合理的な思索を旨とする信長は、あらゆる事物・事象を冷静に分析し、更に一カ月余の観察で、結論に到達した。

――信玄、死せり。先んじて制するは今。

七月初め、信長は突如行動を起した。機動軍団を率いて湖西を北上、義昭に使嗾《しそう》された土豪の籠《こも》る田中城（現・安曇川《あどがわ》町）と、隣接する木戸城を攻め、苦もなく陥した。

信玄の再起を期待した義昭の目論見は、脆《もろ》くも崩れた。田中・木戸両城は、越前朝倉との連絡路であり、万一の場合の待避路である。義昭は京に居た堪れず、宇治へ走り、槙島城《まきのしま》に拠って再び挙兵した。

軍を返す信長は、湖西掃討戦に参加した光秀に、無雑作に告げた。

「光秀、うぬにこの城二つ、呉れてやる」

思いがけぬ恩賞に、光秀より他の部将が驚いた。

――明智殿は、偏愛されている。

無理もない。光秀はすでに十万石をはるかに超える城持ち大名である。木下藤吉郎は、未だ横山城の守将に過ぎず、柴田・丹羽の宿老も城主ではなかった。


大津に軍を返した信長は、山科《やましな》を経て宇治に南下、槙島城を囲んだ。

義昭は、降伏するより道はなかった。八方に派した密旨に応ずる者はなく、使者までが逃げて戻らない。城兵は抵抗を止《や》めた。

義昭は、助命を嘆願した。

「助けて進ぜる。もう二度と京の地を踏むな」

義昭は追われ、信長が再興した足利将軍の顕位《けんい》は、信長の手によって廃絶した。

将軍、追放。

信長は、慎重にその反応を見守った。

――天下の大小名は、こぞっておれを極悪と見立て、敵対を表明するだろう。

信長の予想は外れた。昨日の足利将軍が消え失《う》せても、今日の世間は何も変らない。敵は敵、味方は味方、京の営みもその儘《まま》である。

世の中は、足利将軍の存在価値を見放していた。

ただ一つの効果は、信玄の死が明らかになったことである。

「何という運の強さだ」

近江坂本城を訪れた藤孝は、会う早々光秀にそう言った。

「は？……どなたのことでござるか」

「知れた事、信長という御人よ」

藤孝は、将軍義昭の追放を、ひそかに信玄に急報した。その反応で信玄の安否を確かめ、将来に備える意を包含している。信長に帰服していながら、その強力な敵にも意を通じておく、激動の戦国期を生き抜く足利一族・支族の血が、藤孝にも流れている。

通報は〈葦火《あしび》〉という足利家累代秘存の飛脚によって行われた。足利飛脚を略して足飛脚、文字を替えて葦火客という、更に略して〈葦火〉と呼んだ。

〈葦火〉は甲賀者を選抜し、その統率には甲賀の名門和田家が当った。最近まで和田家の当主、伊賀守惟政《これまさ》が司《つかさど》ったが、一昨年元亀二年（一五七一）夏、和田惟政が池田党との戦に討死を遂げたあと、細川藤孝が統轄《とうかつ》している。

甲賀者の常として、〈葦火〉は抜群の速度と共に、飛耳長目《ひじちょうもく》に長《た》け、諜者として役立った。甲州に使いした〈葦火〉は、武田家の重臣穴山梅雪《ばいせつ》の仏壇に、信玄のものと思われる位牌を盗み見て戻った、という。

「信ずるに足りましょうか、葦火の報告」

光秀はなお、半信半疑である。信じたい願望と、信じ難い奇蹟の思いが渦巻く。

それにひきかえ、藤孝は冷静そのものだった。

「葦火だけではない。こなたの知らせに穴山梅雪めは、はきとした返書を寄せぬ。執り次ぐ気配もない」

藤孝は、先の言葉を繰り返した。

「この期に及んで、甲斐の虎が空しく消え失せるとは……はてさて、呆れるほどの強運だ」

「藤孝殿……」

光秀は、食らいつくような勢いで訊ねた。

「あなた様は……公方さまを追われるとき、殿にお賭けなされた筈……」

「そうだ、信長公に賭けた。六、七分はな。あとの三、四分は他に賭ける。それが義父養父から伝受した足利幕臣の伝統である」

「では、信玄に……？」

藤孝は、謎めいた微笑を浮べた。

「信玄のあと、誰に賭けておくか。朝倉・浅井、上杉・毛利……難しいところだな」

「………」

光秀は、物の怪《もののけ》を見るように、藤孝を見詰めた。

その七月、改元あって天正元年（一五七三）。月が変って八月、信長は行動を起した。

越前朝倉、再攻である。光秀の兵団にも動員が命ぜられた。

八月八日、岐阜を進発した信長の機動軍団は、北国街道を北上、越前へ侵攻する気勢を示した。

江北の浅井・朝倉の小城砦は果敢に抵抗し、急を一乗谷《いちじょうだに》朝倉本城に急報し、朝倉義景は二万の兵を動員、国境を越え、江北に進出した。

——朝倉勢に、これまでの生気なし。

信長は、予《あらかじ》め信玄死去の噂を撒《ま》いておいた。その所為《せい》かも知れない。越前兵に活気が消え失せている。

越前を始め、加賀・能登・越中・越後の兵は、些《いささ》か鈍重のきらいはあるが、粘り強く、剛強である。軽佻《けいちょう》な尾張兵と比較にならない。それが今度に限って腰が引けている。

——今だ。越前朝倉を滅ぼすには、今しか無い。

信長は軍団を叱咤《しった》して攻撃を開始した。

越前兵は脆《もろ》く、たちまち敗走した。

だが、生気が失せているのは敵ばかりではなかった。信長の機動軍団も捗々《はかばか》しくない。緊張感が抜けている。信長自らが先鋒となって敵を撃破したのに、肝心の捕捉殲滅作戦が遅れて、敵将朝倉義景を取り逃がした。

「うぬら、どうしたというのだ！」

信長は、軍団参加の諸将を本陣に呼びつけ、烈火の如く怒鳴りつけた。

「揃いも揃って、比興《ひきょう》（卑怯）者め」

本陣に顔を揃えた柴田勝家、丹羽長秀、滝川一益、木下藤吉郎秀吉らは、顔も挙げられない。

諸将にしても、意外であった。何で活気がこうも失せたのか。

——信玄の死で、兵の生気が消えた。

それ程、信玄の圧迫感が凄かったといえる。

諸将の中で、ひとり敢然と信長の言葉に反発した者がいる。佐久間右衛門尉信盛である。

「卑怯とはお言葉が過ぎましょう。われら程の家臣が外におりましょうや」

「何を言うか。多少の器用を鼻に掛けおって、片腹痛いわ」

信長は、向っ腹を立てた。この時、前線からの急使が到着しなければ、どうなったかわからない。それほど険悪な空気だった。

「橡ノ木《とちのき》峠《とうげ》に陣した朝倉勢が、敗走しております」

果敢に攻撃を仕掛けたのは、湖西を北上した明智兵団である。朝倉勢は脆くも崩れ、越前平野を敗走した。

光秀は、そのまま先鋒司令官を務め、敵の主将朝倉義景を追い、一乗谷に追いつめた。

義景は、逃れて大野郡賢正寺《けんしょうじ》に隠れたが、進退窮まって自殺を遂げる。ここに累代越前守護職を務めた名門朝倉家は滅亡した。

「光秀、こたびはよう働いた。天晴《あっぱ》れである」

信長は、素直に褒《ほ》め、光秀を越前一国の司政官として、この地にとどめた。

越前の司政官としての光秀は、充分信長の期待に応えた。光秀の才は、軍事より政治向きであったようである。

朝倉家の怠惰《たいだ》と因循《いんじゅん》姑息《こそく》の行政は、一変したといわれた。光秀の有能さは、対応の速さにあった。改めるべきは即座に改め、廃すべき法制は即座に廃し、有効な施政は即座に実行する。

信長は任命に当り、光秀を厳重に戒めた。

「国が腐り果てて、施政が正常であった例《ためし》はない。施策は残らず洗い立て、悪を悉《ことごと》く剔抉《てっけつ》せよ。情実に傾き私欲に堕した悪を見逃すな。配下の悪を見過し、見逃した者は大悪である。更に、便々と職にあって、何ら為《な》すことなかった者は極悪《ごくあく》である。職責を全うせざる者は万死に値する。怠ることなかれ」

信長は、吏僚政治の弊をよく知るもののようであった。

越前から南下した信長と機動軍団は、北近江小谷城を囲んだ。

浅井氏は衰弱していた。三年に及ぶ対信長戦に、江北の支城は悉く抜かれ、領地の物成りは何一つ入らず、頼むは大国朝倉の援助のみであった。

その朝倉が滅亡した今、彼らは絶望の末の戦を続けるしかない。

信長は、和睦の機会を与えた。

浅井長政《ながまさ》を助命し、大和一国を宛行《あてが》うというのである。ただし大和は、信長に叛《はん》した松永弾《だん》正《じょう》久秀が領している。切り取り勝手を許すとあった。

「浅井長政は、古武士の風格を今に残す好ましき武将である。ただその情意は実父（久政《ひさまさ》）、累代の重臣に傾き、大局を誤る。その羈絆《きはん》から解き放てば、必ずよき伴侶となるであろう」

だが、長政は頑固にそれを信長の謀計と見た。

――信長は稀代の謀略家である。彼にあざむかれて国を失った者は枚挙に遑《いとま》がない。

実は錯覚である。信長が躍進を遂げるために攻めた美濃の斎藤、近江の六角、京の三好党、摂津石山本願寺に、虚偽詐術を用いたことはない。流浪の身を将軍位に押し上げた義昭に対しても、隠忍に隠忍を重ねた末の追放である。

信長ほど、裏切られ背かれた者は他に例を見ない。なぜ背かれるのか、その理由は彼の躍進にある。想像を絶する躍進に誰もが不安を感じた。

——こんな躍進が、長く続く筈がない。

彼らは、どこで信長と手を切るかを必死に摸索した。背叛の理由はみな同じだった。

——信長、信用に値せず。

そういう彼らこそが、信用に値しなかった。

浅井長政は、父久政や重臣たちの観念を覆すことは出来なかった。

一升（約一・八リットル）の枡《ます》には、一升しか入らない。

長政を一升枡とすれば、信長は数石（一石は約百八十リットル）を容《い》れる醸造樽であろう。その樽の水の深さを、水の心を量るのは無理だった。

百余年続く戦国の世を変更する、この世のあらゆる既得権を打破して、新たな秩序を樹立する信長の理想などは到底理解の及ぶところではなかった。

長政の父久政も、累代の重臣も、志など無きに等しい。所領の確保と安全保障の方策に明け暮れた。

古武士の風格を持つ長政は、その姿形通り極めて保守的であり、父と重臣を一途に尊重し、他を顧みなかった。義昭は足利将軍なるがゆえに尊崇した。義昭を擁するがゆえに信長と同盟し、義昭が信長に背叛すると、手ひどい裏切りを行った。妻お市ノ方の兄を死地に陥れることに、何の痛痒《つうよう》も感じなかった。

彼らに便利な言葉が二つあった。〈大義、親を滅す〉と、〈善悪の報いは必ずある〉である。彼らは型通りにそれを信奉した。

——正義は、必ず勝つ。

彼らは、この非理非道の横行する世に、大義・正義が奈辺《なへん》にあるかをまったく考えなかった。

信長の降伏勧告は一蹴された。長政もその父久政も、重臣も、降伏は信長の詐術に陥ることであり、助命は有り得ぬと信じて疑わなかった。所詮一升枡は一升しか量れない。

名門朝倉は滅び、数万の信長勢が小谷城を十重二十重《とえはたえ》に囲む。勁悍《けいかん》を以て鳴る浅井の将兵にも動揺は覆い難い。

死を決した長政は、おのれの死を華やかに飾るため、信長に数日の猶予を願った。

信長は許した。長政は浅井家累代の菩提寺浄信寺《ぼだいじじょうしんじ》の別当雄山《べっとうゆうざん》という僧侶を招き、城内の石材を刻して石塔を作り、おのれの戒名を表に刻ませた。

徳勝院殿《いんでん》天英宗清大居士《だいこじ》、という。

それを城内の馬場に据え、自ら白衣の死装束を着て坐り、葬儀を挙行した。

終ると、その石塔を湖底に沈めさせた。

戦闘が始まった。浅井勢最後の戦闘は意外に脆く、その日のうちに出丸《でまる》の京極丸《きょうごくまる》は陥ち、隠居の久政は自刃した。

その夜、木下藤吉郎は密使を送って長政を説き、長政の妻お市ノ方と三人の女児の身柄を引き取った。

翌日、信長勢の猛攻に本丸は陥落し、長政も自刃して果てた。

久政・長政の首級は、朝倉義景のそれと共に京に晒《さら》された。その討滅を天下に公示するには、已むを得ぬ措置であった。

小谷城を手中におさめた信長は、城を木下藤吉郎に与えた。なお浅井の遺領近江坂田・浅井・伊香《いか》の三郡をこれに付した。木下藤吉郎は姓名を羽柴《はしば》筑前守秀吉と改め、はじめて一城と所領を持つ身となった。光秀に遅れること二年であった。

尚、秀吉は、小谷城の交通不便を考慮し、城を琵琶湖畔の今浜《いまはま》に移し、長浜《ながはま》と改称した。

前《さき》に武田信玄死没し、将軍義昭は追われて流亡の身となり、朝倉・浅井が滅ぶ。当面の敵は石山本願寺と、その与党の長島一揆だけとなった。

岐阜に戻った信長の許へ、京で梟首《きょうしゅ》された朝倉義景、浅井久政・長政の首が戻った。三個の首は、晒されて髑髏《どくろ》と化している。

その白い頭骨は、一点の曇りなく輝いて見えた。一見した信長は、使いの者に命じた。

「それぞれの菩提寺へ戻し、葬ってやれ」

三個の木箱に納められた頭骨が退《さ》げられようとしたとき、信長の脳裏に閃《ひらめ》くものがあった。

「あ、待て」

頭骨は、再び座に戻された。

——人の一生とは、斯《か》くも空しきものなのか。

生前の朝倉・浅井は、信長の進路に立ち塞がる巨岩の如き難敵であった。

頑迷、固陋《ころう》。改革の方途を拒み続け、剛健の軍勢を駆使して信長に戦を挑んだ。歴史に〈もしも〉は成立しないとは言いながら、仮に浅井一家《いっけ》が抗さなければ、信長の畿内制覇は三年早く終ったであろう。おのれの余命と、志の道遠きを思うと、痛恨限りないものがあった。

その三名は、いのち尽き、この世を去った。この世に残るものは、中身の失せた空の頭骨だけである。

——死ねば、皆こうなる。

信長は、三名の一生を思うと、わずかに残った白い頭骨を土中に埋めて腐り果てさせることの無惨を思った。

——せめて、醜い姿でなく残したいものだ。

信長は、三個の頭骨を前に、思いをめぐらせた。

天正二年の年が明けた。

近畿各地に在陣中の諸将は、年賀に岐阜に参集した。

外様衆の拝賀が終ると、譜代の部将が信長の許に集った。柴田、林、佐久間、池田、佐々《さっさ》等の家老・物頭のほか、兵団長の光秀・秀吉、昨年帰順した荒木村重《むらしげ》などである。

酒が酌《く》み交され、酔いが廻って座が乱れた。

柴田勝家が、違い棚にある三個の桐箱に目を付け、拝見したいとねだった。

それは、朝倉・浅井の頭骨の箱であった。

桐箱には、それぞれに箱書がある。〈朝倉遺物〉、〈浅井遺物〉、〈浅井遺物（隠居分）〉とある。

柴田勝家は戦利品と見た。

信長は、不得要領な笑みを浮べ、暫《しば》し迷った。

——武士の本懐は、溝壑《こうがく》（溝《みぞ》と谷間）に死して、敵に頸首《けいしゅ》（頸《くび》と首《こうべ》）を授けることにある。だが、この者たちに、その意が汲《く》めるだろうか？

折悪しく、用事が出来《しゅったい》して、信長は座を外した。並の時なら謹んだであろう部将たちは、戦捷気分の屠蘇《とそ》酒に酔っていた。信長が諾否を明らかにしなかったのに乗じて、箱を棚から下し、蓋《ふた》を開けた。

中には、いずれも姿別々の椀状の漆器が入っていた。黒漆に黄金で割れ目を埋めた器物である。

「みごとな器《うつわ》であるが……はて、これは何に用いる品であろう」

柴田勝家が、仔細に改めながら呟《つぶや》く。

「茶器と思うが、見掛けより持ち重りする。材は何であろうか、木でなし、金《かね》でなし、焼物とも思えぬ……」

丹羽長秀が、掌《て》の上の器物を計って小首を傾げる。

「それは、朝倉、浅井の曝《さ》れ頭《こうべ》だ」

信長が入って、声をかけた。

「えッ、曝れ頭――?」

勝家は、思わず頭骨を取り落しかけた。

「では、これは浅井の……」

長秀は、しげしげと見詰めた。

「よいか、おれは朝倉、浅井の屍《しかばね》を辱《はずかし》めようと、斯《か》く細工を施したのではない。武士《もののふ》は功名手柄が生き甲斐ではない。戦場の溝《みぞ》の泥水に倒れ伏して、敵手に首を授けるを以て本懐とする。彼らは身を以てそれを示した。それをおのれの戒めとして、こうして身近においておる」

「なるほど……御教示、忝《かたじ》けのうござる」

勝家は頭骨を捧げ拝したが、少しもわかっていない。ただ酔いに委せて浮かれた。

「のう、各々……さればわれらも朝倉、浅井の武士ぶりにあやかるため、この髑髏《どくろ》盃《はい》で一献《いっこん》酌み交そうぞ」

勝家は、頭骨になみなみと酒を満たし、一気に呑んだ。

やんやと囃《はや》す者、吾も吾もと髑髏盃を奪い合う者、騒ぎとなった。

――揃いも揃って無智蒙昧《もうまい》の輩《やから》だ……。

信長は、呆れ顔で眺めていたが、叱りもならず、奥へ入ってしまった。

諸将領の中で、光秀がひとりからまれていた。

「呑め、なぜ呑まぬ」

「これはそれがしの旧主朝倉殿にござる」

「旧主が大事か、今の殿が大切か」

光秀は、寄ってたかって無理遣り呑まされた。苦い酒だった。

信長の通史〝信長公記《しんちょうこうき》〟は、慶長五年（一六〇〇）頃に武将太田牛一《ぎゅういち》によって書かれた。牛一は号とみられ、名は資房《すけふさ》という。信長の下で近江の代官を務め、右筆《ゆうひつ》であったともいう。

〝信長公記〟は、その正確な記述で第一級の史料といわれるが、信長の思慮分別への忖度《そんたく》は、当時、並の家士であった者の域を出ない。

天正二年元旦、岐阜城年賀において信長公は、朝倉義景、浅井久政・長政三名の髑髏を薄濃《はくだみ》（漆で固め、金泥《こんでい》などで彩色する）にして据え置き、御肴《おんさかな》にして諸将と共に興じたとある。薄濃は事実であろうが、酒の肴として打ち興じたのは無識不学の家臣たちであって、独自の美意識と死生観を持つ信長が、死者を辱めるとは信じ難い。

確かに信長は、史上稀に見る大虐殺を強行した。それは狂信に奔《はし》り、分を越えて戦乱を惹起《じゃっき》した徒輩《やから》の救い難きを思い、一殺多生《いっせつたしょう》のため殲滅するしかなかった。敵将の頭骨を酒盃に用い興ずるのとは意味が異なる。

三月、信長は上洛し、御所に参内して戦捷を報告した。時の天皇（正親町《おおぎまち》天皇）はこれを嘉《よみ》し、望みの褒賞を与うる旨を、内示し賜うた。世人は将軍位を望むであろうと推察したが、信長が下《か》賜《し》を願ったのは、銘香蘭奢待《らんじゃたい》の一片であった。早速に勅使は奈良に下向して、正倉院に秘蔵する香木蘭奢待を一寸八分(約六センチ)切り取り、信長に与えた。累代の将軍家でも叶わぬ銘香の下賜に、信長の美意識は極まったであろう。

信長は、参議に任じられ、従三位に叙せられた。

信長が、朝廷との融和を望まぬ訳がない。次々と下される朝廷の沙汰を甘受した。

だが、不審が胸中をかすめた。

——少し、しつこい。それに作為が感じられる。

いわゆる〈位打《くらいう》ち〉である。朝廷は目覚しい躍進を示す者に、たて続けに官位・官職を与え、懐柔を図ると同時に、位負けしてその者が失脚することを狙う。

かつて源平合戦の折、後白河法皇が木曾義仲を位打ちし、その堕落を誘った。また源義経もその策に乗って、兄頼朝と不仲になり、身を亡ぼした。

今回の〈位打ち〉には、更に示唆が内蔵されている。

——軍勢を、西に向けよ。

西は、石山本願寺。更には中国の覇王毛利、そして九州の列強である。

——おれを、畿内から遠ざけようとしている。策略の主《ぬし》は誰か。

その疑いと符合するように、四月、一度和睦した石山本願寺が、またも信長敵対の号令を発し、戦端を開いた。

五月、京都に滞留している信長は、賀茂の祭・競馬《くらべうま》・神事・天下祈禱を次々と行い、京の町衆の人気を煽《あお》る。

六月、信玄の後嗣武田勝頼《かつより》が行動を起して、駿遠国境の大井川を渡り、家康の堅城高天神城《たかてんじん》を攻撃した。

家康は、再び援軍を求めた。信長は嫡子信忠《のぶただ》と共に機動軍団を率い、東に向った。

だが、浜名湖畔に到達したとき、高天神城失陥の報が入る。信長はその後の武田軍の推移を見守った。

積極的に行動を起して高天神城を屠《ほふ》った武田勝頼は、その後、捗々《はかばか》しい行動を示さず、高天神城に守兵を残すと駿府に引き揚げて行く。

——なぜだ。何のための軍事行動だ。

もちろん、信玄の後を嗣いだ勝頼が、〈武田滅びず〉の気勢を示すためである事は、容易に想像がつく。

だが、この時期、石山本願寺と呼応したあたりに、信長は深い疑念を抱いた。

——この一連の出来事には、明らかな作為がある。裏で絵図を描いたのは誰だ。

到底、世慣れぬ公家の智恵ではない。かつての将軍義昭を遥かに超える策略が見え隠れする。

だが、信長には、それを詮索する暇がない。

三州吉田に軍を返した信長の許に、家康が謝意を表するため、参向した。信長は支援の果せなかった代りに、黄金をつめた皮袋二つを贈って慰めた。一つの皮袋は二人掛りでも持ち上がらぬほどの重量であったという。

だが、家康に喜色はなかった。

——何で信長公の行動は、今度に限って鈍い。

信長は、無類に忙しい男だった。

彼は、生涯に謀将というものを持たなかった。大事であろうが、日常茶飯の些事《さじ》であろうが、すべてひとりで決めた。他に一々説明する要はない。そのためその行動は不可解と見做《みな》され、悪名を残した事績も少なくない。

この時の、並外れた軍事行動の遅滞も、そのひとつであった。

遅滞の理由は幾つかある。この時、信長は武田軍団との決戦を望まなかった。実は背後の伊勢長島の一向一揆が猖獗《しょうけつ》を極めていた。武田軍団との戦闘が長引けば、背後を衝かれる恐れがある。

——各個撃破しかない。

石山本願寺と長島一揆、それに武田軍団は、どの一つでも、信長軍団の総力を挙げてようやく勝てるほどの大勢力だった。

——勝頼の遠州侵攻は、一過性に過ぎない。

信玄が死去してから、まだ一年余しか経っていない。若年の勝頼は人心を掌握するのに腐心している筈である。遠州侵攻は統帥の確立のために違いない。

勝頼は、要衝高天神城を攻略して、一勝を挙げた。だが遠州一国を奪取するとなると、周到な準備が必要となる。勝頼にその用意はない。

――それに、各部将が承知すまい。

世に、武田二十四将という。武功赫々《かくかく》たる名将・勇将が信玄に仕えていた。それらが年若の勝頼の冒険を阻止するとみた。

――一過性の侵攻なら、気長に退散を待てばいい。

それよりも、遠江・三河の山間に、形勢を観望している土豪の動向を見定める必要があった。信玄西上の際には、挙《こぞ》って信玄に靡《なび》いた。勝頼にはどう反応するだろうか。信長はそれを観察するため、ゆるゆると軍を進めた。


案の定、勝頼は、高天神城を確保すると、風のように軍を退いた。

「織徳同盟軍、口ほどに無し」

勝頼は、高笑いしたであろう。信長も軍を戻した。

岐阜に戻ると信長は、電光石火長島攻撃を令した。

尾張に帰着した機動軍団は、そのまま長島へ進路を転じた。岐阜にあった予備兵団も加わった。

――今、この狂信集団を討滅しなければ、将来に禍根を残す。

信長は、非常の決意をもって事に臨んだ。

海上に兵船を動員して封鎖を断行、一揆勢の退路を断ち、自ら陣頭に立って軍勢を叱咤《しった》し、息つく余裕を与えず、攻めに攻めた。

信長の意図するところは、敵の降伏ではない。殲滅、であった。

一以《いつもっ》て之《これ》を貫《つらぬ》く

美濃を流れ出る河川は数多い。木曾《きそ》川・揖斐《いび》川・長良《ながら》川の三大河川を始め、十数河川が長島の東・西・北の五里・七里の間に幾重にも流れ、南は伊勢湾の海漫々として、補給路に事欠かない。

ここに拠《よ》る一揆勢は、難攻不落を誇った。

信長とその軍団の猛攻は続いた。信長は新兵器の大鉄砲を戦場に投入し、巨弾を放って城砦《じょうさい》の塀・櫓《やぐら》を破砕する挙に出た。長島城の出城、篠橋《しのはし》砦・大鳥居《おおどりい》砦は瞬《またた》くうちに窮地に陥り、赦免を条件に降伏を申し出たが、信長は許さない。

「抑《そもそも》この戦は汝《なんじ》らが予を仏敵と誹謗《ひぼう》して起した戦《いくさ》である。言を尽して慰撫《いぶ》し、度々和議に及んだが、その都度裏切って爰《ここ》に到った。汝らの詐言は聞き飽いた。汝ら穢土《えど》を厭離《おんり》し、浄土に赴くは本望と聞く。いさぎよく死ね」

と、きびしく包囲して糧道《りょうどう》を断った。

月余の後、風雨に紛れ、大鳥居砦の男女が脱出を図ったが、信長軍は見逃さず、千余の一揆勢を取り籠《こ》めて討ち、残余の者は悉《ことごと》く餓死して果てた。

長島本城の一揆勢も堪らず、詫び言を申し送って数多《あまた》の舟を出し、脱出の挙に出たが、信長はこれも許さない。鉄砲隊を配置して撃ち払う。射殺される者、溺死する者数千に及び、目も当てられぬ惨状となった。

そのさなか、七、八百の一揆中核の者が抜刀隊を組み、突撃を敢行して包囲陣を攪乱《かくらん》し、首脳部の脱出を図った。運よき者は鈴鹿山系に遁入《とんにゅう》し、散り散りに大坂へ逃走する。取り残された男女二万余は、中江城・屋長島《おくながしま》城の両城にあって慈悲を歎願したが、信長はこれを許さず、幾重にも柵を構えて取り籠み、四方より火を放って悉く焼殺した。世にいう〈長島の大虐殺〉である。

長島の虐殺は、信長生涯の汚点と評され、信長の狂気が喧伝《けんでん》された。

――それは、実状を知らぬ者のたわごとだ。

信長は、一顧も与えなかった。

一向一揆といえば、純粋に信仰に殉じた者の姿を思い浮べる。確かに初期にはそれがあった。だが、戦に明け暮れ、しかも有利に戦況が展開するうち、一揆勢は堕落の一途を辿《たど》った。物資を収奪し、寄進を強制し、勝勢に傲《おご》り、酒池肉林の奢《おご》りにふけった。集まる流民は仏事を顧《かえり》みず、淫行にふけった。長島城に婦女の数が多かったのもその所為《せい》である。

──乱行、正視に堪えず。

それを使嗾《しそう》したのは石山本願寺である。彼らは道徳の規範なく、信仰に仮託《かたく》して私権を貪《むさぼ》った。世に邪信ほど始末に悪いものはない。〈一殺《いっせつ》多生《たしょう》〉。信長の断乎たる信条である。

信仰は、人の精神の骨幹を為《な》すという。

うつろい易《やす》い世の中で、人の精神はとかく私利私欲に揺らぎがちとなる。一身一家の幸と利を求めて、世の規範に背く。

宗教は、広大無辺に功徳を及ぼすことを本旨とする。人は社会の一員であることを常に自覚、自戒し、よりよき世の中をつくることに奉仕を忘れてはならない。

世に邪教というものがあり、人に妄信・狂信というものがある。邪教は信仰者個々の幸福や利《り》益《やく》を餌《えさ》として教団の隆盛を図る。宗門自体が利己の欲望の凝結であり、美辞麗句を並べる教義は看板に過ぎない。

信徒も、他を顧みない。修行を積まず、金銭・財物を喜捨することで、罪障消滅・後生安楽が得られるものと信じてやまない。宗門に媚《こ》び、後生の安楽を得んがため、殺生戒をも犯す。狂信・妄信というしかない。

戦国末期、横暴を極める武士権力に対し、一向宗は一揆を激発させ、敢然と戦を挑んだ。初期のそれは意気壮とするが、宗門が干戈《かんか》をとる矛盾は覆い難い。その矛盾の解決を怠って、宗門の拡大を狙うに到っては、自家撞着も甚だしいと言わなければならない。

更なる矛盾は、武権に抗するに、他の武権と結んだことにある。宗門に同調せざる武権を仏敵と称し、無辜《むこ》の信徒を駆り立てて、戦乱を助長・拡大させた。まさに仏法、王法を犯すの有様となった。

世の過半の武権は、宗教を敵とするのを懼《おそ》れ、懐柔の策をとったが、ひとり信長は敵と見做《みな》し、討滅を呼号した。

「国と大衆のためにこそ宗門がある。宗門のために国や大衆があるのではない」

彼は、猖獗《しょうけつ》する一向一揆の利己排他を憎み、これを根絶しようと、あえて非情の手段をとった。

——彼らを説得し、常道に戻すには、長い年月と多大の労苦を要する。人間五十年、残された命は長くない。おれは急ぐ。

長島大虐殺の根底には、信長の信念と焦りがあった。それは狂気と一概に言えるものではなかった。

長島掃討戦が終ると、信長は光秀を京から呼んだ。京の反応を確かめるためである。

「天下は震駭《しんがい》しております」

「御所もか」

「魔神と懼れる者あり、悪鬼羅刹《らせつ》と誹《そし》る者あり。人、様々でござります」

信長は、鼻を鳴らして受け流した。

「処で、わかったか」

朝倉・浅井の討滅に、京都朝廷は数々の恩典を授与した。その裏に信長を京から遠ざけようという作為を、信長は感じ取り、光秀にその詮索を命じておいた。

光秀は、返事を言い淀んだ。

光秀は、懐紙を取り出し額の汗を拭った。

「てまえは、畏《かしこ》き辺りには迂遠でござりますれば……」

彼は、〝朝廷工作のおおもとを探れ〟という信長の命令には、ほとほと難渋した。元々素性の明らかでない浪人としか思われていない身である。朝廷には何の手掛りも持たない。

信長は、その辺の事情は推察していた。だが学識・教養では家中随一の人間である。何か才智が有る筈《はず》である。

「已むなく、細川幽斎《ゆうさい》どのに内々意見を求めましたところ……」

信長は、苦笑を洩らした。

——幽斎細川藤孝《ふじたか》か。こ奴にはあれしか頼る者はおるまい……。

光秀は、信長の笑みに勇気づけられたようである。

「昨秋、中国毛利の使僧安国寺恵瓊《あんこくじえけい》なる者が、御料地供御米《くごまい》を運んで上洛仕りました」

「安国寺恵瓊？……覚えておこう。それで」

安国寺恵瓊は使僧というより、毛利の外交僧というべきであろう。京都東福寺《とうふくじ》で修行を積み、学識人に優れ、世情に通じ、情勢分析に才あったため、禁裏や足利将軍家に珍重され、人脈を築いた。安芸安国寺の住持となってからは、毛利氏の信任を得て、専ら毛利家の京都外交に当っている。

「そやつか？　そやつが禁門の公家どもを操ったと？」

「御意、幽斎どのはそう見込んでおりまする」

「……」

信長は、思慮を廻《めぐ》らせた。

あり得る事である。中国毛利の一族、家臣団には一向宗（浄土真宗）の宗徒が多く、本願寺法《ほっ》主顕如光佐《すけんにょこうさ》の最も頼みとする大檀越《だいだんおつ》である。過去、石山本願寺が信長の攻勢に堪えた裏には、中国毛利の武器・弾薬、兵糧の補給、軍資金の支援があった。反信長勢力の包囲網が崩壊しかけている今、中国毛利が金に飽《あ》かせて公家を操り、謀略を仕掛けるというのは、さもありなんと思う。

だが……。

——迂曲の策だな。

信長の心中に、一点の疑念が残った。

武田勝頼《かつより》は軍を甲斐に戻し、長島一向一揆は信長の猛攻に潰《つい》えて滅んだ。要《かなめ》の石山本願寺はこれより信長の攻撃にさらされる。

かかるとき、信長を位打《くらいう》ちにするのは、策として遠廻りに過ぎる。策が上品過ぎて戦国武将らしくない。

「幽斎どのが申されるには、中国毛利は過激な策を構えたようですが、禁裏の公家どもは殿の御威勢を恐れて動かず、已むなく今の程度にとどめたようであると……」

「幽斎は、今も京か？」

「いや、堺納屋《なや》衆の茶会があるとかで、僧体の身軽さ、出向いて参ると申しておりました」

堺の茶会は、三日にわたり、豪商今井宗久《そうきゅう》の屋敷で催され、無事に終った。

亭主役は、今井宗久、津田宗及《そうぎゅう》、千宗易《せんのそうえき》、いずれも紹鷗《じょうおう》門下の高弟が、代り代りに務めた。

集う客は、堺はもとより畿内、畿外から招かれ、盛会を極めたとある。京都朝廷からは前関《さきの》白近衛前久《さきひさ》、中国毛利の外交僧安国寺恵瓊、大和の松永久秀《ひさひで》、石山本願寺の塔頭《たっちゅう》証善《しょうぜん》、紀州雑賀《さいか》衆鈴木孫一重秀《まごいちしげひで》、それに細川幽斎が加わると、ひどく生臭い顔触れであった。


今井宗久は、茶会のあと、それら遠来の客を招いて宴を催した。

「種々《くさぐさ》の因縁や行きがかりもおありであろうが、今宵一夜を限り、恩讐を忘れてご歓談ありたい」

明日は銃火を交えることになるやも知れぬ者が一堂に集い、一夜の歓を尽す、戦国の世の俗事を離れた茶事の効用がそれにあった。

主客ともに差し障りのあることを避けて、風流を心掛けたが、時に話柄《わへい》が際どい点に触れるのは、已むを得ぬ事であった。

「時に、公方《くぼう》殿は近頃、どう遊ばしておられようか」

ふとそう洩らしたのは、松永久秀である。

「てまえあるじが御面倒見を致し、備後《びんご》、鞆《とも》に別墅《べっしょ》を構え、無聊《ぶりょう》を託《かこ》っておられますそうで……」

と、安国寺恵瓊が応えた。

「お気の毒といえば、お気の毒この上ないが……いまの岐阜のご威勢では、どうにもなるまい」

「岐阜の威勢もさることながら、あの御人は腐り果てておる。われらも一時《いっとき》、紀州由良《ゆら》へお迎え申し、ご面倒を見て差し上げたが、身分格式のみを言いつのり、今の境遇への反省がない。口を開けば越後上杉と語らうの、小田原北条を動かすのと、夢物語ばかり……あれは天下の将軍職に就ける器量がない」

口を極めて罵《ののし》ったのは、紀州雑賀党の棟梁、雑賀孫市こと、鉄砲の名手鈴木重秀である。他の者の頷《うなず》きを見ると、義昭はもう過去の人となり果てた観があった。

「そうなると……十五代続いた室町幕府も終りか。もはや十六代を継ぐべき血筋がおらぬ」

石山本願寺の証善坊が、歎息まじりでそう言うと、前関白近衛前久が、薄笑いを浮べて言った。

「いや、そうとばかりも言えぬ。実はまだひと方残っておられるのだ」

「え、お血筋が？」

一同が注目した。それをよそに、細川幽斎は、人知れぬよう座を外した。

「どなたでござる」と、松永久秀。

「今は言えぬ、洩れたらお命が危うい。だが室町幕府再興となれば、その御方をおいて無い」

乱世は、怪物を生む。

四カ年半の大戦と、戦後の混乱期に、政治・経済・行動・思想・宗教等々に、得体の知れない怪人物が横行したことは、まだ記憶に新しい。

戦国時代も百年を閲《けみ》すると、その時々に怪物と見做《みな》される人物が出現した。この物語に登場している信長も、いい意味の怪物であり、細川藤孝（幽斎）も、その複雑な性格と行動から、怪物といえるであろう。貴種を唯一の取柄としながら、志操定まらない将軍義昭《よしあき》も、またおのれの栄達のためにあるじを殺し、将軍（義輝）を弑《しい》し、東大寺大仏殿を焼亡させた松永弾正《だんじょう》久秀も、怪物の名に恥じない。

雲上人《うんじょうびと》にも、それがあった。

前関白近衛前久という人物もそれに該当する。前久は公卿《くぎょう》（従三位以上の公家）の筆頭、近衛家の嫡流に生れ、六歳で従三位に叙任、内大臣、右大臣を経て十九歳で関白・氏長者《うじのちょうじゃ》、間もなく左大臣となった。

多年政治権力を武家に奪われ、無力と化した朝臣の中にあって、近衛前久はひとり朝権の回復を画策する稀有の人物であった。

ただし、おのれの才智・能力をもって天下を変革しようとするほどの大志を持っていたわけではない。衰微の極に達した足利氏の末裔《まつえい》を援《たす》けて幕府を再興させるか、あるいは割拠する諸国の群雄の中から有力者の京都進出を恃《たの》んで、新たな政権の樹立を促すか、いずれにしても既成の概念から一歩も出ない程度の人材である。

五摂家の筆頭近衛家の後嗣に生れた前久は、十九歳にして関白・左大臣・氏長者に任ぜられ、名目上は位《くらい》人臣を極めたが、実質としては官位任免の外は何の権力も持たない無為徒食の身であった。

当時、足利十三代将軍位を嗣いだ義輝（前名義藤）は、幕府の威権を回復しようと図り、専横を極める幕臣三好氏に果敢に抗争を挑み、ために京を追われることたびたびであった。

永禄二年（一五五九）、尾張統一戦の最終段階にあった織田信長は、ひそかに兵八十を率いて上洛、十三代義輝に拝謁して面晤《めんご》の機を得た。帰国に先立ち信長は、尾張統一後に軍勢を上洛させ、京洛《けいらく》に盤踞《ばんきょ》する三好勢を駆逐し、幕府再興に力を貸そうと申し出ている。

義輝は、熟慮の末、その申し出を謝絶した。思うに当時の信長の勢力をもってしては、頼むに足らず、と見てとったのであろう。

信長が帰国して一カ月後、越後の雄長尾景虎《ながおかげとら》（後の輝虎《てるとら》・上杉謙信）が五千余の軍勢を率いて上洛、信長と同様足利将軍の窮状を見て、帰国前に三好勢と同腹の松永久秀勢の討伐を申し出た。だが、義輝はそれも謝絶した。景虎に京常駐の意志なしと見てとったからである。

長尾景虎、後の上杉謙信は、甲斐の武田信玄と並んで日本最強の軍団を持ち、信長にとっては最大の難敵と目された。

景虎は、越後の守護代長尾為景《ためかげ》の末子として生れ、十四歳の頃、兄晴景《はるかげ》に起用され栃尾《とちお》城主となり、中越地方の安定に功あり名声を博するが、兄晴景や上田城主長尾政景《まさかげ》に嫉《そね》まれて対立、十九歳の折、守護上杉定実《さだざね》の調停によって兄晴景の跡目を継承、春日山《かすがやま》城主となった。

その後、守護上杉定実の死と政景の屈伏により、名実ともに国主の地位を確立した。

そうした一族の間の内紛が、景虎の精神構造に影響を及ぼさぬはずがない。景虎は弱肉強食の戦国期にあって、稀有な正義感をもって身を処した。即ち不当に虐《しいた》げられた者、名分なき侵略を被った領主のためには、おのれの利得を省みず、総力を挙げ武力を尽して救済と回復を図るのを常とした。

天文二十一年（一五五二）、関東管領《かんれい》の重職にあった上杉憲政《のりまさ》が、相州小田原の北条氏康《うじやす》に追われ、景虎の許に身を寄せた。

次いで、信州葛尾《かつらお》城主村上義清《よしきよ》が武田信玄の侵掠《しんりゃく》をうけ、敗れて景虎を頼った。

景虎は、天文二十二年上洛し、後奈良天皇に拝謁、足利十三代将軍義輝と対面し、両人救済の名分を得て帰国、まず信州に出兵し、武田信玄と戦うこと五回に及んだ。

関東管領上杉憲政は、性放縦、奢侈《しゃし》を極めたため、その回復はかなり遅れたが、憲政が管領職と、永享《えいきょう》の乱の際に下賜された錦旗、系図を景虎に譲り、父子の約を結ぶに及んで景虎は永禄二年再び上洛、天皇・将軍に奏上、その認可を得て、翌三年、関東に出兵、翌四年小田原を囲んで北条氏に武威を示し、その帰途鎌倉に立ち寄り、上杉の家名継承の式典を挙げた。

景虎は、関東進出に先立ち、当時関白である近衛前久を越後に招いた。実権を伴わぬ官職とはいえ、朝廷第一位の官職にある顕官が、京を離れ遠国に下向した例はない。

景虎に、上杉家相続の大義名分が必要であったと同様に、前久には景虎に求めるものがあった。兵を率いて上洛し、京の治安と秩序を回復すること、即ち三好・松永輩《はい》とその軍兵を排除して、足利十三代将軍義輝を擁護し、室町幕府を再興して貰おうというのである。

だが、景虎は端無くも始めた武田信玄との戦《いくさ》、天文二十二年以来の五回に及ぶ川中島合戦が結着つかず、前久の要請に応ずることが不可能であった。前久は空しく永禄五年に帰洛する。足利将軍義輝は永禄七年、長年対立した三好長慶《ながよし》の歿後、台頭した三好三人衆や松永久秀との抗争が激化し、翌八年、京都二条第の将軍館を包囲され、自刃して果てた。

永禄十一年、織田信長に擁立された足利義昭が上洛、足利第十五代将軍に就任する際、前久は信長の求めに応じて力を副《そ》えるが、後に義昭との間に隙を生じて出奔、諸国を遍歴、諸大名・豪族の許に身を寄せ、情勢を見聞し歩いた。

その間、諸大名の官位の奏請を取次いで謝礼を得たり、時には政治顧問として外交交渉に携わったりして、糊口《ここう》を凌《しの》いだ。当時松平元康《もとやす》と称した家康の依頼で、徳川姓の下賜《かし》と三河守任官を斡旋している。

公家の禄がまったく保証されない時代であったが、さすがに宮中に仕える雲上人の威名は、下剋上《げこくじょう》の大名・土豪には珍重され、利用価値ありと認められたようである。後にも信長も彼を利用し、薩摩島津に帰服勧告を伝えるため、度々遠く鹿児島まで派遣している。

前久は、当時無為徒食の公家の中で、唯一おのれの存在価値を発見した人物といえる。前《さき》に述べたように官位の斡旋から、調停工作に介入するようになると、謝礼収入もさることながら、謀事・謀計に持ち前の才を発揮するようになった。更に、公家に似ず、口の堅いことが、信頼感を厚くしたようである。

天正二年九月の長島一向一揆討滅以来、暫《しばら》く平穏に過ぎた信長に、またも戦機が動いた。

天正三年四月、武田勝頼は前年に引続いて一万五千の兵力を動員し、甲斐府中を発し、伊奈路を経て三河侵攻作戦を開始した。

信玄在世の頃、三方ケ原《みかたがはら》の戦を前に甲州軍団は遠州高天神城《たかてんじんじょう》を攻めたが、攻略に到らなかった。信玄の意図は上洛戦に備えての威力偵察に過ぎなかったが、若年の勝頼はそう思わなかった。

――父信玄が陥せなかった高天神城も、おれの手にかかれば、かくまで脆《もろ》い。

その驕《おご》りがあった。今回の出撃は、信玄没後、家康に奪われた長篠城を奪回し、あわよくば長駆して、三州吉田城（現・豊橋市）を攻めようというのであった。

――死後三年は、他国に兵を出《いだ》すべからず。

信玄は、そう遺言を残した。戦をすれば領国が疲弊する。信玄は常にそれを慮《おもんぱか》った。それゆえ上洛戦が遅れ、宿願を果せず終った。

――たかが長篠の小城一つ、捨てておけばよい。

武田二十四将の遺臣団は、挙《こぞ》って出撃に反対したが、血気に逸《はや》る勝頼は聞き入れない。遂には神器《じんき》〈御旗楯無《みはたたてなし》〉の前で出戦を令した。

甲斐武田家の家祖は、新羅三郎《しんらさぶろう》 源《みなもとのよしみつ》 義光である。

新羅三郎義光は、前九年の役（一〇五六〜六二）、後三年の役（一〇八三〜八七）で奥州を平定し、関東源氏の基《もとい》を築いた源義家《よしいえ》の弟で、甲斐源氏の祖となった。

その新羅三郎以来の甲斐源氏の嫡流である武田家には、累代の神器〈御旗楯無〉があった。領主が出戦を企図して家臣に諮《はか》った際、異論・反論が百出して軍議纏《まと》まらざるとき、〈御旗楯無〉の神前で命令を下せば、何びとたりとこれに服さなければならない。

それだけに、〈御旗楯無〉の誓言は、真に国の興廃・存亡にかかわる戦でないと、執行されない。信玄在世の頃はついぞ執行されることは無かった。それほど信玄の信望は厚かったのである。

三河北部への侵攻に、武田二十四将は容易に諾《うべな》わなかった。

――無用の戦である。今は領国経済の充実を図るべき時。

それが、圧倒的な意見であった。

勝頼は、焦慮した。亡父信玄には一も二もなく服した家臣が、勝頼には批判的で不服を唱える。

――おれも信玄の子、父に劣らぬ能力を持っている。

確かに勝頼は人並優れた将才を持っていた。戦略・戦術に長《た》け、剛毅果断、いずれの武将と比べても劣らなかった。彼が並の大名家に生れていたら、見るべき働きを示し、後世に語り継がれたであろう。

彼の父が、戦国史上、稀有の名将の信玄であったことが、彼の不幸を招いた。彼は将才はあったが将器に一つ欠けるところがあった。

それは、〈信望〉であった。信玄の遺臣は事毎《ことごと》に信玄と比較して彼を評価した。信玄は信奉する孫子の兵書にある通り〈動かざること山の如き〉重量感を持っていた。年齢《よわい》三十の勝頼にそれを望むのは無理である。勝頼はせめて三年、父の遺臣の意に従い、それらの死去・老衰を待つべきであった。だが、父の遺領と精強無比の軍団を継いで、父を凌駕《りょうが》しようと弥猛《やたけ》に逸《はや》る勝頼に、その辛抱はない。

遺臣二十四将の遅疑逡巡《ちぎしゅんじゅん》に焦《じ》れた勝頼が、神器〈御旗楯無〉を持ち出し、出戦を令したとき、彼と甲斐武田家の命運が決した、といえよう。よく物の譬《たと》えにいう〈伝家の宝刀〉というのは、抜くぞと見せかけるまでの効用で、決して抜いてはならぬものである。抜けば宝刀の値打は下がり、只の刀でしかなくなる。

勝頼は、それを軽率にも抜いたのである。遺臣は例外なく勝頼に武田家の命運を思った。

――この後嗣《あとつぎ》に、国は保てぬ。

だが、〈御旗楯無〉の掟は厳然とそこにある。諸将は勝頼の出戦命令に服するよりなかった。

すでに三月、信長の許へ家康から情報が齎《もたら》されていた。

――甲斐武田勢、近々出戦の模様。

家康は、武田勢の動向にひどく神経質であった。無理もない。精強武田軍団の戦力は優に三河勢を凌《しの》ぐ。

信長は、家康の心情を察して、取りあえず嫡男信忠に三千の兵を預け、三河に派した。

――勝頼の侵攻までには、まだ二カ月はかかる。

信長は、四月、石山本願寺攻めを敢行する。武田との決戦に、背後を衝《つ》かれぬ要慎《ようじん》である。

史書〝信長公記《しんちょうこうき》〟によれば、

「四月十四日、大坂へ取寄せ、作毛《さくもう》悉《ことごと》く薙捨《なぎす》て、御人数十万余騎のつもりなり。か様に上下結構なる大軍見及ばざるの由《よし》にて、都鄙《とひ》の貴賤《きせん》皆耳目《じもく》を驚《おどろ》かすばかりなり」

とある。

まず、石山本願寺領分の作物を悉く刈り取って捨て、十万余騎の美々しい大軍をもって攻め寄せた。都会も田舎も身分を問わず、このようなみごとな軍勢を見たことはなく、その様に耳目を驚かした。

信長得意の示威作戦である。十万余騎はかなり大袈裟《おおげさ》で、実数はせいぜい六万ほどであろう。美々しい軍装で見る者の目を奪い、相手方の気勢を削《そ》ぐと共に、中国毛利・紀州雑賀党・阿波三好勢を牽制した。

実戦は、佐久間信盛に預けた兵団約一万と畿内の外様勢三、四千である。

後詰は京に残した明智兵団である。

「日は東よりのぼる。怠るな」

信長の命令は、示唆に富んでいる。東は武田との戦況如何《いかん》で攻勢の好機を摑め、の意であり、

「日は西に沈む。掃除しておけ」

西は中国毛利を指す。遠からず毛利との戦闘が始まる。それまでに畿内の敵を一掃せよ、というのであろう。

信長の機動軍団の過半は、示威運動を終ると、大和・伊賀路の間道を利して、東へ向った。

勝頼が催した軍勢は、約一万五千であった。兵力はやや少ないが、選《よ》りすぐった精兵である。戦場が三河北方の山間であるため、徒《いたずら》に大兵を投入すれば混乱を招く。まず当を得た兵力、と言

えよう。

勝頼が攻略を目指した長篠城は、三河設楽《したら》郡鳳来寺《ほうらいじ》の近く、信州伊奈から東海道に抜ける要衝である。

城は土豪菅沼氏の末裔元成が、今川氏に仕えたとき築いた。

桶狭間《おけはざま》合戦で今川氏が衰退すると、菅沼氏は徳川氏に属したが、信玄が遠江《とおとうみ》に侵攻すると、逸早《いちはや》く武田氏に降ってその支城となった。

天正元年（一五七三）家康はこれを攻略し、奥平信昌《のぶまさ》を守将に置いたが、勝頼の来攻を受けた。俗言に「やらとら」と言う。「やったり、とったり」である。三河長篠城は武田・徳川の間《はざま》で、まさに「やらとら」だった。

守将の奥平信昌もまた「やらとら」であった。三河生れの信昌は、初め父貞能《さだよし》と共に武田に仕えたが、天正元年信玄が没したとなると早速家康に鞍替えした。

武田氏にとっては、城も守将も因縁が深い。勝頼が執着したのは、そういう因縁に依るものであった。

城は、豊川の上流（下流は三河吉田に通ずる）、寒狭《かんさ》川と三輪《みわ》川の合流点にある三角点に位置している。両川とも切り立った断崖で、攻め口は三角の一辺しかない天然の要害である。この城を攻略すれば、一気に三河吉田に到着するとあって、勝頼は是非にも欲しかった。

「武田軍団、来襲」

浜松城で武田軍の動静を窺《うかが》っていた家康は、すぐさま主力を率いて岡崎へ急行した。

吉田が失陥すれば、岡崎と浜松の連絡が断たれる。かと言って家康の動員兵力一万（うち決戦兵力八千）では、勝頼の一万五千に敵すべくもない。三河兵三人で甲州兵一人に対抗するのも難しい。それほど武田軍団は強い。

「武田の大軍に、徳川一手では到底勝ち目がありませぬ。ご来援無きときは、当方も考えねばなりませぬ」

家康は、同盟以来、初めて脅迫の一手を用いた。だからと言って、武田に降伏するとまでは言わない。せいぜい三河を無抵抗で通過させ、武田軍を尾張へ進出させるぐらいのところであろう。

信長は、かねてこの事態の急迫を読んでいた。石山本願寺への示威運動から戻した機動軍団を発向させ、救援に赴いた。兵力は三万。それのみで勝頼の兵力に倍する。それに家康の決戦兵力八千を加えても、確たる勝算は立たない。

——これは、宿命だ。

信玄が不慮に逝去して、東部戦線は一時小康を得たが、精強無比の武田軍団は、依然健在である。

せめて後嗣の勝頼が、穏健で慎重な性格であれば、懐柔の方策もあると思ったが、伝え聞く勝頼の性格は、信玄に輪をかけた拡大主義の上に、猪突猛進型の激しさである。

——いつか一度、青々《あおあお》としているうちに、叩かねばならぬ。

多忙の信長は、多忙のうちに秘策を練り続けていた。

岐阜・尾張を発向する信長軍の装備は、意表を衝いた。

三万の軍兵に、一人の例外もなく、丸太材を担がせた。一人あて一本、縄一巻がその割当であった。

時に五月十三日、折悪しく梅雨の候である。

天正三年五月中旬は、新暦六月の終りに当る。折からの梅雨は連日降り止まず、行軍は難渋を極めた。

信長の援軍三万は、前年勝頼の遠州高天神城攻めの時と同様、ひどく遅れがちとなった。

岐阜を発した信長は、馬廻三十騎を率いて長駆し、十四日に三河岡崎城に到達して前衛軍に合した。

その日、長篠城から救援を求める奥平信昌の急使、鳥居強右衛門《すねえもん》が到着し、攻防の委細を告げた。

長篠城は、危殆《きたい》に瀕《ひん》していた。城の守兵はわずか六百。勝頼は一方口しかない城攻めに二千の兵力を充《あ》て、寒狭・三輪川の合流点の対岸、鳶ノ巣山《とびのすやま》に一千の兵を登らせ、城を俯瞰《ふかん》させた。

城中の守備を逐一敵に望見されては、不利この上ない。兵糧・矢弾の備えも乏しく、奥平勢の命は旦夕《たんせき》に迫っていた。

勝頼も焦っていた。彼は長篠城を知らない。かほどの天険要害の地であるとは思わなかった。

城攻めに二千、対岸の要地に一千の兵力が釘付けとなった。

――愚図愚図していると、家康と信長の軍勢が来援する。

武田の諜者は、家康軍八千、信長の援軍三万と、正確に諜報を送ってきた。

勝頼にすれば、脆弱《ぜいじゃく》と噂の高い尾張兵は問題ではなかった。だが鈍重でねばり強い三河兵と戦うのに、総兵力のなかから三千の兵を割《さ》くことが痛かった。

——調略すべきであった。

奥平は、元々武田の被官だった。それが今は徳川の属将である。信玄なら昔の縁故を利用して帰参させたであろう。性急な勝頼はただ攻めることだけに執着した。

鳥居強右衛門の報告で、現状を知った信長は、長篠城の戦略価値を知った。

——長篠城を保持する限り、勝頼の決戦兵力の一部を足止めできる。

それには、長篠城に〈援軍、来《きた》る〉の朗報を伝えて、徹底抗戦の構えを崩させぬことにある。だが、脱出でさえ決死行の末、僥倖に恵まれた結果である。十重二十重《とえはたえ》に囲まれ、戦闘中の城へどうやって戻るか。さすが戦場馴れした荒武者たちも、二の足を踏んだ。

この時、敢然と復命を申し出たのは、鳥居強右衛門であった。

戦国期、最強と自他ともに認める武田軍団は、信玄死したりと雖《いえど》も未だ健在である。稀代の天才信長に、必勝の策は有ったのであろうか。

策は有った。信長は百余年続いた戦国時代の常識を覆す奇想天外の策を考案していた。

だが、必勝とまでは断言できない。

——戦というのは、やってみなければ勝敗はわからぬものだ。

不世出の天才ではあったが、信長は幾度となく苦杯を嘗《な》めている。彼ほど戦の本質を知る者はいない。その点、昭和の軍人などは、愧死《きし》しても足りない。

信長は、あえて鳥居強右衛門の復命の申し出を止《とど》めなかった。

——彼の忠誠心によって、三千の武田の兵力を決戦の場から除くことができれば、生け贄《にえ》も辞せず。

信長の決断である。並の武将なら無駄死にを危惧してためらうだろう。信長の合理主義は非情に徹していた。

鳥居強右衛門の長篠城復帰は成功しなかった。彼は武田の包囲陣に捕えられて、城外で磔《はりつけ》となった。

「援軍来らず、と城内に告げれば、助命の上、褒賞を与えよう」

鳥居強右衛門は、武田の将にそう誘われたが、彼は磔柱《たっちゅう》にくくりつけられると、大声を発し、城内の味方に告げた。

「すでに家康殿の本隊と、信長殿の援軍は間近に迫っておる。勝利の日は近い。暫《しばら》くご辛抱あれ」

怒った武田勢に刺し殺されながら、強右衛門は籠城の味方を鼓舞して止まなかった。

その間に織徳連合軍は急速に長篠に近付き、決戦の場を求めた。三万八千の織徳連合軍と、一万二千の武田軍団が激突する広闊《こうかつ》の地が必須の要件だが、山間の事とてそうした平原がない。多少手狭だが、勝頼が本営を置く寺の近くのあるみ原（後の設楽《したら》ケ原《がはら》）を選び、その背後の極楽寺山に信長、高松山に家康が本陣を構え、原の一辺に布陣した。

以来、織徳連合軍は三日をかけて、あるみ原を貫流する連吾川《れんご》を深掘りし、更に空堀《からぼり》を二重三重に掘り、土居を掻き上げた上に、馬防柵を四重五重に構築するなど、土木工事に昼夜を問わず励んだ。

その間、武田勢は、敵状をまったく知らずに過した、というから迂闊《うかつ》というほかない。ひとつには織徳連合軍が長篠近くに進出して以来、諜者・細作《さいさく》に厳重な警戒網を布《し》いたこともあり、また血気に逸る勝頼が、落城間近と見られる長篠城攻略に異常な執心を示したことと共に、三河吉田に侵攻するための準備に専念したため、といわれている。それらはすべて勝頼の経験不足の所為《せい》であり、また部下の将領が熱意を失ったためでもあろう。


信長が決戦場に想定したあるみ原は、三河吉田への街道から外れている。如何《いか》にして武田勢を誘導するかが問題となった。

信長と家康、両軍合同の軍議の席上、様々に論議が交されたが、どうも名案が無い。

家康家臣団の筆頭、酒井忠次がふと思い付いた案を提議した。

「血気に逸る勝頼に、怒気を発せさせるが最上の策と心得ます。そのためには長篠城内を窺《うかが》う鳶ノ巣山を夜襲し、所在の武田勢を追い散らしてはいかが」

「愚案」

信長は、苦り切って斥《しりぞ》けた。

「その方は、大軍に奇なしという兵法の常識を知らぬ。この一戦は織田・徳川の命運を賭けた戦である。そのような姑息《こそく》な策は、両家の面目にかかわる」

酒井忠次は、赤面して沈黙した。

結局、結論を得ず、軍議は散会した。

そのあと、信長はひそかに忠次を招いた。

「先ほどの案だが、その方どれだけの軍勢を動かすつもりであった」

「は……まず一千ほど」

忠次は、面喰って答えた。

「それでは足らぬ。織田勢を三千ほど貸そう。明日明け方までに鳶ノ巣山を乗っ取れ」

「それがしが、でござりますか？」

信長は、呵々《かか》と笑った。

「忠次よ。大事の策というのは軍議の席上などでは言わぬものだ。たとえ内通する者が無くても、得意顔で噂する者があれば敵に洩れる。それゆえわざとその方に恥掻《か》かせたのだ」

老巧を以て鳴る忠次も、信長の深慮には感服せざるを得ない。

枚《ばい》を銜《ふく》んだ酒井勢四千は、徹宵《てつしょう》鳶ノ巣山を登攀《とうはん》して、払暁《ふつぎょう》武田勢を奇襲した。不意を衝かれた武田勢は、一溜りもなく四散し、鳶ノ巣山は酒井勢の手に帰した。

立場は逆転した。城攻めの武田勢は俯瞰《ふかん》されて、攻撃は頓挫《とんざ》した。

武田の部将は挙《こぞ》って撤退を進言した。

「三河侵攻のための城攻めが不可能ならば、早期撤退に若《し》くは無しと心得ます。織徳連合軍がわれに倍以上の大軍を催しておるからは、長居は無用」

だが、勝頼は肯《がえん》じなかった。

「敵は鳶ノ巣山に四千の軍勢を登らせた。残る敵勢は三万四千。何ほどの事やある。われに騎馬突撃兵団あり、戦場は狭隘《きょうあい》の原。好機は二度ない。一挙に敵を蹴散らせ」

勝頼は、突撃陣形を十三段に構えて、あるみ原に進め、決戦の機を窺《うかが》った。


信長の対武田作戦は、慎重を極めた。

信長がかほど緊張を強いられたのは、今川義元を迎え撃った桶狭間《おけはざま》合戦以来であった。

対今川戦の折は、信長の勢力は弱小で、勝算は無きに等しく、敗けて元々と覚悟しての一戦だった。

対武田戦は、それと立場を異《こと》にする。信長は京の覇権を掌中にしてからの戦である。

――敗けられぬ。敗ければこれまで築き上げた人生の成果が空しく潰《つい》える。

だが、上洛戦で見せた信玄の強さは格別だった。三千の援軍を家康の許に派する際、信長は、佐久間信盛・平手汎秀《ひろひで》・水野信元の三将に命じた。

「能《あた》う限り軽戦で済ませ、士卒を損せず尾張へ帰って参れ」

信玄と家康が激突した三方ケ原《みかたがはら》の合戦は、軽戦どころではなかった。潰乱《かいらん》する家康勢に捲きこまれた信長の援軍は、完膚《かんぷ》なきまでに叩き潰《つぶ》され、派遣三将のうち平手汎秀が壮絶な討死を遂げる惨敗を喫した。

信玄は天運に恵まれず病死したが、彼が鍛えあげた武田兵団は健在である。

――後嗣勝頼と、いつか一戦を交えなければならぬ。

信長は、堺の鉄砲鍛冶に大量の鉄砲を発注した。

――無比の強力を誇る武田騎馬兵団の突撃を食い止めるには、新兵器の鉄砲しかない。

彼は、その意図を秘匿するため、家康への援軍派遣を二カ月近く遅らせ、石山本願寺攻めを強行した。摂津・河内に行動した信長の機動軍団は、堺で鉄砲三千挺と弾薬を入手すると、尾張に舞い戻った。

折から梅雨の候である。雨の日は鉄砲が使えない。信長の援軍はゆるゆると行動した。やがて梅雨の中休みの晴れ間に差しかかると活発に行動し、あるみ原に布陣し、陣地構築に奔命した。

――あとは、敵到るを待つのみ。

信長は、策の悉《ことごと》くを尽して、勝頼の動きを見守った。

（下巻へつづく）

本能寺《ほんのうじ》 上巻

著者 池《いけ》宮《みや》彰《しょう》一《いち》郎《ろう》

二〇〇〇年五月三〇日 第一刷
二〇〇〇年七月二〇日 第九刷

編集人 山本敦
発行人 山本進
発行所 毎日新聞社
〒一〇〇-八〇五一 東京都千代田区一ツ橋
〒五三〇-八二五一 大阪市北区梅田
〒八〇二-八六五一 北九州市小倉北区紺屋町
〒四五〇-八六五一 名古屋市中村区名駅
〈出版局（東京）連絡先〉
出版営業部03（3212）3257
図書編集部03（3212）3239
印刷 本文 精文堂印刷
印刷 カバー 表紙 三興印刷
製本 大口製本

ISBN 4-620-10613-5

毎日新聞社　歴史小説

天球は翔《か》ける　上・下

陳舜臣　著

清朝末期、日本では幕末の激動が始まり、米国では南北戦争が終結に向かう。琉球生まれの青年・天球が中国から世界へ翔ける。巨匠入魂の書。

◉本体価格各　1、700円

蓮如　夏の嵐　上・下

岳宏一郎　著

戦国へ至る混沌の時代。衰退していた本願寺を一代にして日本最大の宗派に押し上げた蓮如とその家族、弟子たちの愛憎を描いた歴史小説大作。

◉本体価格各　1、500円

毎日新聞社　歴史小説

毎日新聞社　歴史小説

怒濤のごとく 上・下

白石一郎 著

黄昏の明王朝を独り守る孤高の海将、国姓爺・鄭成功。長崎は平戸生まれの英雄児の生涯を雄渾の筆致で描いた第33回吉川英治文学賞受賞作。

◉本体価格各　1、500円